Onze passos para se apaixonar

ELISE BRYANT

Tradução
Karine Ribeiro

Copyright © 2021 by Elise Bryant
Copyright da tradução © 2023 by Editora Globo S.A.

Publicado mediante acordo com a autora,
c/o BAROR INTERNATIONAL, INC., Armonk, New York, U.S.A.

Os direitos morais do autor foram assegurados. Todos os direitos reservados. Nenhuma parte desta edição pode ser utilizada ou reproduzida — em qualquer meio ou forma, seja mecânico ou eletrônico, fotocópia, gravação etc. — nem apropriada ou estocada em sistema de banco de dados sem a expressa autorização da editora.

Título original: *Happily Ever Afters*

Editora responsável **Paula Drummond**
Editora assistente **Agatha Machado**
Assistentes editoriais **Giselle Brito** e **Mariana Gonçalves**
Preparação de texto **Vanessa Raposo**
Projeto gráfico original **Laboratório Secreto**
Revisão **Ana Sara Holandino**
Ilustração de capa **© 2021 by Michelle Rosella D'Urbano**
Design de capa original **Jessie Gang**

Texto fixado conforme as regras do Acordo Ortográfico da Língua Portuguesa (Decreto Legislativo nº 54, de 1995)

CIP-BRASIL. CATALOGAÇÃO NA PUBLICAÇÃO
SINDICATO NACIONAL DOS EDITORES DE LIVROS, RJ

B927o

Bryant, Elise
 Onze passos para se apaixonar / Elise Bryant ; tradução Karine Ribeiro.- 1. ed. - Rio de Janeiro : Globo Alt, 2023.
 21cm.

 Tradução de: Happily ever afters
 ISBN 978-65-88131-95-4

 1. Romance americano. I. Ribeiro, Karine. II. Título.

23-83300
CDD: 813
CDU: 82-3(73)

Meri Gleice Rodrigues de Souza - Bibliotecária - CRB-7/6439

1ª edição, 2023

Direitos de edição em língua portuguesa para o Brasil
adquiridos por Editora Globo S.A.
R. Marquês de Pombal, 25
20.230-240 – Rio de Janeiro – RJ – Brasil
www.globolivros.com.br

Para Bryan,
"(God must have spent) A little more time on you"*

---

* *"(Deus deve ter passado) Um pouco mais de tempo fazendo você"*

Capítulo 1

A campainha toca, e eu a ignoro.

Estou no meio da escrita de uma cena importante. Tallulah e Thomas se abrigaram da chuva, graças a um chalé abandonado que convenientemente aparece, e estão cara a cara, tão perto que a pontinha de seus narizes solta faíscas. E quando ele estende a mão para tirar um cílio da bochecha dela e pede que Tallulah faça um pedido, é óbvio — pela urgência de seu suspiro e a saudade em seus olhos castanho--escuros — que a única coisa que ela deseja é ele.

É uma cena de declaração amorosa de tirar o fôlego, do tipo que você veria naqueles filmes antigos que sempre passam aos domingos na TNT. Mas em vez de uma garota pálida e ruiva, minha protagonista tem pele negra e cabelo crespo, e está prestes a conseguir seu "felizes para sempre".

Só que não, porque o Tocador de Campainhas ainda não parou.

Em semanas, as únicas pessoas que vieram nos visitar desde que nos mudamos para Long Beach, no sul do país, foram a rabugenta sra. Hutchinson, que mora ao lado, e dois missionários mórmons usando camisas brancas engomadas e gravatas fininhas.

Não vou parar o ritmo das palavras sendo despejadas para fora de mim por causa deles.

Mas a campainha soa de novo, seguida por uma batida rápida que mal consigo ouvir por causa do som estrondoso da televisão de Miles nos fundos da casa. Meu irmão, o traidor, está assistindo a seu DVD do Dream Zone pela segunda vez, e a pessoa lá fora provavelmente consegue ouvir também, um óbvio sinal de que tem alguém em casa.

Enter the Dream Zone, o documentário detalhando as raízes, a ascensão e o estrelato da agora extinta boy band, é o único motivo de ainda termos um aparelho de DVD ultrapassado, apesar de minha mãe ter entrado no modo Marie Kondo com o restante dos DVDs na mudança. É o bem mais precioso de Miles. Ele trata o DVD e o livreto que o acompanha como algum tipo de texto sagrado.

Digo a mim mesma que, se a campainha tocar mais uma vez, vou me levantar. Se for realmente importante — mais importante do que as preocupações da sra. Hutchinson sobre o jacarandá entre as nossas casas ou, você sabe, a salvação das almas —, quem quer que esteja lá fora vai tentar pelo menos mais uma vez. Cruzo os dedos e espero um momento. E mais outro. Mas não há nenhum som além do cantarolar anasalado soando alto do outro quarto.

Estou livre.

Thomas sopra o cílio caído, mas seus lábios continuam entreabertos, preparando as palavras que Tallulah está esperando ouvir faz tempos. E então, quando está prestes a revelar o que está escrito em seu coração, ele é interrompido por... uma notificação.

Uma notificação aparece na lateral do meu rascunho do Google Docs, seguida por mais algumas, uma atrás da outra.

Por que você está trabalhando neste?

Colette precisa de outro capítulo

TESSA JOHNSON VOCÊ PROMETEU!

Esse tipo de suspense deveria ser ilegal, não me faça te denunciar

Sei que você está aqui!!!!!!!! Consigo ver seu cursor

O rosto sorridente de Caroline acompanha cada comentário, um contraste forte com a vibe stalker deles, e, uns segundos depois, meu celular começa a vibrar.

Então acho que ninguém quer que eu escreva hoje... pelo menos não o que *eu* quero escrever.

— Você terminou o capítulo? — ela pergunta assim que eu atendo, pulando qualquer tipo de cumprimento, como sempre.

Conheço Caroline Tibayan desde que tínhamos seis anos, as únicas garotas não brancas na turma de primeiro ano da srta. Brentwood. Quando Jesse Fitzgerald disse que eu era feia porque tinha a pele da cor de cocô, Caroline veio correndo e o socou no nariz. Quando chegou em casa naquele dia, Lola, a avó de Caroline, deu uma chinelada na bunda dela, mas Caroline diz que valeu a pena mesmo assim. Somos melhores amigas desde então.

— Monitorando minha atividade na internet? Sério? Isso parece até coisa de filme brega do Lifetime. — Eu rio. — Além disso, oi. É assim que as pessoas geralmente começam uma conversa.

Onze passos para se apaixonar 9

— Beleza, tá, oi. Mas eu lá tenho culpa? Você parou a história no maior clima de suspense e depois não escreveu nada por dias! Você é um monstro!

— E você é dramática.

— Eu, dramática? — Eu quase posso vê-la pelo celular, em sua pequenina cama de solteiro em seu pequenino quarto, seu longo cabelo preto espalhado sobre o edredom listrado. Lola ficou com o segundo quarto quando se mudou para a casa de Caroline e dos pais dela, então converteram a despensa em um espaço para a minha amiga. — Você é quem terminou o capítulo com o Jasper do lado de fora da janela da Colette, confessando seu amor eterno, o cabelo roxo dele ILUMINADO pelo brilho suave do poste! TOTALMENTE sem saber que Colette está dando em cima do Jack lá dentro naquele instante! Vamos lá! Eu preciso saber o que acontece agora!

— Desculpe! Estive ocupada.

— Com Tallulah?

— É.

Tallulah é a personagem principal de outro livro que estou escrevendo: uma história arrebatadora sobre uma tímida garota negra com cabelo crespo fofo e Thomas, o cantor e compositor hipster com olhos expressivos, e cabelo escuro e ombros deliciosamente largos que se muda para a cidade e torna Tallulah sua musa.

— Bem, pelo menos me envie esse. — Caroline suspira como se fosse um prêmio de consolação. — E eles finalmente se beijaram? Toda aquela lamentação e olhares apaixonados estão ficando exagerados. Preciso de um pouco de ação! Eles mal fizeram qualquer coisa. Não vou mentir, Colette é *tão* mais interessante.

Sorrio e balanço a cabeça.

— Não dá para evitar quando a inspiração toma conta de mim, *Colette*.

— Seu público está esperando, *Tallulah*.

Por "público", ela se refere a si mesma. Ela é a minha maior fã... e também a única. Mas não estou reclamando, porque é assim que eu gosto. Não escrevo para outras pessoas. Escrevo para mim e Caroline.

As histórias sempre vieram facilmente. Minha mãe diz que comecei a escrever no jardim de infância, mas mesmo naquela época eu era misteriosa, e mantinha em segurança debaixo do meu travesseiro o caderno no qual escrevia. O assunto mudou conforme eu crescia, os "e se" se transformando em "o que aconteceria se Harry acabasse o livro com Hermione?". E então "o que aconteceria se Harry acabasse *comigo?*". Eu tinha vergonha das histórias, mas elas também faziam eu me sentir vista e me davam um quentinho por dentro. Era empoderador criar um mundo no qual eu era o centro, o prêmio, a desejada.

Por fim, Caroline conseguiu me convencer a deixá-la ler um dos meus cadernos. Esperei que ela risse, mas, em vez disso, me elogiou como uma gênia romântica e me pediu para colocá-la na história também. (Ela sempre teve uma quedinha pelo Rony.) Ela me contou que havia um termo para o que eu estava fazendo: fanfiction. Isso me fez sentir menos vergonha das minhas histórias. Pelo menos eu não era doida ou algo assim. Havia outras pessoas fazendo o mesmo.

Logo eu evoluí de Harry e Rony para Edward e Jacob, e depois para os integrantes de nossa boy band favorita, Dream Zone. (Porque, *está bem*, Miles gosta do Dream Zone porque eu gostava do Dream Zone. Há muito, MUITO tempo. Mas tento manter enterrado esse segredo vergonhoso).

Onze passos para se apaixonar 11

Eu ficava pensando que as histórias eram algo do qual iríamos cansar, tipo o Dream Zone, mas elas nunca pararam. Só se tornaram sobre nossos relacionamentos com meus próprios garotos inventados em vez dos de outra pessoa. Tipo uma fanfic das nossas próprias vidas. Não era como se pudéssemos ir à livraria e encontrar várias histórias de amor fofas com garotas que se pareciam com a gente.

Agora que me mudei, compartilho minhas histórias com Caroline através do Google, em vez de entregar para ela meu velho caderno durante o almoço. Ajo como se estivesse exasperada, mas também estou secretamente feliz por ela não ter parado de pedir. Que pelo menos essa parte do nosso relacionamento ficou como antes.

— Espere, o que é essa bateção? — pergunta Caroline.
— Não acho que seja aqui do meu lado.

Tiro o celular da orelha e ouço. Primeiro penso que é o ritmo rápido de "Love Like Whoa", do Dream Zone. Mas não, é uma batida. Uma batida alta. E é seguida por um fraco, mas insistente "Sei que você está aí!".

O Tocador de Campainha voltou, ou talvez nunca tenha ido embora. *Acho* que eu prometi que responderia no terceiro toque...

— Ei, Caroline, preciso ir.
— Ok, mas esta noite é melhor eu receber... — A campainha soa mais duas vezes em uma sucessão rápida, abafando o resto da exigência dela.

Você tá de brincadeira?

Suspiro, fecho meu notebook e faço uma oração silenciosa para não perder a fraca chama de inspiração que me iluminava, pois o primeiro beijo de Tallulah e Thomas terá que esperar. Os *baby, baby, babys* flutuam, vindos da TV de

Miles, enquanto eu encontro caminho em meio às caixas que ainda entulham o que algum dia será a sala de estar. Ele está cantando agora, e aumentou o som ainda mais — bem além do limite de quinze barrinhas de volume que minha mãe escreveu nos dois post-its ao lado do aparelho.

A campainha soa de novo, justo quando estou abrindo a porta.

— Deus do céu, tenha um pouco de paciência!

Eu soo mais ríspida do que planejava, e minhas bochechas ficam imediatamente vermelhas quando vejo a sra. Hutchinson, dando um passo para trás como se temesse pela vida. Ela agarra seu casaco de lã verde ao redor do corpo, embora esteja fazendo um milhão de graus lá fora.

— Desculpe — digo baixinho. — Eu só… estava de saída.

Em geral, controlo meu tom mais facilmente. Quer dizer, preciso controlar. Porque basta erguer a voz um pouco mais, soar um pouco mais agressiva uma única vez, para ser rotulada como a garota negra barraqueira para sempre. Dá pra ver que já é o que a sra. Hutchinson pensa de mim. Mas minhas desculpas parecem apaziguá-la o bastante para o olhar chocado se transformar em sua careta ranzinza habitual.

— Se você ainda não memorizou seu endereço, precisa anotá-lo. — Sua voz soa como se estive arranhando o céu da boca, e ela contrai as bochechas enquanto fala, como se estivesse passando alguma coisa de um lado a outro. — Eu não deveria precisar trazer isto para você.

Ela segura uma caixa de pizza e tenta enfiá-la nas minhas mãos, mas me afasto.

— Desculpe, sra. Hutchinson, mas isto não é nosso.

— É sim. — Ela fala como se estivesse tendo que explicar que o céu é azul.

— Nós não pedimos nada — insisto, negando com a cabeça.

— Pediram sim. — Ela dá um passo para perto de mim, e consigo sentir seu hálito rançoso e mentolado. Seus chinelos estão bem no batente da porta. — Liguei para a Domino's porque o jovem que fez a entrega não ajudou em nada... basicamente jogou a pizza em mim! Eles disseram que foi pedida por alguém chamado Johnson.

Os olhos azul-claros dela se desviam para uma placa pendurada acima da porta da frente. Meu pai a encomendou de uma mulher que trabalha no escritório dele e tem uma loja no Etsy. OS JOHNSON'S. Ele estava tão orgulhoso que eu não tive coragem de dizer que estava errado.

— Não sei o que te dizer, sra. Hutchinson. Estamos só eu e meu irmão em casa, e nenhum de nós...

Sou interrompida por uma explosão de riso mais alta que o piano e o sintetizador da música mais popular do Dream Zone.

É difícil de explicar a risada de Miles. É como um acorde agudo no lado direito do piano, tocado por uma criança sem treinamento, mas muito entusiasmada. Também lembra aquele guincho que o carro dá quando alguém pisa no freio com muita força para evitar uma colisão. A risada dele é metade alegre, metade inconveniente.

E agora faz a sra. Hutchinson esticar o pescoço e se aproximar, tentando entender o que está acontecendo.

Sei exatamente o que está acontecendo.

Só temos uma linha de telefone fixo na casa, escondida no quarto dos meus pais, mas eu a desconectei esta manhã, como geralmente faço quando estou sozinha em casa vigiando Miles. As outras únicas opções são meu celular ou meu computador, que pode fazer ligações quando conectado ao

Wi-Fi. Ele pode ter usado qualquer um deles quando fui ao banheiro há um tempinho.

As rugas da testa da sra. Hutchinson, que já eram cavernosas antes, se aprofundam ainda mais.

— O que vocês dois estão aprontando, mocinha? O que é isso?

— Hã, eu... — A risada alegre de Miles me interrompe de novo, o que faz o rosto da sra. Hutchinson ficar vermelho.

— Era para ser engraçado? — A voz dela já estava alta, mas está ensurdecedora agora. Tento espiar a rua para ver se tem alguém lá fora observando, mas ela se mexe para bloquear minha visão. — É esse o tipo de reputação que você quer ter? Pregando peças nos vizinhos? Posso te dizer agora que essa... essa... bobagem não é vista com bons olhos aqui!

Uma reputação é a última coisa que eu quero, na verdade. Mas já posso ver: a sra. Hutchinson espalhando para os vizinhos que nós somos um problema — isso se não puderem ouvi-la gritando agora. Estamos aqui há duas semanas, e nossa chance de ser uma família normal já está ameaçada. Sinto meu peito apertar e minha respiração acelerar com o pensamento. Meus pais vão ficar chateados, e é claro que será minha culpa. Eu deveria estar vigiando Miles, como fiz durante a maior parte do verão, enquanto eles se adaptam aos novos empregos. Eu *estava* vigiando. Mas não o suficiente, ao que parece.

— Com licença, sra. Hutchinson. — Uma voz gentil invade meus pensamentos febris. — Minha pizza acidentalmente chegou na sua casa?

Um cara surge na varanda, do nada. Ele parece ter a minha idade, com cabelo liso e loiro passando da hora de ser cortado, pele clara nitidamente sem o bronzeado típico do sul da Califórnia, e grandes olhos verdes. Sua camisa havaiana vermelha desbotada poderia ser uma escolha irônica em outra pessoa — uma daquelas peças vintage falsas que vendem por um milhão de dólares na Urban Outfitters —, mas combinada com as bermudas cargo é só... lamentável.

Quem é esse cara?

A sra. Hutchinson parece reconhecê-lo, e sua presença faz a voz dela voltar a um volume razoável.

— Isto não é seu.

— Hum, na verdade, acho que é, sim? — Os olhos do Camisa Havaiana pousam em mim, e então ele tenta de novo. — É minha. Desculpe pela confusão.

A sra. Hutchinson olha para nós dois, mexendo aquela coisa inexistente entre as bochechas outra vez. Por fim, ela comprime os lábios em uma linha fina.

— Bem, seja lá de quem for, o dono me deve dinheiro. O jovem da Domino's me disse que eu tinha que pagar ou ele me denunciaria para o gerente. Sinceramente! Como se eu fosse algum tipo de criminosa!

Me viro para pegar minha carteira, mas o Camisa Havaiana é mais rápido e coloca uma nota de vinte na mão da sra. Hutchinson e pega a caixa. Ela me encara uma última vez antes de cruzar o gramado de volta à sua casa, resmungando. Mas o Camisa Havaiana continua plantado na varanda.

— Obrigada por isso — falo rápido. — Vou te pagar...

— Está tranquilo — ele me interrompe, acenando com a mão. — Eu só queria, não sei, ajudar? Vi o que estava acontecendo lá de casa. E sei que você é nova, e a sra. Hutchinson... pode ser exagerada. A propósito, é ali que eu moro. Do outro lado da rua. — A risada maníaca de Miles soa outra vez (porque é claro que sim) e as sobrancelhas do Camisa Havaiana se juntam. — Isso foi obra do seu irmão?

— É, ele fez isso. — Eu assinto demais. Por mais que minha respiração esteja começando a desacelerar, posso sentir meu pescoço ficando quente, a ansiedade familiar tomando conta de mim. Quero bater a porta e acabar com esta interação, mas as palavras continuam saindo. — O Pizza Hut em Roseville... é onde a gente morava antes... eles literalmente começaram a desligar quando viam nosso número no identificador de chamadas, o que era péssimo quando queríamos mesmo pedir uma pizza. — Tento rir, mas sai um som estranho.

— Bem, você deveria dizer a ele para escolher um alvo diferente para a pegadinha da próxima vez. — Camisa Havaiana esfrega a lateral do rosto e olha para o chão. — Ou, não sei, simplesmente não fazer pegadinha nenhuma?

Não há julgamento em sua voz, mas eu sinto a necessidade de explicar.

— Obrigada. Não é assim… do jeito que você está pensando. Quer dizer, é, mas é diferente.

— Tudo bem — diz o Camisa Havaiana, inclinando a cabeça para o lado, confuso. Não posso culpá-lo. Não estou fazendo sentido.

— É só que… meu irmão. Miles. Ele tem deficiência. — A explicação é tão familiar para mim quanto respirar ou piscar; já a dei muitas vezes antes. — Isso é uma das coisas que ele faz… ligações que não deveria. Estou feliz que ele não tenha passado um trote para a polícia de novo.

O pensamento me faz tremer, em especial aqui nesta cidade nova onde os vizinhos não nos conhecem, não conhecem Miles.

— Tudo bem — repete o Camisa Havaiana, assentindo agora. Ele se inclina para a porta, perto o bastante para que

Onze passos para se apaixonar 17

eu sinta o cheiro salgado de queijo derretido, e chama: — Olá, Miles!

Miles não responde. Mas a cantoria do Dream Zone para, e eu posso ouvi-lo se mexendo no quarto — provavelmente ajustando o controle remoto um pouquinho e colocando a capa do DVD em seu lugar específico. Ele está vindo verificar o dano.

— Bem, obrigada. De novo. E não vai acontecer novamente. Prometo. Sinto muito, muito mesmo. — Estou falando rápido, tentando tirar esse cara daqui antes que Miles chegue na porta. Não tenho vergonha do meu irmão. Não tenho. Mas não quero lidar com a coisa agora, principalmente porque meu coração ainda está acelerado da situação com a sra. Hutchinson.

Dou ao Camisa Havaiana meu melhor sorriso de desculpas e tento fechar a porta, mas ele me impede com a caixa da pizza.

— Sou Sam.

— Hm, ok. — Pestanejo para ele, e Sam estende a mão livre para apertar a minha. Certo, agora é a minha vez. — Tessa.

— Prazer em te conhecer, Tessa — diz Sam Camisa Havaiana, passando o peso de um pé ao outro. Ele claramente tem algo mais a dizer, e desejo que diga logo porque preciso ir embora.

— Hã… falei com a sua mãe há algumas semanas.

É claro que sim. Minha mãe fala com todos e sempre acaba dando informações demais. O caixa no Trader Joe perto da nossa antiga casa sabia tudo sobre a tonsilectomia emergencial que tive que fazer aos dois anos, a relação complicada de meu pai com a vovó Edith e o sonho de minha mãe de comprar um trailer Airstream um dia. Me pergunto

18   ELISE BRYANT

o que ela contou ao Sam Camisa Havaiana. Aparentemente não o meu nome.

— É?

— Bem, ela estava falando com a minha mãe e disse que você estava indo para a Academia Crisálida. Que você é, hã, uma escritora? Estou sendo transferido para lá também. Então, é… isso é bem legal.

Ele sorri, e apenas o lado direito de sua boca se ergue, revelando uma covinha profunda. Os olhos ficam enrugados, pequenas meias-luas debaixo das grossas sobrancelhas loiras. É um sorriso bonito. Quase me faz esquecer a bermuda cargo.

E, beleza, agora quero perguntar mais, tipo em qual laboratório está ou se ele sabe o que esperar para amanhã, no nosso primeiro dia na escola de arte. Pensar sobre a escola tomou conta da minha cabeça durante todo o verão — e o fato de que poderei escrever todos os dias e estar perto de pessoas que fazem o que faço, só que melhor. Isso tudo ainda é empolgante e terrivelmente desconhecido para mim, e seria legal ter alguém com quem compartilhar. Mas agora ouço os passos de Miles em direção à porta e já atingi o nível máximo de tolerância ao caos hoje.

— É, legal. Então nos vemos na escola. Desculpe pela pizza, tchau! — falo rápido e alto demais, fechando a porta na cara confusa do Sam Camisa Havaiana. Ela bate com um estrondo, mais forte do que eu planejava, bem quando Miles se aproxima de mim; seus aparelhos auditivos fazem ruídos e anunciam sua presença.

Meu irmão é três anos mais velho que eu, mas as pessoas geralmente não pensam isso. Ele com certeza parece mais jovem. Para começar, é mais baixo do que eu: com grandes olhos castanho-escuros, dançando permanentemente.

E seus lábios cheios estão sempre um pouco entreabertos, virados para cima num sorrisinho, prontos para dizer qualquer coisa que gerará uma reação. Hoje ele está usando sua camisa favorita do Dream Zone, mas toda amassada. E seu cabelo curto e grosso precisa ser penteado. Eu deveria ter feito um trabalho melhor ao arrumá-lo de manhã.

— Essa foi boa, não foi, Tessie? — Miles ri, e eu tento segurar meu sorriso. Só vai encorajá-lo.

— Não. — Mas não consigo evitar o ronquinho que sai quando meus nervos começam a se acalmar, e isso o faz rir, se divertindo. — Não foi nem um pouco engraçado — digo mais firme. — Pensei que havíamos concordado que você ia parar com isso agora. Cidade nova, novos começos, lembra?

Miles dá de ombros.

— Eu estava entediado. Você filmou ela?

— *Por que* eu teria filmado ela?

— Porque foi legal — diz ele, começando a virar a cabeça, do jeito que faz quando está animado. Parece alguém fazendo ioga, tentando alongar um pescoço duro. Eu só balanço a cabeça. — Espera. — Miles agarra meu braço, de repente sério. — Cadê a pizza?

— Ele levou. — Reviro os olhos. — Ele pagou por ela, mano!

— Mas estou com fome. Eu pedi com pepperoni extra*aaaaaa*. — A última sílaba se estica em um resmungo, e eu posso sentir o humor dele começando a mudar, como o ar muda antes da chuva.

— Vou te arranjar algo para comer — digo, abraçando os ombros dele e o levando para a cozinha. — E que tal mantermos esse negócio da pizza entre nós dois?

— Ah, Tessie, você sabe que foi legal.

Capítulo 2

Meu irmão é uma pessoa com deficiência.

Costumávamos chamar de necessidades especiais, até que um professor disse que as necessidades não são especiais. São apenas dele.

"Meu irmão é uma pessoa com deficiência" é uma resposta que tenho pronta para dar toda vez que ele encontra alguém pela primeira vez ou faz algo que não deveria (tipo pedir uma pizza para os vizinhos), ou quando tenho que explicar por que ele não está na faculdade e ainda mora com a gente, embora tenha dezenove anos. É rápido e direto ao ponto, então não tenho que passar muito tempo explicando ou falando no geral.

Não gosto de explicar que o cordão umbilical enrolou no pescoço de Miles quando ele nasceu, o deixando sem oxigênio por tempo demais, azul em vez de negro.

E odeio listar todos os diagnósticos técnicos. Sempre fico com receio de dizer algo errado porque não é simples como as pessoas acham. Paralisia cerebral atetóide: é esse o nome todo, mas eu raramente o digo. Pelo que entendo, é o centro de tudo. É o motivo das pernas dele serem duras e descoordenadas, do corpo de Miles se mexer sem controle quando está muito feliz ou chateado e de ele tropeçar e se desequilibrar às vezes, como um barco passando por águas revoltas.

Há também o comprometimento cognitivo, acho que esse é o termo certo para descrever por que meu irmão mais velho age muito como se fosse meu irmão mais novo, por que eu tenho que ajudá-lo em um dever de casa de adição básica e ouvir suas reclamações quando as coisas não acontecem do jeito que ele quer. O TOC, mas isso pode não ter nada a ver. E a perda de visão e audição, o que explica as lentes grossas de seus óculos e os aparelhos auditivos caros que de alguma forma ele perde uma vez a cada poucos meses. Quando chego ao final da lista, também já estou um pouco confusa, encerrando com um desconfortável: "E... pois é". E isso geralmente leva a mais perguntas ou uma abertura para as pessoas me contarem como o primo delas tem fibrose cística ou algo do tipo, que não é nem de perto a mesma coisa. Assim, uma conversa que eu queria nem ter começado se estende ainda mais.

Portanto, só digo que meu irmão é uma pessoa com deficiência — e deixo por isso mesmo.

E então me preparo para as respostas inevitáveis que recebo toda vez. Elas são tão familiares que consigo recitá-las como se fossem o hino nacional.

Há sempre o "Ah, que presente para a sua família!" ou "Tenho certeza de que ele ensinou muito a vocês". Como se meu irmão fosse um suporte para o nosso autodesenvolvimento. Sim, crescer com ele é difícil, mas a função do meu irmão não é nos ensinar alguma coisa. Ele é um ser humano, e essa é a vida *dele*, acontecendo agora.

Enfim, as pessoas geralmente só dizem essas coisas quando meu irmão está sentado quietinho, balançando a cabeça e cantando uma de suas músicas favoritas do Dream Zone. Ninguém vomita frases motivacionais de cartão de aniversário quando Miles está correndo pelos corredores do supermercado gritando porque não tem a marca de achocolatado de que ele gosta, ou disparando os alarmes dos carros na nossa rua sem saída porque seu programa favorito foi cancelado. Não, as pessoas só desviam os olhares ou, pior, balançam a cabeça de forma desaprovadora para a minha mãe. Esse é o segundo tipo de resposta.

Mas o terceiro tipo de resposta, pior do que esse papo de "veja o lado bom" que tentam oferecer quando não fazem ideia do que estão falando, é o "sinto muito mesmo" cheio de pena. Como se tivéssemos sofrido uma perda tremenda. Como se alguém tivesse morrido. Odeio quando as pessoas dizem isso, porque por mais difícil que a vida com Miles seja às vezes, ele não está morto. Ele está muito vivo. E não gosto das pessoas insinuando que a vida dele de alguma forma não é suficiente, que eu deveria estar de luto pelo irmão alegre, hilário e, sim, meio irritante que tenho. Ele é exatamente quem queremos.

Dei minha explicação habitual hoje, e estava esperando uma das respostas habituais.

Mas Sam Camisa Havaiana me surpreendeu. Ele só disse:
— Olá.

Mais tarde, estamos sentados para o jantar em família.

Não é uma coisa que aconteça toda noite, e é por isso que é chamado de jantar em família em vez de só, bem, jantar.

As noites são movimentadas para a nossa família. Meu pai trabalha até tarde algumas noites por semana na empresa de envios em que é o gerente geral, então às vezes passa no drive-thru a caminho de casa. E Miles sempre tem tantas consultas — com uma terapeuta ocupacional, otorrinolaringologista, especialista comportamental, psiquiatra e seja lá mais quem ele precisa ver na semana — que ele e minha mãe acabam fazendo um lanche nas salas de espera ou comendo pizza congelada quando chegam em casa. Em Roseville, eu ficava por conta própria na maioria dos jantares, então ia até a casa de Caroline e comia pratos de arroz e carne que Lola não parava de encher, insistindo que eu estava ficando magrinha demais.

As coisas não ficaram muito diferentes desde que nos mudamos. Todo mundo ainda está ocupado. Exceto que agora eu como muito mais cereal.

— Você tinha que ter visto a cara dele — diz Miles, enfiando uma garfada de espaguete na boca. Meu pai corta o macarrão para facilitar para ele. — O homem estava com tanta raiva. Ele estava balançando a pizza e gritando sobre como teve que pagar por ela! Tessie deveria ter gravado para a gente colocar no YouTube.

Miles contou aos nossos pais assim que chegaram em casa. Ele sempre conta, porque se sente culpado. Mas, como sempre, sua contrição logo se transformou em orgulho, e embora já tenham se passado horas, ele ainda está falando sobre sua conquista.

— Você nem viu a cara dele — digo.

— Vi, sim. Eu estava lá o tempo todo. Ele estava com tanta raaaaaaiva! Quase com tanta raiva quanto aquela senhora! — A cabeça dele começa a girar e os braços se agitam atrás dele, como um pássaro tentando voar. Eu amo como o meu irmão demonstra emoção usando o corpo todo, não há necessidade de interpretar ou duvidar.

— Ah, beleza — digo, olhando para Miles de esguelha, o que o faz parar de rir.

— Você acha que eu devia ir ver Audrey também? Para garantir que ela não está chateada com a gente? Tivemos uma conversa tão agradável semana passada, sobre o filho dela e você irem para a Crisálida, e agora isso — diz minha mãe. As sobrancelhas finas dela estão unidas, e ela está olhando além de nós, para a casa do Sam Camisa Havaiana do outro lado da rua, como se pudesse mandar um pedido de desculpas mentalmente. — Já me desculpei com a sra. Hutchinson mil vezes, mas Deus sabe que vai levar um tempo para a situação amenizar. Primeiro o problema com a árvore, e agora isso. — Minha mãe coloca a mão na testa e fecha os olhos.

— Eu só… queria que você tivesse vigiado ele melhor, Tessa.

Aí está.

— Não foi tão grave assim, mãe. Eu lidei com a situação.

Foco em mover o espaguete para lá e para cá no meu prato para que ela não me veja revirar os olhos.

— Eu sei. — E, simples assim, a voz dela fica suave, um interruptor acionado, e ela estende o braço por sobre a mesa para pegar a minha mão. — Você faz muito por nós. Sinto muito por não dizer isso com frequência suficiente.

Minha mãe e eu não nos parecemos nem um pouco. Ela é toda angulosa, com pele pálida e cheia de sardas, cabelo loiro ondulado que cai perfeitamente sobre seus ombros assim que acorda. Eu tenho quadris e coxas que quero esconder às vezes. E meus cachos fechados de vez em quando ficam bonitos, mas é basicamente um trabalho de meio-período chegar nesse resultado. Ela fala com todo mundo e parece se divertir

Onze passos para se apaixonar   25

nessas conversas, enquanto a maioria das interações sociais me esgotam. Fico perfeitamente bem sentada em silêncio.

Mas uma coisa que temos em comum é que ficamos obcecadas com tudo o que dizemos, ansiosamente analisando como nossas palavras podem ter sido interpretadas ou afetado alguém. Só posso imaginar como deve ser exaustivo para minha mãe. Evito falar com as pessoas por causa disso. Posso ver isso agora nos olhos azuis acinzentados dela, enquanto aperta a minha mão mais uma vez e me dá um sorriso de desculpas.

— Talvez a gente deva se livrar do telefone fixo — diz ela. — Menos uma coisa para nos preocuparmos.

Meu pai, que esteve lendo e-mails no celular durante a maior parte do jantar, levanta a cabeça.

— Não podemos fazer isso. E se acontecer uma emergência?

— Não usei o telefone fixo. — Miles ri. — Peguei o celular da Tessie quando ela estava fazendo cocô! Ela estava fazendo cocô há um tempão! Talvez você devesse controlar o seu cocô, Tessie.

Dou um tapinha no braço dele, e Miles grita entre os risinhos, tentando devolver o golpe.

— Ei, ei — avisa meu pai, mas tem um sorriso largo no rosto. A tela do celular dele está escura agora.

Levanto da mesa e Miles me segue, mas eu me desvio dele e lhe dou um cascudo antes de puxá-lo para um abraço, o riso dele chacoalhando nós dois. Nossa pele negra clara não combina com a branca de minha mãe ou a retinta de meu pai, mas nós somos iguais.

A deficiência do meu irmão às vezes é tudo, mas também não é nada. Nosso relacionamento não é extraordinário ou inspirador como as pessoas esperam que seja. Ele só é o meu irmão, e eu sou só sua irmã. E minhas memórias favoritas dele — vestindo as roupas dos nossos pais e fingindo ser novos vizinhos, descendo a rua para comprar sorvete na farmácia — não têm nada a ver com o que as pessoas focam.

— Então você e Sam falaram sobre a Crisálida? — pergunta minha mãe quando tornamos a nos sentar.

— Na verdade, não.

— Ele parece um bom garoto — continua ela. — E também será aluno do primeiro ano! Vocês podiam ser amigos! Não seria legal?

— É, sei lá.

Não me interprete mal. Sam parece ser legal, legal mesmo. A forma como lidou com a situação da pizza e tratou Miles foi diferente do que estou acostumada e… intrigante. Mas não sei se ele é o tipo com o qual quero me enturmar no primeiro dia. *Eu* não o estou julgando por suas escolhas de moda, mas os alunos na Crisálida com certeza vão. Além disso, depois de me ver agindo feito uma bocó acanhada mais cedo, ele provavelmente também não está muito a fim de andar por aí comigo.

— Por que a falta de entusiasmo? Ainda está com raiva de mim por causa do portfólio? — pergunta minha mãe.

— Você tá falando de quando roubou o diário da Tessie? — Miles interrompe.

— E lá vamos nós. — Meu pai suspira, cansado.

— Não era o diário dela! — Minha mãe joga as mãos para cima.

— Poderia ter sido. — Eu precisei me convencer de que tinha superado, que não ia mais mencionar o caso, mas minhas feridas abriram de novo, e sou lembrada da traição dela.

Ouvi falar sobre a Academia Crisálida bem antes de meus pais soltarem a bomba de que íamos deixar o lugar onde moramos nossas vidas inteiras e nos mudar para seis horas de distância ao sul, em Long Beach, para que meu pai pudesse aceitar uma posição melhor no trabalho. A prestigiosa escola de arte produzira uma estrela do Disney Channel, um violinista prodígio que foi vice-campeão no *America's Got Talent* e até um poeta que foi indicado ao National Book Award.

Então, quando descobri para onde estávamos nos mudando, me deixei sonhar com a Crisálida um pouco, talvez como uma forma de lidar com o fato de que minha vida sofreria uma mudança tão drástica. Imaginei como seria me tornar um dos estudantes talentosos e especiais da escola. Como seria conhecer outras pessoas que amam o que eu amo. E cometi o erro de falar sobre o assunto uma vez durante um jantar em família. Uma vez! Mas nunca me candidatei *de verdade*. Quer dizer, eu sabia que minhas histórias de amor não eram sérias estilo as do National Book Award que eles estavam procurando.

Então, quando recebi minha carta de aprovação no correio, pensei que fosse uma piada. Ou um erro administrativo.

Mostrei a carta para a minha mãe, rindo de como a situação era bizarra, e o sorriso dela se transformou no sorriso de quem sabia demais, e ela acabou contando tudo. Pelo que eu tinha dito, ela percebeu que eu queria *mesmo* ir para essa escola, então preencheu a inscrição para mim e imprimiu algumas de minhas histórias (minhas histórias *particulares*) como amostras de escrita. Ela esperou para me contar quando eu já estivesse cem por cento dentro, para que eu não tivesse um treco, um de seus eufemismos para a ansiedade que tenho desde a escola primária.

— Eu sei que provavelmente não deveria ter feito aquilo. Mas você não teria entrado na Crisálida se eu não tivesse feito. Você teria descartado a ideia em vez de arriscar, e eu não quero que deixe suas preocupações terem esse tipo de controle — diz minha mãe, reiterando a mesma defesa que me deu na época. O mesmo conselho que ela me dá há anos. — Você é uma escritora incrível, Tessa. O mundo merece ver isso. E tudo deu certo no final, não?

Eu sei que deveria me sentir bem por ter sido aceita, e me sinto. Mais ou menos. Mas Caroline é a única pessoa que já deixei ler minhas histórias. Pensar quais das minhas histórias românticas e bobas minha mãe poderia ter enviado faz minha pele esquentar. Ela não consegue se lembrar qual imprimiu e, tipo, não posso ir até o responsável pelas admissões com essa pergunta humilhante. Tem uma especialmente ruim que escrevi há alguns anos se passa em um acampamento de verão, onde minha protagonista negra e crespa tinha que escolher entre diversos caras gostosos que estavam, é claro, inexplicavelmente apaixonados por ela. Mas com certeza a Crisálida não teria me aceitado se tivessem lido *aquilo*.

— Não deu? — minha mãe repete, olhando esperançosamente para mim.

Dou de ombros.

— Que horas acha que devemos sair amanhã? — pergunto, mudando de assunto, mas antes que ela possa responder, somos interrompidos por Miles se levantando tão bruscamente que a cadeira dele cai.

— Que horas são? — pergunta ele. Está piscando rápido, com os braços pulsando às suas costas.

Meu pai confere o celular.

— Seis e quinze.

Onze passos para se apaixonar 29

— Começou! Estou perdendo! — Ele começa a chorar, um guincho alto, e corre em direção à televisão. — Burro! Tão burro!

Minha mãe se levanta.

— Um dos membros do Dream Zone... Jonny, acho... ia aparecer no *Access Hollywood* esta noite. Eu deveria ter lembrado. — Ela balança a cabeça, parecendo brava consigo mesma. Como se fosse sua culpa. Às vezes, eu acho que é mais fácil para ela culpar alguém (ela mesma, eu, meu pai) para não ficar com raiva do universo. — Vou acalmá-lo — continua ela, seguindo meu irmão, e minha pergunta sobre amanhã é esquecida.

Eu costumava ficar brava com minha mãe por conta disso — colocar meu irmão em primeiro lugar, largando tudo para ajudá-lo —, mas aprendi a deixar pra lá. Ela está fazendo o melhor que pode. Todos estamos.

Levanto a cadeira caída e ajudo meu pai a tirar a mesa.

Capítulo 3

Estou em frente ao meu armário, tentando decidir o que vestir amanhã, quando Caroline liga de novo.

— Você não mandou os capítulos!

— É, não tive tempo para isso. — Dou os detalhes do que aconteceu esta tarde e ela ri.

— Ah, sinto falta das pizzas! Alguém devia fazer um reality show do seu irmão.

— Nunca diga isso para ele — respondo, rindo.

— Você está escolhendo sua roupa agora. — É uma afirmação, não uma pergunta, porque, mesmo a quilômetros de distância, conhecemos as ações uma da outra como se fossem as nossas.

— Uhum.

Me sento no chão diante do armário, encarando as opções. Depois de usar uniforme na South High, estou tão animada com as possibilidades de vestimenta na Crisálida quanto com as aulas de escrita criativa.

— Bem, você sabe o que tem que vestir.

E, sim, sei exatamente do que ela está falando. O vestido de arco-íris.

Tem gola em formato V — não tão profunda, apenas o suficiente —, uma saia volumosa e listras em uma paleta pastel de arco-íris. Eu estava indecisa sobre comprá-lo na pequena boutique no centro de compras Fountains, mas Caroline me convenceu. E não foi tão difícil: o vestido serviu perfeitamente, caindo sobre meus quadris e destacando minha cintura. Mas de jeito nenhum vou usar essa roupa.

Porque, como estou dizendo a ela agora:

— É demais! — E Caroline grunhe de frustração. — É sim! Você sabe que é, Caroline!

Minha estética geral é esta: eu não me destaco. Tipo, se alguém por ventura me notar, quero que assinta e pense: "Essa é uma maneira muito sutil de misturar estampas" ou "Os detalhes bordados na gola estilo Peter Pan são discretos e fofos". Mas eu não quero me destacar. E um vestido de arco-íris se destaca. Sei que é muito pensamento investido no que essencialmente só serve para proteger minha pele dos elementos e do olhar das pessoas. Sei disso! Mas acho que a roupa certa é importante. É um desejo para o dia! E meu desejo é que amanhã TUDO. DÊ. CERTO.

De repente, o ambiente fica mais quente do que estava há alguns segundos. E quando foi que minhas mãos se fecharam em punhos? Tento inspirar fundo, mas não parece haver ar suficiente.

— Hum, Tessa… — chama Caroline. — Como você está se sentindo sobre amanhã, mana?

Expiro e chacoalho meu corpo. É claro que não é só sobre a roupa. Ela sabe como o meu cérebro funciona.

— Ok, estou nervosa. — Suspiro, como se isso não fosse extremamente óbvio. — A Crisálida é superimportante, sabe? E estou com medo de não me encaixar. Já foi complicado demais na South High, e eu estava com, tipo… pessoas normais e comuns. Não tenho chance com esses artistas descolados, megatalentosos e sofisticados. — Quer dizer, esses adjetivos não se aplicam ao Sam Camisa Havaiana, mas estou achando que ele vai ser o isolado.

— Bem, não sei se minhas opiniões de pessoa *comum* importam, mas acho que você vai ficar bem. — Posso sentir o sorriso na voz dela, me deixando saber que não se ofendeu.

— Você é o exato oposto de comum. Você é um unicórnio brilhante voador e um presente para este mundo, que eu valorizo mais do que qualquer coisa. Mas, tipo… você sabe do que estou falando.

— Sei. South High é cheia de jogadores de futebol americano com sorrisos brancos e brilhantes e de líderes de torcida que parecem ter vinte e cinco anos e agem como babacas, então era mais fácil ignorar quando você não era a Miss Popularidade lá. E quem é que quer andar com eles? Mas se você não for aceita por essas pessoas, pessoas que você *realmente* admira, então seria a prova de que você é mesmo uma panaca.

— *Rá!* Valeu!

— O quê? Só estou dizendo o que você está pensando. Suspiro. Porque Caroline está mesmo.

— Mas vou acrescentar — continua ela — que você vai se encaixar, sim. Você pertence à academia tanto quanto eles, porque foi aceita também. Porque você consegue escrever histórias que são encantadoras e de partir o coração e são diferentes das outras. Não duvide disso, Tess.

— Obrigada.

Onze passos para se apaixonar   33

A conversa encorajadora me dá confiança, mas também sinto outra dor no peito ao perceber que terei de enfrentar um primeiro dia inteiro na escola sem ela. Me lembro do primeiro dia no quinto ano, quando Caroline conversou comigo durante um ataque de pânico que tive quando descobri que estaria na aula da sra. Snyder (também conhecida como Snyder Gritalhona). E me lembro também do primeiro dia do oitavo ano, quando Caroline não fez nenhum dos deveres de inglês durante o verão porque Lola não parava de entrar e sair do hospital por conta de seu problema de coração, e eu passei o almoço inteiro a ajudando a escrever uma análise de *Vidas sem Rumo* às pressas. Sempre fomos parceiras uma da outra, uma base sólida que podia aguentar qualquer coisa.

— E talvez quando você perceber quão incrível é, vai deixar outra pessoa além de mim ler suas coisas.

— É... claro. — Nós duas sabemos que eu não estou falando sério.

Tentei postar duas das minhas histórias no WattPad uma vez, por incentivo de Caroline, mas uma recebeu três comentários desagradáveis e a outra, pior ainda, não recebeu nenhum. Bastou tocar o lago da vulnerabilidade com o meu dedo do pé para me fazer desistir completamente da ideia. Estou animada para o tempo que poderei usar para escrever na Crisálida. Acho até que meio que posso perdoar minha mãe por enviar meu portfólio, porque foi o que me fez entrar lá, e embora eu nunca vá admitir, ela estava certa em dizer que eu nunca tentaria. Mas com certeza não estou planejando compartilhar meu trabalho com meus colegas. Até pensar nisso me faz tremer.

— Quer dizer, você terá que mostrar para algumas pessoas, não? — pressiona Caroline. — Tipo, pelo menos seus professores. E provavelmente às outras pessoas na classe. Na verdade, isso pode ser útil... eles vão ajudar mais do que eu.

A última parte dói.

— Você acha que preciso de ajuda com a minha escrita?

— Não, não! É claro que não, Tessa! Você é uma deusa criativa e brilhante, e suas palavras são um presente na minha vida...

— Fale sério.

— Bem, em primeiro lugar, estou falando sério — diz ela, a voz cheia de paciência. — E em segundo lugar... o que quero dizer é que feedback é bom para todos, sabe? E compartilhar seus trabalhos com o mundo é o que escritores fazem, não é? Esse é o objetivo de escrever... certo?

— Certo... — concordo enquanto minha mente luta para acompanhar.

O objetivo de escrever é ter outras pessoas lendo o seu trabalho? Nunca pensei pra valer sobre isso antes, principalmente porque em geral eu escrevo para a minha própria diversão, mas acho que faz sentido. Por qual outro motivo temos livros? Se esse não fosse o motivo, escritores iam manter os rascunhos salvos no computador, apenas para si. E, está bem, confesso que já pensei em ter um livro com o meu nome na capa, mas percebo agora, com uma pontada de vergonha, que nas minhas fantasias eu pulava de compartilhar minhas histórias com Caroline para ser uma autora celebrada e admirada sem qualquer ajuda dos leitores, o que é... bem, acho que é meio estúpido.

Não sei. Isso significa que não sou escritora de verdade? Talvez eu só seja alguém que escreve coisas bobas por diversão. Pela primeira vez, começo a pensar sobre como minhas aulas de escrita criativa serão — porque até agora só consi-

Onze passos para se apaixonar **35**

derei, com entusiasmo, os longos e ininterruptos períodos de tempo em que escreverei. Teremos que compartilhar nossos trabalhos uns com os outros? Meus colegas de classe ficarão animados com isso? Meu estômago revira quando os pensamentos começam a girar.

— Podemos… podemos voltar a falar sobre a minha roupa? —A escolha do que vestir parecia demais para lidar um momento atrás, mas com certeza é melhor do que este outro assunto.

— Claro, tudo bem.

Caroline e eu passamos a hora seguinte revisando todas as possibilidades de combinação de roupas no meu armário antes de enfim encontrarmos uma roupa adequada para o meu primeiro dia. Felizmente, minha mente se acalma durante o processo. Isto é familiar. Isto é fácil.

— Sério, o que eu faria sem você?

— Usar suéteres em tons supersaturados? Calças jeans com borboletas bordadas no bolso de trás? Quem sabe? — Ela ri. — Estou mesmo fazendo um trabalho comunitário. Acha que posso colocar isso na minha inscrição para a faculdade?

— Sim, por favor. E como você está se sentindo em relação ao primeiro dia amanhã? — pergunto, um pouco envergonhada por não ter perguntado antes, muito ocupada com a minha mudança e ansiedade monumentais.

— Sei lá. Bem, eu acho. É só mais um dia na South High. Vou usar uma variação sem graça do uniforme e tentar manter meus olhos abertos o dia todo, como sempre.

— É, mas é o nosso *primeiro* dia sem a outra desde, bem… desde sempre! Com quem você vai se sentar no almoço? — Sei que essa pergunta vem me assombrando. Basta pensar no almoço de amanhã para que o pequeno latejar de saudade de Caroline machuque como uma ferida recém-aberta.

Ela ri.

— Tenho certeza de que vou encontrar alguém — diz.

E isso me provoca uma sensação meio esquisita. Primeiro porque eu não estava brincando, e segundo porque definitivamente não estou me sentindo tão corajosa. Mas sempre lidamos com as coisas de maneira diferente. Talvez Caroline não precise tanto de mim quanto eu preciso dela.

Por fim, depois de múltiplas promessas de ligar para ela assim que chegar em casa amanhã (e também de enviar meu próximo capítulo), saio do celular e coloco meu notebook sobre o colo, mergulhando no mundo de desejo e romance de Tallulah e Thomas mais uma vez. Colette terá que esperar.

Tento não pensar nos olhos de mais ninguém nessa história. As palavras são só para mim.

Tallulah chegou na noite dos amadores na cafeteria exatamente às 19h15, a hora em que Thomas disse que estaria entrando, e nem um minuto mais cedo. Desde que o quase beijo deles foi interrompido pelo dono da cabana que aparentemente não estava vazia, Tallulah temia ficar sozinha com Thomas outra vez. E se o que acontecera entre eles fosse coisa da cabeça dela? Tallulah não queria arriscar que a memória perfeita fosse estragada. Queria manter aquele delicado "e se" para sempre.

Então apareceu na hora certa, evitando qualquer chance de Thomas apresentá-la a seus colegas músicos como "amiga", ou pior, que pedisse um mocha à barista gostosa, loira e sofisticada que provavelmente também estava apaixonada por ele.

Tallulah encontrou um lugar vazio nos fundos da cafeteria, para o caso de ter que sair correndo, envergonhada, e observou enquanto Thomas tomava sua posição na frente da plateia. As luzes cintilantes iluminavam de forma etérea seu cabelo preto e despenteado. Tallulah observou enquanto ele afinava o violão, seus dedos finos trabalhando com intenção, e imaginou como seria ter aqueles mesmos dedos na sua cintura ou acariciando a lateral de seu rosto. O pensamento fez as bochechas dela corarem e o coração bater mais forte. Thomas parecia pronto para começar, mas parou e olhou ao redor da sala, estreitando os olhos. Ansiosa, Tallulah se perguntou por quem ele poderia estar procurando — a barista loira? Mas ela não precisou se perguntar por muito tempo, porque, quando o olhar de Thomas pousou nela, abriu logo um largo sorriso.

"Para você", disseram os lábios dele.

Os olhos de Thomas não deixaram Tallulah enquanto ele tocava a primeira música, então a segunda e a terceira. Embora o local estivesse cheio, Tallulah sentiu como se fossem só os dois. Todas as preocupações dela se dissiparam, porque era tão claro pelas palavras dele, pelo seu olhar, pela música que fluía entre os dois, que o momento na chuva havia sido real. Este lindo garoto a via — a desejava — como ela o desejava.

Depois da última música, Thomas ignorou as palmas e tentativas de conversa de todas as outras pessoas e avançou direto até Tallulah, envolvendo-a em um abraço. Ela pegou a mão dele e o guiou para fora, a noite iluminada pela lua cheia.

— Eu não sabia... que você se sentia assim. — Tallulah suspirou. — Naquele dia... pensei que era coisa da minha cabeça.

— Você não vê? — disse Thomas, colocando os braços ao redor dela. — Desde que me mudei para cá... sempre foi você. Sempre será você, Tallulah.

E então ele pressionou os lábios suavemente contra os dela.

Capítulo 4

Acordo às cinco da manhã. De propósito.

Não porque sou uma pessoa matutina. Não sou. E também não é culpa da animação e ansiedade que sinto pelo primeiro dia de aula.

É porque preciso arrumar meu cabelo.

Passei os últimos dezesseis anos tentando entender o que fazer com o meu cabelo. Com uma mãe branca, a habilidade não veio naturalmente, mas ela fez um trabalho melhor que a maioria. Ela nunca me deixou sair de casa com uma bagunça cheia de frizz que faria senhoras negras no supermercado franzirem os lábios e balançarem as cabeças. Não, ela estudava minhas tias e minha avó quando as visitávamos na Georgia, tomando notas e fazendo perguntas como se estivesse trabalhando em uma tese. E ela aprendeu como prender meu cabelo em afro puffs perfeitamente hidratados e tranças que ficavam coladinhas e certinhas no meu couro cabeludo.

Quando comecei o sétimo ano, implorei para que minha mãe me deixasse pranchar meu cabelo. Ela resistiu. Nunca

Onze passos para se apaixonar   39

tinha me deixado alisá-lo enquanto eu crescia, mesmo que todas as minhas primas fizessem isso e que minha avó tenha sugerido algumas vezes. Os produtos químicos não pareciam certos, e ela costumava dizer "Seu cabelo é lindo do jeito que é". Mas eu queria meu cabelo liso. Liso e *macio* — como o da Meghan Markle. É claro que na época eu não fazia ideia de quem era Meghan Markle, mas quando vi a cobertura frenética do casamento real anos depois, foi a primeira coisa que pensei. *Isso. Era isso o que eu queria.*

Mas nunca consegui. Por fim, minha mãe cedeu e me levou ao salão a cada duas semanas para que eu tivesse meu cabelo pranchado. E até me deixou usar alisantes que queimavam meu couro cabeludo, mas que exigiam retoques menos constantes. Mas nunca atingi o sonho Meghan Markle. Sempre tive franjas que ficavam com frizz quando eu suava e pontas que quebravam e se recusavam a crescer.

Tiro a touca de cetim da cabeça e observo com o que estou lidando esta manhã. Meu cabelo está curto agora, com só alguns centímetros. E não está mais liso. Ele é composto de cachos que são livres, emocionantes e mágicos, tudo ao mesmo tempo.

Depois de estudar perfis sobre cabelo natural no Instagram e assistir a garotas lindas de cabelo cacheado no YouTube por meses, finalmente fiz o *big chop* em junho — cortando todo o cabelo alisado e deixando dois centímetros do fio natural, a promessa de algo novo. Me senti menos assustada sabendo que iria para um lugar novo e que poderia recomeçar na Crisálida, onde as pessoas não saberiam da diferença nem *notariam* ou, ainda pior, *comentariam.*

Pensei que seria mais conveniente. Poderia pular na piscina quando quisesse e não teria que me preocupar com a chuva. Mas não estou subitamente lotada de convites para festas na piscina, e não chove muito por aqui, de qualquer forma.

Também achei que seria mais fácil. Eu poderia apenas lavar o cabelo e sair. Mas um corte do tipo lave-e-saia, aprendi, não envolve simplesmente lavar e sair. É lavar e condicionar (às vezes condicionar profundamente), desembaraçar e condicionar mais uma vez, pentear e esfregar, passar óleo e gel. É um processo. Um ritual. É o motivo de eu estar de pé às cinco da manhã.

Tentei fazer meu lave-e-saia à noite, como as influenciadoras de cabelo natural do YouTube sugerem, mas quando me deito com o cabelo molhado, ele acorda igual ao daquelas bonecas trolls: amassado dos lados e embolado no topo. E nunca fica certo quando eu o seco com o difusor... fica fofo demais na parte de trás, como um poodle. Então planejei acordar cedo o bastante para deixá-lo secar naturalmente pela manhã e garantir que eu terei um cabelo perfeito de Primeiro Dia da Escola e também para que hoje saia exatamente como planejado.

Primeiro lavo o cabelo e então condiciono, usando os dedos para desembaraçar. É difícil me mover no pequeno box do banheiro que Miles e eu compartilhamos. Toda hora um cotovelo ou joelho acaba colidindo nas muitas embalagens de produtos nos cantos, derrubando-os sobre meu pé e me fazendo praguejar.

Quando enfim termino, saio do chuveiro, coloco uma toalha sobre meus ombros e divido meu cabelo em quatro partes para começar o ritual atual de cremes e condicionadores. Tenho que lidar com cada seção de maneira diferente e com delicadeza, porque enquanto a maior parte do meu cabelo é 4A, a parte de cima é mais 4C, e o lado direito com certeza é 3B. Cada uma exige movimentos de mão e quantidade de produtos específicos para fazer os cachos ficarem uniformes.

Como eu disse, é um processo.

Alguém bate na porta do banheiro, me fazendo pular e derrubar o tubo de creme de finalização que cheira a rosas no tapete laranja felpudo. Coleto o produto com a sofreguidão de quem deixou cair um filho, já que é caro demais para desperdiçar.

— Tessie, me deixa entrar! Eu preciso usaaaaaaar! — A voz abafada de Miles vem do outro lado da porta, e ele bate mais vezes.

— Agora não. Use o banheiro dos nossos pais!

Se eu sair agora, Miles ficará aqui por sabe-se lá quanto tempo e eu vou perder o controle do meu planejamento. Normalmente eu o deixaria entrar. Mas hoje não.

— Mas eu preciso mesmo usar! Por favor!!!!

— Não — digo firme, e ele guincha e grita enquanto corre para o outro banheiro da casa.

Me sinto culpada porque ele vai acordar nossos pais e posso ter engatilhado uma crise, mas é raro que eu faça o que é melhor para mim. *Vou me desculpar no café da manhã, é só por hoje,* digo a mim mesma. Porque o dia de hoje, como o meu cabelo, será perfeito.

Depois de colocar meu cabelo para secar, volto para o meu quarto, envio uma mensagem de bom-dia cheia de emojis para Caroline e visto a roupa que enfim escolhemos ontem à noite: um vestido de renda off-white com desenhos de medalhão, minúsculas argolas douradas e mules marrons de bico fino.

O vestido vai contrastar com a minha pele, fazendo-a reluzir enquanto eu me sento ao ar livre para o almoço, e as luzes douradas do meu cabelo irão brilhar como uma auréola à luz do sol. E um garoto, talvez um que me chamar a atenção no corredor, vai me ver sentada lá, a deusa-sol encarnada, e virá falar comigo. E no nosso primeiro encontro, ele me trará rosas da exata cor de creme do meu vestido, porque a minha imagem do primeiro dia ainda estará cantando em sua mente. E assim permanecerá até o dia do nosso casamento, anos mais tarde, depois que eu publicar meu primeiro livro e ele lançar seu primeiro álbum solo (ele é músico, é claro), e, sim… isso é bom. Vou digitar isso mais tarde.

Posso ouvir vozes altas através da porta fechada — os gritos de Miles, as instruções sérias de meu pai e o tom apaziguador de minha mãe —, mas não saio para ver o que é. Me sento na cama, deixando meu cabelo secar e revendo minha grade de horários pela milionésima vez. Não quero ser sugada para seja lá qual crise está acontecendo e estragar minhas chances de ter um bom dia.

Minha grade causa um arrepio emocionante pelo meu peito, assim como fez da primeira vez que a vi. Tenho todas as aulas normais que eu teria na South High: Literatura Americana, Espanhol III, História Americana, Pré-cálculo e Física. Mas na Crisálida, todas essas aulas acadêmicas chatas acontecem antes do almoço, deixando as horas da tarde para nossas aulas de laboratório. Terei quatro aulas no laboratório de escrita criativa: um estudo sobre o gênero realismo mágico às terças, clube do livro às quartas e a revista literária da escola, *Asas*, às quintas. Mas estou mais animada para a aula que encerrará minha semana, Arte do Romance, toda segunda e sexta-feira.

Onze passos para se apaixonar 43

Geralmente não deixam que alunos novos se inscrevam nessa aula, o diretor de escrita criativa me disse quando fiz o tour pela escola. Mas escrevi um e-mail à professora — e celebrada autora de fantasia —, Lorelei McKinney, defendendo o meu caso ao dizer que estava trabalhando não em um, mas em dois romances atualmente. Foi assustador escrever para uma autora bem-sucedida e agir como se o que eu faço fosse algo sequer comparável. Mas eu precisava tentar. Quando recebi meus horários e vi que estava inscrita, gritei tão alto que minha mãe veio ver se eu estava bem. Ainda estou em choque porque farei algo que amo tanto, algo que geralmente faço *por diversão*, como parte da *escola*. Quase me faz perdoar minha mãe por invadir minha privacidade e enviar o meu trabalho.

Às 7h45, enfim deixo o meu quarto. Meu cabelo não está totalmente seco, mas está o mais seco possível, e depois que eu abro os cachos um pouco, está muito bonito.

Meu pai já saiu para trabalhar, e Miles está na sala, comendo uma tigela de cereais, os olhos grudados no Dream Zone. Eles estão cantando "Together Tonight", sua música favorita. Geralmente eu é que sirvo o café da manhã a Miles, para que minha mãe possa terminar de se arrumar. Mas ela está na cozinha, vestida em suas roupas estilo esporte fino e já fez o meu trabalho. O problema é que agora ela está no meio daquele negócio de ficar movendo objetos para lá e para cá, deslocando pilhas de coisas em vez de, de fato, arrumar algo — significa que está incomodada.

Ela deixa escapar um suspiro, tão alto que posso ouvi-lo do outro lado da cozinha, e enfim para suas mãos inquietas, juntando-as e cruzando os dedos. Os olhos em mim.

— Por que você não deixou o Miles entrar no banheiro esta manhã? — pergunta, a acusação clara. — Ele disse que você não estava no chuveiro.

Meu estômago revira, culpado, e então estufo o peito com mais confiança do que sinto.

— Eu estava arrumando o cabelo. Há dois banheiros nesta casa.

Passo por ela para pegar um iogurte da geladeira, mas faço questão de não encará-la.

— É, e ele teve um acidente a caminho do banheiro que fica do outro lado da casa.

Toda a loucura que ouvi esta manhã faz sentido, e meu peito se aperta, pensando no trabalho extra que meus pais provavelmente tiveram e no quão chateado Miles deve ter ficado. Minha mãe balança a cabeça e então volta a mexer as coisas na bancada.

— Precisamos trabalhar juntos aqui — diz enquanto coloca uma caixa de leite na pia, e então na ilha e por fim na geladeira.

— Eu sei — respondo, olhando para baixo. — Sinto muito.

— Só não entendo por que você não deixou ele entrar — continua ela. — Teria te atrapalhado por talvez um minuto. Poderíamos ter evitado tudo isso.

Isso me irrita. É como se ela esperasse que eu fosse capaz de antecipar cada problema. Minha mãe não consegue ver que também é o meu primeiro dia de aula?

— Já disse que sinto muito. Como eu saberia que ele ia ter um acidente? Isso não acontecia há meses!

Os olhos dela vão em direção à sala, checando se Miles está prestando atenção, mas a música continua.

— Olha essa boca — avisa ela.

Onze passos para se apaixonar   **45**

A raiva se acumula no meu peito, pesada como uma pedra, mas engulo minhas palavras e tomo meu iogurte. Brigar com a minha mãe esta manhã não se encaixa no plano. Posso sentir a presença dela a alguns metros — andando de um lado a outro, organizando —, mas mantenho meu corpo travado, me recusando a erguer o olhar. O iogurte não tem gosto de nada e parece denso enquanto desce pela minha garganta.

Quando enfim passo por minha mãe para jogar o lixo fora, ela agarra minha mão, os olhos suaves outra vez.

— Sinto muito, Tessa. Só estou cansada. Há tanta coisa acontecendo com essa mudança…

A fúria que crescia dentro de mim de repente alivia, e eu aperto a mão dela com força.

— Eu sei.

É o nosso padrão de sempre: implicar e então pedir desculpas. Tensionar e então soltar.

— Essa transição é muito difícil para ele — continua ela, os olhos marejados. — Acho que é por isso que o Miles está agindo assim e esses antigos hábitos estão reaparecendo. Precisamos ser pacientes com ele. E uma com a outra.

Essa transição é muito difícil para mim também, quero dizer. Mas, em vez disso, assinto.

— Temos que sair daqui a pouco, não é? — pergunto, soltando a mão dela. — Você vai levar o Miles primeiro?

Por sorte, a escola de ensino médio em nossa vizinhança, Bixby Knolls, tem um programa para estudantes de dezoito a vinte e dois anos que é perfeito para Miles, então ele não precisa ir longe. Mas a Academia Crisálida fica do outro lado da cidade, perto do mar. A aula não começa até as oito e meia, mas precisamos ir logo para eu chegar a tempo.

Minha mãe olha para mim com uma cara confusa, como se eu não estivesse fazendo sentido.

— Pensei que eu tivesse te falado — diz ela, balançando a cabeça. — Vou ficar na aula com o Miles durante o primeiro período hoje. Ele está muito agitado com tudo, e quero ajudá-lo a se ajustar.

— Como é que eu vou chegar na escola?

Tenho carteira de motorista, mas nenhum carro. Não é como se eu pudesse andar onze quilômetros até a Crisálida.

— O Sam que mora do outro lado da rua vai te levar. Ele se ofereceu ontem à noite quando fui lá falar com a Audrey. Ele parece um garoto tão legal. Tudo bem pra você?

Quero dizer que não está. Mas então penso em Miles sozinho na escola nova. Ele não tinha um acidente fazia muito tempo, então deve estar com os nervos à flor da pele. As mudanças podem ser muito difíceis para ele, mesmo que não demonstre de maneira convencional. Sei que minha mãe acompanhá-lo é a decisão certa. É claro que é.

Então forço meus lábios em um sorriso e assinto.

— Claro.

Onze passos para se apaixonar 47

Capítulo 5

Sam Camisa Havaiana está usando outra camisa havaiana, se é que é possível, embora desta vez seja azul-clara. Deve ser, tipo, o estilo dele. Só que hoje está usando um blazer de veludo cotelê por cima e calças cáqui que são largas demais, fazendo-o parecer um excêntrico professor de faculdade. E ele deve estar derretendo, porque em setembro ainda é basicamente verão no sul da Califórnia. Mesmo cedo, o sol já está despontando.

Atravesso a rua para a casa branca estilo Tudor, tentando evitar as últimas flores roxas e escorregadias de jacarandá da estação no chão, para não sujar meus sapatos. Sam acena para mim, e lá está aquele mesmo meio-sorriso em seu rosto.

— Ei, companheira de carona!

Aceno de volta e tento engolir parte da irritação que sinto por minha mãe me colocar nesta situação. Eu tinha um plano para esta manhã, e minha barriga dói agora que tudo está mudando. Ela ia me levar para a escola, mas me deixar descer a meio quarteirão de distância, para que ninguém *soubesse* que minha mãe tinha me levado. Eu caminharia até meu recomeço na Crisálida, livre de qualquer história. Só eu. A nova aluna no laboratório de escrita criativa com um corte de cabelo lave-e-saia perfeito e uma roupa perfeita.

Mas agora eu vou chegar com o Sam Camisa Havaiana, e não é como se eu pudesse pedir a ele para me deixar a meio quarteirão de distância. E, olha, não é como se eu fosse superficial ou algo assim. *Não sou.* Mas com seu senso de moda bobo e o cabelo sem qualquer estilo — e, *ah,* acabei de perceber que ele também está usando tênis superbrancos bem do jeito que um pai usaria, se isso faz sentido. Com todas essas qualificações, Sam Camisa Havaiana vai chamar atenção. E eu odeio atenção.

— Eu estava indo te buscar — diz ele, pendurando uma bolsa carteiro de couro no ombro. Pelo menos não é uma mochila de rodinhas. — Está tendo um bom dia?

Dou de ombros.

— Tudo tranquilo.

— Bom, está prestes a ficar ainda melhor. — Sam praticamente saltita até seu Honda Civic prata. — Cara, tô tão animado. E você?

Dou de ombros de novo.

— É.

Estou planejando falar o mínimo possível durante o caminho até a Crisálida, me afundando no meu mau humor, para com sorte retirá-lo do meu sistema. Mas o plano vai por água abaixo quando abro a porta do passageiro.

— Ai, meu Deus, o que é isso?

O cheiro que sai do carro é tão forte que quase o vejo se movendo pelo ar em espirais e nuvens, como em um desenho animado. É amendoado e doce, e me faz sentir quentinha por dentro, como se eu tivesse recebido um abração. Meu mau humor evapora imediatamente.

Ele ri e se inclina para o banco do passageiro, de onde pega uma travessa de bolinhos, como se tivesse acabado de tirar do forno, o cheiro delicioso ficando mais forte. Os bolinhos são cravejados de framboesas rechonchudas e cobertos com uma camada crocante que parece brilhar. Minha boca enche d'água só de olhar para eles.

— Você geralmente tem guloseimas dentro do seu carro?

Sam esfrega o rosto, de repente constrangido.

— Não sei. Acho que sim? Eu os deixei aqui para esfriar esta manhã.

— Beleza, você vai precisar explicar isso — digo, rindo.

— Cozinhar é o meu lance. Assim como escrever é o seu.

— Então você está no programa de artes culinárias? — pergunto, deslizando para o banco do carona. Sam assente, me oferecendo um bolinho. Agradecida, pego um e fico de olho nos outros, que ele cobre e devolve ao banco de trás.

— Vi no site que a Crisálida acabou de adicionar o programa este ano. É por isso que você está se transferindo para lá?

— Sim. Eu queria ir para a Crisálida há muito tempo porque... bem, não sei por quê. Então quando vi que eles estavam criando o programa este ano, pareceu destino ou algo assim. Ainda não acredito que farei o que amo por créditos escolares.

Ele fica com uma expressão melancólica no rosto quando liga o carro e sai da garagem.

— Te entendo — digo, assentindo.

— E sei que as pessoas provavelmente não consideram cozinhar uma arte — ele adiciona, apressado. — Não é algo respeitado como dança ou teatro ou pintar ou seja lá o quê, e, quer dizer, não é como se meus bolinhos fossem ficar pendurados em galerias. Mas acho que pertencemos à escola tanto quanto qualquer outra pessoa.

É quase como se Sam estivesse ensaiando uma defesa que sabe que terá de fazer um dia, justificando seu lugar na Crisálida. Então acho que não sou a única me preocupando em não pertencer.

Tento sorrir de forma tranquilizadora.

— É claro.

E então dou uma mordida no bolinho.

Pensei que o cheiro era especial, mas o gosto me transporta para um mundo totalmente novo: algum lugar divino, sagrado e elevado. Acorda todas as minhas papilas gustativas, como se elas estivessem adormecidas até agora. Me faz sentir segura, aconchegada. Me lembra de quando eu era pequena e subia na cama dos meus pais cedo de manhã depois de meu pai sair para trabalhar antes do sol nascer.

Um carro buzina atrás de nós, me tirando do meu transe, e Sam Camisa Havaiana rapidamente vira a cabeça de volta para a rua e acelera. Ele estava me observando.

— Uau — suspiro, e ele sorri, a covinha direita tão profunda que sinto vontade de enfiar o dedo nela. — Isto é arte — declaro, fazendo-o sorrir ainda mais. — Você é um mago do açúcar e da manteiga. Isto pertence a um museu.

— Manteiga dourada — corrige Sam.

— O quê?

— Eu dourei a manteiga antes de adicioná-la à massa. É tipo um, hã, processo? Que envolve cozinhar a manteiga em fogo baixo depois que ela derrete — explica Sam. Ele esfrega a lateral do rosto enquanto fala, cada vez mais rápido. — A água evapora, e então o leite da manteiga carameliza, sabe, até ficar sólido e formar essas pequenas gemas marrons que

Onze passos para se apaixonar **51**

ficam no fundo. Esse é o gosto amendoado que você provavelmente sentiu. Também tem um cheiro muito bom. E a coisa toda é muito bonita, indo de amarelo intenso a essa cor âmbar escura. Acertar parece um pouco com magia. É preciso observar com atenção, porque mais ou menos dois segundos depois de estar perfeita, a manteiga queima. E bolinhos de manteiga queimada não teriam de jeito nenhum um gosto bom.

A explicação parece transformá-lo. Em vez do cara estranho e nerd usando camisa havaiana e tênis de paizão, ele parece um mestre em sua arte. Eu poderia falar sobre a minha escrita da mesma forma? Provavelmente não.

— Viu? Você é um artista. — É óbvio que isso é verdade sobre ele, mas não sei se eu poderia dizer o mesmo sobre mim. — Mas por que os deixa esfriar no banco de trás do seu carro? É algum tipo de técnica especial?

— Sim, é um antigo segredo da cozinha. Foi passado na minha família por gerações. — O rosto dele está sério, mas quando ergo uma sobrancelha, ele ri. — Não, é só que eu acordo para cozinhar todo dia às cinco da manhã, e minha mãe pediu para eu parar de manter todas as minhas criações dentro de casa. Elas estavam indo direto para o quadril dela ou algo assim.

— Bem, eu *acho* que posso fazer o sacrifício de provar seus bolinhos. Se for necessário.

Passamos o restante do caminho até a Crisálida alternando entre eu comendo bolinhos (pego mais dois) e Sam explicando por que cada mordida é tão gostosa. Quase me esqueço de para onde estamos indo, bem como minha ansiedade e irritação de antes. Até começo a sonhar com um interesse amoroso para uma nova história que quero começar: um padeiro tímido, mas charmoso, que cria pratos baseados na garota cacheada pela qual está se apaixonando. Mas ele não se pareceria com o Sam Camisa Havaiana, porque Sam Camisa Havaiana não é um daqueles caras-de-tirar-o-fôlego que sustentam um livro de romance.

Quando ele estaciona na Crisálida, eu volto para a realidade, o nervosismo do primeiro dia surgindo diante de mim novamente.

A Crisálida não é um prédio de escola tradicional. É uma escola mais nova, e não é como se houvesse terrenos vazios em uma cidade tão cheia quanto Long Beach. A maior parte do campus é um prédio de banco convertido, com cinco andares, moderno e elegante. Eles também são donos de uma antiga casa marrom de artesão ao lado, com uma varanda enorme que dá a volta na construção e um extenso gramado verde ao redor. Ah, a alguns quarteirões de distância, o oceano! Nunca me cansarei de ver o oceano quietinho lá como se não fosse nada de mais. Em Roseville, teríamos que lutar contra o trânsito e passar a noite em algum lugar para ver a água, mas acho que essa vai ser a minha vista diária agora.

Estudantes lotam os dois prédios, e já posso ver que eles são diferentes da multidão de South High: um casal com batons pretos combinando e fones de ouvido com orelhinhas de gato, garotas com coques apertados e faixas cinza e rosa amarradas em volta deles, um cara com botas marrons brilhantes até o joelho. É eletrizante.

Estou prestes a sair do carro quando Sam Camisa Havaiana me interrompe.

— Espere!

— Sim?

Ele vai querer que a gente entre junto? Minha hesitação desta manhã volta.

Onze passos para se apaixonar **53**

— Tem, hum… Tem uma coisa branca na parte de trás da sua cabeça. Tipo, um produto de cabelo ou algo assim? — Sam esfrega o pescoço, nervoso. — É só… Achei que você fosse preferir que alguém te contasse… para não passar vergonha.

Meu rosto inteiro fica vermelho enquanto eu toco os cachos na parte de trás da minha cabeça. Às vezes, o creme que uso não se incorpora ao fio totalmente, ainda mais se meu cabelo não estiver completamente seco. Lá se vai o meu lave--e-saia perfeito.

— Saiu? — pergunto, me virando para que ele possa ver. Estou igualmente grata e mortificada. Mas pelo menos é só o Sam Camisa Havaiana e não um cara fofo de uma das minhas aulas. Se fosse, eu teria me enfiado num buraco e morrido.

— Não exatamente.

— Você pode, tipo, me ajudar? Hum, me mostrar onde está? Medidas desesperadas.

— Ok, hum… — Sam pega o meu punho com delicadeza. Meu coração acelera. — Vou mover sua mão para onde está. Não se preocupe. Não vou tocar no seu cabelo. Sei que você não gosta.

Rio um pouco, quebrando a tensão. Ele move minha mão até a parte certa da minha cabeça.

— Aqui.

Misturo o produto aos fios rapidinho, tomando cuidado para não tirar definição dos meus cachos.

— Saiu?

— Sim. Agora está bom.

Torno a me virar, e então estou cara a cara com ele, mais próximo do que esperava. Eu deveria estar preocupada com quão enormes os meus poros ficam de perto assim, ou se ele pode ver o monte de espinhas no meu queixo. Esses são os tipos de pensamentos que geralmente tomam conta da minha cabeça quando estou com um garoto. Mas, em vez disso, fico distraída. Os olhos de Sam são exatamente do mesmo tom de verde que os de Thad, que costumava ser meu membro favorito do Dream Zone quando era mais nova. E há um punhado de sardas escuras abaixo de seus olhos, tão certinhas que parecem ter sido desenhadas. Ele cheira a manteiga e açúcar.

— Bem, lá vamos nós — diz ele.

— Sim. — Eu saio do transe. — É melhor eu ir. Está tarde. Preciso encontrar minha primeira sala. — Saio do banco do passageiro rapidinho, tirando as migalhas de bolinho do meu vestido. — Obrigada pela carona! — grito para ele. — Te encontro depois da escola?

Eu basicamente saio correndo, sem sequer esperar a resposta de Sam Camisa Havaiana.

Acho que agora posso chamá-lo só de Sam.

Capítulo 6

Acontece que as aulas acadêmicas da Crisálida são iguais às de qualquer outra escola, exceto que meu professor de História Americana, sr. Gaines, tenta fazer um rap com seu cronograma ao som da trilha sonora de *Hamilton*. É necessário muito controle físico para não revirar os olhos.

A diferença está nos estudantes. Eles não são como as pessoas sem graça que me rodeavam em South High (com a exceção de Caroline, é claro). Toda hora fico distraída por todos ao meu redor, tentando descobrir se a garota que parece hippie de saia floral, com cabelo cheio de xampu seco, está no laboratório de artes visuais ou talvez no de música instrumental. O cara que gravou um vlog durante toda a aula de pré-cálculo até que a srta. Hernandez o fez desligar o celular tem que estar no de cinema e TV.

Outra coisa que fica chamando minha atenção é quão diversa a escola é quando comparada a Roseville. A área ficou um pouco mais colorida desde a época em que Caroline e eu nos conhecemos, mas em South High havia pelo menos um período no qual eu era o único rosto negro. Sou dolorosamente familiarizada a ser convidada para falar em nome de todas as pessoas negras em muitas discussões na aula de História, com professores de Inglês que mal haviam conversado comigo durante todo o ano me dizendo com confiança "Você vai gostar deste!" quando chegávamos em um conto de James Baldwin.

Mas, na Crisálida, não troco nenhum olhar familiar com as outras pessoas negras na sala porque há muitas delas, em vários tons diferentes. E embora cada professor nos permita sentar onde quisermos, não há a segregação natural que sempre percebi, pessoas se sentando com pessoas que se parecem com elas, onde se sentem confortáveis. Quando isso acontecia, meu sentimento era de que eu não pertencia a lugar nenhum, branco, negro ou qualquer outro. Sempre senti que precisava performar o que cada grupo esperava de mim como uma garota negra, então era mais fácil simplesmente não tentar com ninguém.

Mas pelo visto os alunos da Crisálida não foram informados das regras. As pessoas parecem se juntar com aquelas com quem compartilham paixões: um grupo de garotas fazendo partituras em um canto antes da aula de Literatura, um casal em trajes da Sonserina parecendo estar a caminho de seu primeiro dia em Hogwarts. É incrível a diferença que seis horas e algumas rodovias podem trazer. Aqui, talvez eu possa me encaixar com qualquer pessoa.

No entanto, quando a hora do almoço chega, parte da minha positividade mística água com açúcar desaparece e me vejo no banheiro, em pânico como sempre.

Caroline e eu sempre nos sentamos sozinhas. Tínhamos o nosso próprio cantinho do lado de fora do prédio D, onde o

Onze passos para se apaixonar 57

Wi-Fi era forte e podíamos passar o notebook de lá pra cá em paz. De vez em quando, um dos outros amigos de Caroline do anuário se juntava a nós, Glory McCulloch ou Brandon Briceño, mas eu gostava mais quando éramos só nós duas.

Caroline não está aqui para me salvar hoje.

Estou me olhando no espelho, tentando acalmar meus nervos e me forçar a sair (porque comer sozinha no banheiro é um nível de patético que não estou disposta a alcançar ainda), quando uma garota entra.

Tento não encarar, mas ela parece uma modelo. Com a pele negra retinta e brilhante, maçãs do rosto altas e uma pequena pinta perfeita debaixo do olho direito que parece ter sido desenhada. Essa garota deve estar acostumada com os olhares, ela é linda. Além disso, sua roupa é uma inspiração. Ela está usando calças pantalona de cintura alta com bolinhas pretas e brancas e uma camisa de botão de cambraia sem mangas amarrada com um nó na cintura. Há pulseiras douradas por todo o comprimento de seus braços finos e fios dourados combinando entrelaçados em seus longos dreadlocks. Um lenço, em tons brilhantes de rosa, laranja e verde, está amarrado no topo da cabeça, com um nó complicado na frente, como uma coroa. A roupa dela me faz querer tirar uma foto e começar minha própria conta no Instagram de estilo urbano (ou estilo de banheiro), se isso não fosse uma ideia assustadora. É claro que ela me pega a olhando pelo espelho.

— Amei seu cabelo — diz ela, seus lábios rosa-chiclete se abrindo em um sorriso. — Você desfez os twists ou isso é um lave-e-saia?

— Um lave-e-saia — respondo, devolvendo o sorriso.

— Cara, eu nunca conseguiria fazer meus "lave-e-saia" ficarem desse jeito. — Ela assente, aprovando.

Estou prestes a agradecer, mas pode parecer esnobe, como se eu soubesse que meu cabelo é lindo e tenho um ego enorme ou algo assim. E então estou prestes a elogiar o cabelo dela, mas fico preocupada de não soar genuína depois do que ela acabou de dizer, e não quero que ela pense que sou falsa. Preciso descobrir a coisa perfeita a ser dita para transformar essa pequena interação em um convite para o almoço, porque essa garota é a amiga estilosa e sofisticada dos meus sonhos. Mas então o nariz dela franze e as sobrancelhas se juntam, e eu percebo que estou sorrindo há tempo demais, sem dizer nada. E posso sentir quão estranha estou tornando a coisa toda ao apenas sorrir, paralisada.

É por isso que só tenho uma amiga. Sequer consigo responder a um elogio rotineiro sem entrar numa espiral de pânico.

— Bem, te vejo por aí — ela diz por fim, me dando um tipo de meio aceno antes de sair, e eu coloco minha cabeça entre as mãos e começo a ficar obcecada com o total desastre social que sou.

Mas a voz dela interrompe meus pensamentos:

— Humm, mana? Eu não quero, tipo, te ofender se isso for algum tipo de performance artística, mas você não parece o tipo.

— O quê? — Eu me viro para encará-la, e vejo que os olhos dela estão arregalados como se tivessem visto um acidente de carro.

— Parece que você recebeu a visita daquele chato do Tio Chico — diz ela, gesticulando para o espelho, e sigo seu olhar para ver meu pior pesadelo: uma mancha vermelha no meu vestido off-white de renda, logo abaixo da minha bunda.

Aquelas dores de estômago que senti a manhã inteira não foram por causa da minha ansiedade.

Onze passos para se apaixonar 59

— Ai, meu Deus. Ah, não, não, não.

Meu pescoço esquenta e meu peito fica pesado enquanto penso por quanto tempo estive andando por aí assim, e começo a reexaminar cada interação que tive hoje para determinar se eles estavam rindo de mim sem que eu percebesse. Antes que consiga evitar, meus olhos começam a queimar e então estou chorando. Chorando! Tendo uma crise completa na frente dessa garota que parece uma modelo e que provavelmente já acha que sou louca.

— O que vou fazer? — balbucio, encarando o chão enquanto me viro. Não posso ligar para a minha mãe. Ela já foi trabalhar tarde por causa de Miles, então não pode sair mais cedo. Não tenho outras roupas. Eu deveria ter trazido roupa extra? Pelo visto sim, se vou ter acidentes assim como se fosse uma criança. Vou ter que ficar neste banheiro para sempre.

— Hum, você está bem? — pergunta a garota, e eu levanto a cabeça para vê-la estendendo a mão hesitantemente na minha direção.

— Não. — Minha respiração está curta e rápida, e agora meu corpo inteiro parece queimar. Quero cavar um buraco e me enterrar nele.

— Tudo bem, está tudo bem... só respire. Respiiiiire. — Ela se aproxima e me puxa para um abraço apertado, a mão direita acariciando minhas costas em círculos amplos. — Está tudo bem. Você está bem.

E não sei que tipo de magia ela está usando, mas em um momento estou à beira de um ataque de pânico completo e no outro acredito nas palavras dela como se fossem o evangelho. Vou ficar bem.

Nos afastamos e eu a encaro, boquiaberta e impressionada.

— Agora, o que vamos fazer com você? — ela pergunta, dando batidinhas no queixo enquanto olha para mim. — Aaah! Eu tenho isto. — Ela rapidamente desamarra o lenço da cabeça e o retira, revelando uma coroa de frizz no topo de seus dreadlocks. — Eu não consegui um horário para refazer meus twists este fim de semana, então estava tentando esconder esta raiz. — Ela coça o couro cabeludo. — Mas tempos de desespero requerem medidas desesperadas e tal.

Com uma expressão concentrada, ela desenrola o lenço e o coloca ao redor do meu quadril, amarrando-o na frente, logo abaixo do meu umbigo. Ela o ajusta algumas vezes, fazendo o laço parecer uma pequena flor, e então me gira para que eu fique de frente para o espelho.

Ela sorri, satisfeita, e estala os dedos.

— Pronto, garota. Arrasa!

Com exceção do rosto manchado de lágrimas, eu pareço bem. As cores intensas do lenço contrastam bem com meu vestido de renda. O look parece intencional.

— Obrigada — digo baixinho, incerta.

— Não precisa agradecer. — A garota balança a cabeça. — Você teria feito o mesmo por mim.

Eu não teria. Sei disso. A conversa teria sido esquisita demais.

— É…

Ela revira a bolsa e tira um absorvente.

— Agora vá resolver esse assunto, e então podemos ir comer alguma coisa.

— Você não precisa se sentar comigo… — começo. Meu notebook está com a bateria cheia. Eu poderia comer no banheiro no fim das contas e escrever mais umas palavras na história de Colette para Caroline.

— Depois do que passamos juntas, garota? Você já está tentando me dispensar? — Ela ri. — Além disso, você está com o meu lenço favorito. Tenho que garantir que não vai tentar ficar com ele.

Capítulo 7

Minha supermodelo salva-look particular se chama Lenore Bennett.

— É um nome meio de senhora. Foi em homenagem à minha avó, então, sim... mas acho que até ela foi uma bebezinha Lenore um dia. Todas as senhorinhas têm que começar em algum lugar. E algum dia todas essas Novas e Khaleesis vão ser avós também... uau.

Eu logo me acostumo com o hábito dela de falar rápido, passando de um assunto a outro como se seu cérebro estivesse pulando amarelinha. E é quase tão difícil acompanhá-la na conversa quanto na caminhada. Eu a sigo com rapidez enquanto Lenore me leva para fora do prédio, cruzando o gramado, atravessando outros grupos de alunos no caminho. Enfim alcançamos a varanda da velha casa marrom, ela para na frente de um cara esguio sentado em uma cadeira de balanço, com uma bolsa de couro ocupando uma cadeira idêntica ao lado.

Eu o reconheço da aula de história do sr. Gaines mais cedo. A roupa dele chamou minha atenção logo de cara: um terno de

Onze passos para se apaixonar 63

anarruga branco e azul-bebê, brilhante contra sua pele bronzeada de sol, com um blazer abotoado e shorts que batem no meio das coxas. Seu cabelo preto brilhante está enfiado sob um chapéu de palha. Em qualquer outra pessoa, pareceria bobo, mas a confiança exala dele, pesada e densa, sua máquina de névoa pessoal. Claro que Lenore é amiga desse cara.

Ele deve ter notado nossa chegada, porque tira a bolsa da outra cadeira, mas os olhos não saem do caderno de rascunhos a sua frente, onde está desenhando uma figura angular usando um vestido feito de flores.

— Este é o Theo — diz Lenore.

— Meu nome não é Theo — retruca ele, a voz firme. — Esse é só um apelido que Lenore tem tentado inutilmente popularizar nos últimos dois anos. Mas nunca aconteceu. Meu nome é Theodore Lim.

— E como eu já *te* disse várias vezes — rebate ela, revirando os olhos —, você não decide como eu, sua melhor amiga, vou te chamar. *Theo*, esta é a nossa nova amiga, Tessa.

Estendo a mão para apertar a dele, mas o garoto não vê porque está concentrado no desenho.

— Única amiga.

— O quê? — Não entendo *como* ele está tentando zombar de mim, mas minhas defesas se armam na hora.

— Lenore é a minha única amiga. Só quero que você tenha uma noção certa do nosso relacionamento. Essa é uma daquelas situações definidas por padrão. — A mão direita dele, segurando o lápis, continua a se mover vigorosamente pelo papel, mas ele faz um leve aceno com a mão esquerda. — Olá, Tessa.

Estou prestes a ir embora porque não preciso estar onde não me querem, e esse artistazinho sarcástico obviamente não me quer aqui.

Mas Lenore ri e se inclina para perto do rosto dele, estalando os dedos.

— Terra para Theo! Há alguns humanos aqui tentando interagir com você. Ela vai pensar que você é um babaca!

Theodore a espanta como se ela fosse uma mosca, adicionando alguns detalhes na barra da saia.

— Ele sempre fica assim quando está no meio de um fluxo criativo. Tipo, "rabugento" é elogio, "babaca" seria uma definição mais precisa — Lenore me diz, uma das mãos ao redor da boca como se ele não pudesse ouvi-la. — Tirá-lo dessa é o meu trabalho, ou a mão dele vai acabar caindo antes da formatura.

Ela estica o braço e tira o chapéu de palha da cabeça dele, colocando na própria.

— Ei! — Theodore grita, abaixando o lápis e olhando para nós. Os olhos dele são escuros e brilhantes, lembrando obsidiana polida, e ele tem sobrancelhas perfeitas que me deixam imediatamente constrangida pelas minhas.

— Combina mais com a minha roupa — diz Lenore, posando.

Theodore a examina com atenção antes de enfim assentir.

— Sim, suponho que sim.

— Sem querer ofender, mas você estava com uma vibe meio Christopher Robin. Ou tipo aqueles garotos fantasmas esquisitos e antiquados de filmes sobre casas assombradas, sabe? Parecem bonitinhos e normais até que, tipo, vermes ou sei lá o que explodam de seus rostos... Eu estou te fazendo um favor, na real.

— Tinha receio de estar exagerando. — A voz dele se suaviza agora, e ele olha para a própria roupa. Isso me faz gostar mais dele. — Está exagerado?

— Você tá ótimo — digo, e ele me dá um sorriso lento.

Onze passos para se apaixonar 65

— Obrigado, Tessa. *Você* pode ficar com a cadeira de balanço da Lenore.

Hesito, mas Lenore faz uma reverência exagerada enquanto gesticula para a cadeira, antes de se inclinar contra o corrimão que cerca a varanda.

— É toda sua.

— Então, de que laboratório vocês dois são? — Me sinto um pouco boba depois que a pergunta sai, porque não é como se Theodore estivesse aqui desenhando e também fosse um violinista prodígio.

— Artes visuais — responde Theodore, a mão se mexendo rapidamente de novo, adicionando uma coroa de folhas à bonita garota na página. — Me aventuro na pintura quando estou me sentindo um pouquinho masoquista, mas meu foco é principalmente em ilustração.

— No papel, também estou no laboratório de artes visuais. Desenho, fotografia, aquarela, gravura, faço tudo — diz Lenore. — Mas já tive aulas no departamento de audiovisual antes, e também no de mídias digitais. Este ano estou invadindo os departamentos de produção e design também, porque meus bolsos estão ficando vazios com tantas viagens até a Jo-Ann neste verão, e os alunos de lá conseguem quanto tecido quiserem.

— Você faz roupas? — pergunto, impressionada mais uma vez com quão descolada essa garota é.

— Sim! Fiz estas calças com uma toalha de mesa que a Vovó Lenore ia jogar fora. — Ela ri e posa com as mãos na cintura para uma câmera invisível, os ombros inclinados à frente. — Não são perfeitas?

Eu assinto.

— Eu não sabia que dava para pegar aulas em vários laboratórios.

— Dá se você for talentosa como eu! — diz Lenore, estalando os dedos acima da cabeça.

— Ah, sim, claro. Desculpe — digo rapidamente. — Eu não quis, hum, questionar se você é ou não talentosa o suficiente ou algo assim.

Posso sentir meu pescoço queimando de vergonha. Mas ela torna a rir e cutuca meus dedos dos pés com um de seus chinelos perfeitos amarelo-limão.

— Garota, relaxa. *Você* quer tentar outros laboratórios também? Eles geralmente deixam qualquer um experimentar desde que seja capaz de explicar o interesse. E de qual você é?

— Ah… eu só escrevo. — Olho para as minhas mãos para não ver o tédio, ou pior, o interesse *falso* no rosto dela.

— Que isso, não fale que você *só escreve* — diz ela, imitando meu tom baixinho. — Você nunca vai ver o Theo dizendo que ele só desenha. — Ele balança um dedo com a mão esquerda enquanto a direita continua a trabalhar. — Você *escreve*. Ponto-final. E você deve ser boa pra caramba para ter entrado aqui, especialmente como aluna transferida. Se valoriza, mana!

Dou de ombros e me permito sorrir um pouquinho. Lenore está sendo gentil, e gosto disso. Mas ela poderia ter uma outra opinião se soubesse que escrevo histórias românticas.

Por sorte, Lenore percebe a minha vibe e troca de assunto.

— Certo, os escritores costumam se sentar ali — diz ela, apontando para um lugar do outro lado da varanda, coberto por uma árvore grande. Vejo alguns dos superfãs de Harry Potter de mais cedo, mas também um grupo de garotas com estampas moderninhas e golas Peter Pan, muitas pessoas usando vá-

Onze passos para se apaixonar **67**

rios tons de preto desbotado, e conto pelo menos dois chapéus fedora. — Tem sombra, menos reflexo nos notebooks. E acho que eles gostam de se sentar ali porque tem a melhor vista do lugar. Muito material para seus próximos romances.

— Há lugares designados ou algo assim?

— Não, claro que não. Mas as pessoas gostam de estar com gente igual a elas, tá ligada? E, principalmente, as pessoas gostam de sentir que a galera delas é melhor que a dos outros. É, tipo, a condição humana ou algo assim. — Lenore gesticula bastante, como se estivesse falando em uma palestra do TED talk. — Não temos líderes de torcida e jogadores de futebol aqui, mas há hierarquias como em qualquer outro lugar.

— É verdade. Os dançarinos? São total as líderes de tor-cida daqui — diz Theodore. Agora, abaixou o lápis. O assun-to o interessa.

— Uhum, o jeito como andam pra cima e pra baixo em roupas de elastano e collant... Eles não precisam usar essa rou-pa o dia todo! Só querem exibir suas bundas inexistentes e, tipo, costelas ou sei lá o quê. — Lenore aponta para um gru-po de garotas e alguns caras sentados nos degraus do prédio do banco. — Lá estão eles.

— E quer saber quem são tipo os atletas aqui? É a galera do teatro musical — continua Theodore. — Tudo sempre tem que girar ao redor deles, que esperam que a gente se importe com o próximo grande show deles como cidadezi-nhas no Texas ligam para futebol americano. Nem preciso te mostrar onde eles estão.

Ele não precisa mesmo. Há um grupo enorme cantando "Seasons of Love" a capella do outro lado do gramado.

Theodore continua a exemplificar os comentários rápidos de Lenore, apontando para cada grupo. A galera da produção e do design geralmente fica lá dentro. ("Eles não podem ser expostos à luz do sol ou vão, tipo, arder em chamas.") Os novos estudantes de artes culinárias são curingas. ("Mas eu não ligaria de ter um namorado chef gostoso.") A galera das artes visuais vai para onde a luz está boa e para onde a inspiração a levar, e eles são descolados e artísticos. ("É claro.") E o pessoal da música instrumental e da escrita criativa são nerds, ao que parece. ("Sem querer ofender, mas, tipo, todos os escritores começaram a trazer máquinas de escrever ano passado. Tipo, foi uma febre. Você não vai conseguir me convencer de que há motivo para andar por aí com aquela tecnologia obsoleta! Com máquinas de escrever e tubas, essa galera provavelmente tem escoliose.")

Sigo o dedo de Theodore pelo campus, lutando contra o desejo de tomar notas, mas perco o que ele diz sobre o departamento de filmagem porque estou distraída por outro grupo que ainda não foi rotulado. A galera do teatro musical pode ser exagerada só para chamar a atenção, mas esse grupo faz isso sem qualquer esforço. Há quatro deles sentados bem no meio do gramado, como no centro de um palco. Um dos rapazes é inacreditavelmente alto e cheio de sardas, o cabelo é vermelho como o fogo. Seu corpo inteiro chacoalha com uma gargalhada, e, embora eu esteja longe demais para ouvir, é contagiante. Quero estar lá, rindo junto. Ao lado dele, em uma camisa de flanela grande, está outro cara branco com um boné para trás cobrindo seu cabelo dourado e desgrenhado, e há uma garota com eles também. Ela pintou o cabelo de cinza, tem pele clara e está usando batom escuro. Veste uma jaqueta jeans larga sobre o vestido preto, tão curto que quase posso ver a curva de suas nádegas.

Onze passos para se apaixonar 69

Eles parecem perfeitos. Parecem o elenco de uma série posando para a capa da *Entertainment Weekly*.

E a peça principal é o espécime lindo de pé no meio deles, falando e gesticulando animadamente, como se recitasse um dos sonetos de Shakespeare ou um dos sketches de humor da Ali Wong. Os amigos orbitam ao redor, tão maravilhados quanto estou agora.

O garoto tem olhos escuros que vejo brilharem mesmo daqui, pele bronzeada de sol e cabelo desgrenhado castanho, curto nas laterais e com cachos longos e abertos no topo. Enquanto fala, o cabelo cai sobre seu rosto, e ele o conserta de uma maneira que faz meu estômago apertar. Ele tem ombros largos que fazem sua camiseta branca de gola redonda se esticar como se fosse um cabide sobre seu corpo magro. Suas pernas são longas e esguias, tipo, incrivelmente longas e esguias, e essa característica é destacada pelo jeans preto desbotado e apertado e pelos sapatos marrons de couro sem meias.

É como se ele tivesse saído da história que estou escrevendo agora, aquela da Tallulah. Thomas, o cantor e compositor incrivelmente descolado, ganhou vida — saindo das minhas palavras e entrando na minha vida, pronto para fazer de mim sua musa. Preciso de toda a minha força para não correr até lá e confessar meu amor agora mesmo. Quero pegar meu notebook e registrar cada detalhe.

— Quem são eles? — pergunto, apontando sutilmente em direção ao grupo com o meu queixo. Espero soar casual, por mais que meu coração acelere de antecipação.

— Ah, *eles* — responde Theodore, revirando os olhos.

— Mais gente do teatro?

— Não... bem, acho que Grayson talvez esteja no departamento de teatro, mas ele só faz coisas cults, nada de musicais — diz Lenore, falando alto e encarando o grupo na cara dura. Queria que ela se virasse. — Aqueles são os filhos dos fundadores.

— Como assim?

— Os pais deles são superricos e doaram todo o dinheiro para começar a escola há dez anos, só para que seus preciosos prodígios pudessem frequentá-la um dia — explica Theodore, a expressão cheia de desdém. — Então, naturalmente, eles acham que são os melhores, por mais que o talento deles seja no máximo mediano.

— O Theo está amargurado assim porque Poppy... a garota... ganhou dele e foi destaque na galeria no evento de gala de inverno no ano em que ele era calouro *e* no seguinte. — Lenore ri.

— E eu *mereço* estar amargurado... O trabalho de Poppy faria mais sentido como fotos em porta-retratos em uma loja de móveis — Theodore zomba, tornando a desenhar. — Quer dizer, de quantas paisagens de praia feitas à guache o mundo precisa? Sério.

— Ela parece legal... quer dizer, gostei do cabelo dela — digo baixinho.

— Ah, não deixe a aparência te enganar — murmura ele. — O exterior pode ser de uma fofa, mas por dentro ela é toda Regina George.

— *Enfim* — prossegue Lenore —, a Poppy está em artes visuais. Rhys... o ruivo... está em cinema, acho, e o cara no meio é o Nico. Ele está em escrita criativa, como você. Nenhuma das regras que explicamos se aplicam a eles. Dinheiro e status ganham de qualquer hierarquia entre laboratórios quando se trata de grupos sociais daqui, e eles têm tudo isso. Então basicamente mandam no lugar.

Nico está em escrita criativa, como eu. Tento dar outra olhadinha rápida nele, mas quando ergo o olhar, minha visão é bloqueada por Sam, caminhando pelo gramado até o nosso grupo. A jaqueta de veludo cotelê está amarrada na cintura agora, e ele está carregando uma marmita. Meu pescoço começa a esquentar, me preocupando com o que meus novos amigos acharão dele.

— Oi, Tessa! — ele chama enquanto caminha.

— Ah, aquele é seu namorado? — pergunta Lenore, balançando os ombros.

Sam fica vermelho como um tomate, e eu já estou balançando a cabeça.

— Não. *Não.* De jeito nenhum. Somos só amigos. — Estou falando rápido demais. — Vizinhos, na verdade. Acabamos de nos conhecer.

Theodore levanta a cabeça e arqueia uma sobrancelha perfeita.

— Ah — diz Lenore com um sorriso convencido. — Bem, vizinho da Tessa, gostei dos seus sapatos. Você deveria se juntar a nós.

— Ah, beleza. Valeu. Obrigado — diz Sam, assentindo muito e desajeitadamente cruzando os braços e se apoiando no corrimão. — Tessa, você, hum, mudou sua roupa?

— Aham.

Olho através dele, sem querer reviver aquela memória recente mortificante, e faço contato visual direto com Nico do outro lado do gramado. Ele sorri para mim, iluminado como o sol, e dá uma piscadela. Uma piscadela!

— Como está o seu dia? — pergunta Sam de algum lugar na Terra.

Posso sentir o sorriso no meu rosto, tão grande que dói.

— Melhor.

Tallulah pensou no dia em que ela conheceu Thomas. Talvez "conheceu" não seja a palavra certa, porque eles não conversaram. Se viram. Não, ainda não está certo. Se conectaram.

Tallulah passava pelos corredores da Roosevelt High, conversando com sua melhor amiga, Colette, quando algo — o universo, a intervenção divina — lhe disse para parar. Preste atenção. Isso é importante.

Ela ergueu o olhar, e o mar de alunos se partiu para revelar o espécime perfeito de garoto parado no meio do corredor. Ele era alto e magro, mas ainda assim tinha uma presença poderosa, como se tivesse descido de uma passarela. O cabelo escuro dele caía sobre os olhos, quase mascarando a energia sedutora de seu olhar cálido. Ele vestia uma camisa desbotada de uma banda que ela não reconheceu, jeans que abraçavam seu corpo perfeitamente e botas pretas e frouxas com cadarços. Ele era novo lá. Tinha que ser. Se não fosse, Tallulah já o teria notado. Esse garoto não era alguém que passava despercebido, sem ser apreciado.

Colette a puxou para a aula de Inglês, repetindo a pergunta que ela não havia ouvido. Tallulah sabia, pelo tom de voz de Colette, que a amiga estava irritada, mas não ligava. Sua mente girava com pensamentos sobre o garoto e também, surpreendentemente: "Vou conhecê-lo e vou amá-lo." Tallulah estava tão certa disso quanto sabia que o sol nascia e se punha.

E então ele piscou para ela, mas foi mais que uma mera piscada. Era um sinal, uma promessa de que ele se sentia da mesma forma.

Capítulo 8

Escrever sempre foi fácil para mim. Quer dizer, sim, já tive bloqueio criativo, e há noites em que levo uma hora inteira para escrever uma frase da forma certa. Mas sei que as palavras estão sempre lá — *sempre* estiveram —, flutuando acima da minha cabeça, esperando que eu as agarre e as organize da maneira certa.

Então, com tudo com o que me preocupei e tudo que deu errado hoje, não estou preocupada em ter que escrever. Estou ansiosa, na verdade — o farol no fim deste dia esquisito, exaustivo e nem um pouco perfeito. Pelo menos terei tempo. Posso me atualizar nos personagens, encontrar a paz que me espera na tela do notebook e enviar um novo capítulo para Caroline esta noite. Talvez dois.

Ao final do almoço, sigo Sam, Theodore e Lenore de volta ao prédio principal para as aulas do laboratório. Mas Sam e Theodore se despendem no segundo e terceiro andares, e quando chego ao quinto com a onda animada de alunos, percebo que não faço ideia de para onde estou indo.

— Ah, isso é lá na casa — diz Lenore, olhando rapidamente para o meu cronograma, que diz BB em vez de um número de sala indicando onde será minha aula de Arte do Romance. — Todo mundo chama lá de Bangalô. Te vejo mais tarde, garota! — diz ela com um sorriso simpático antes de seguir para a aula.

Eu me viro e abro caminho através da escadaria lotada. Demora um tempo, sou como um peixe nadando contra a corrente, e meu coração bate forte quando enfim alcanço o andar térreo outra vez e o último sinal soa. Estou atrasada.

Corro pelo gramado agora vazio, tentando ignorar o pânico crescente, e subo os degraus da casa marrom onde estava sentada agora pouco. Não acredito que desperdicei tanto tempo, que não olhei meu cronograma. Eu o estudei como se fosse um texto sagrado a semana toda. Como foi que não vi aquilo?

Abro a porta de um amarelo intenso da casa velha, o Bangalô, que deixa escapar um rangido alto, ensurdecedor na sala vazia. Onde estão todos?

— Olá? — Meu sussurro soa como um grito e cada passo como uma batida. Passo pelo que seria uma sala de estar em qualquer casa normal, três sofás dispostos sem uma mesinha de centro.

Passo por uma escadaria no meio da casa e por uma cozinha vazia. Estou prestes a desistir e ir pedir ajuda a alguém na secretaria quando ouço o som distante de risos e vozes vindo de uma porta, entreaberta, que não vi antes. Um porão. Eu nem sabia que casas no Sul da Califórnia tinham porões. Hesitante, abro a porta, revelando um lance de escada estreito, e as vozes ficam mais altas.

Está tudo bem, digo a mim mesma. Inspiro fundo e começo a descer.

A primeira coisa que percebo são livros. É impossível não notar. Cada centímetro da parede na grande sala, do chão ao teto, é coberto por prateleiras cheias. E mais pilhas aleatórias populam cada canto, cada mesa, e mesmo alguns pontos nas escadas. A linda visão de tantos livros faz meu coração cantar. Quero correr por aqui, tocando as lombadas e cantando como se fosse a Bela de *A Bela e a Fera*.

Mas a segunda coisa que percebo são os olhos — dez pares de olhos, para ser exata — me encarando. Há mesas e cadeiras e até alguns pufes na sala, mas todos estão sentados em um círculo no meio. E estão em silêncio, lábios comprimidos em uma linha fina e olhos que observam, como se eu tivesse interrompido uma reunião secreta.

— Arte do Romance? — pergunto baixinho.

— Sim, querida — diz a mulher no canto mais distante do círculo, que reconheço ser Lorelei McKinney. — Vou perdoar seu atraso hoje porque sei que é nova aqui, mas não faça disso um hábito.

A srta. McKinney parece diferente das fotos que vi quando busquei seu nome na internet. O cabelo loiro é mais escuro, salpicado de cinza, e suas cicatrizes de acne são mais visíveis sem o Photoshop. Não sei por que esperei que ela se vestisse como uma vidente de feira ou algo assim — lenços e saias bem hippies —, mas ela está usando apenas jeans desbotados, uma camisa azul lisa e tênis Converse. Nada em seu visual diz "Autora publicada de uma série bem-sucedida de fantasia para adultos, amada por uma pequena (mas dedicada) base de fãs". Mas suponho que as pessoas no mercado literário não façam lá muito dinheiro, tirando aquele cara do *A guerra dos tronos*. Do contrário, por que estaria sentada aqui, em um porão, cercada de adolescentes? Mas, mesmo assim, estou animada para aprender com ela, e meu pescoço está pegando fogo quando percebo que já deixei uma má impressão.

— Uhum. Sinto muito. Não vai acontecer de novo.

Não há lugar para mim no círculo apertado, então me sento em uma cadeira do lado, tentando manter minha cabeça baixa. Mas, para o meu horror, ela não continua. Em vez disso, fica olhando para mim.

— Você é a Tessa, certo? Por favor, junte-se à classe. — A srta. McKinney gesticula para dois dos alunos, e eles separam as cadeiras, abrindo espaço para mim.

Me espremo entre um dos caras de chapéu fedora que vi no almoço e uma garota com a capa de *Orgulho e preconceito* estampada na camisa, ajustando o lenço ao redor da minha cintura enquanto me sento. A srta. McKinney assente antes de enfim continuar:

— Como eu disse, para este curso de divisão superior, a estrutura da classe será bastante tranquila. Podemos começar o período com breves lições sobre tópicos de interesse, talvez algumas perguntas, se surgirem, mas vocês terão a maior parte do tempo para escrever. Porque isso é realmente o que fará com que seus romances sejam concluídos.

Sinto meus ombros relaxarem um pouco. Isso eu posso fazer.

— Ao final do dia, vamos nos juntar e trabalhar no texto de um aluno. Passaremos por seus nomes alfabeticamente. Desse modo, não perderemos tempo discutindo de quem é a vez. E ninguém vai poder abusar e compartilhar seu material todos os dias.

Ela lança um olhar bondoso na direção do Fedora, e todos na sala, exceto eu, riem.

O que ela disse? Trabalhar no texto?

Onze passos para se apaixonar 77

— E, é claro, vocês entregarão seja lá no que estiverem trabalhando para mim toda semana, para que eu possa dar um feedback. Prometo que os rumores não são verdade. Não sou nem um pouco maldosa. — Ela olha ao redor do círculo e sorri. — Isto é, se sua escrita for boa.

O resto da turma torna a rir, mas posso sentir meu coração batendo forte, meu peito pesado. *Pare, ansiedade*, quero dizer. *Já não passei por muita coisa hoje?*

Mas minha mente começa a girar, pensando no que ela acabou de dizer. Caroline estava certa. É claro que estava. Terei que compartilhar minha escrita com todos na aula. Eles poderão ler e me dizer o quanto a odeiam pessoalmente, não por trás da tela de um computador, mas bem aqui na minha cara. E então terei que entregá-la para essa autora publicada, que vai criticar com ainda mais autoridade, que vai perceber que sou uma farsa e que escrevo nada mais que cenas bobas de beijo e enredos cheios de clichês.

De alguma forma, em todas as minhas fantasias sobre esta escola, nem uma vez cheguei a considerar a ideia de compartilhar minha escrita com outras pessoas. Não até que Caroline tocasse no assunto noite passada. Percebo agora, olhando ao redor para todas essas pessoas que não estão nem um pouco chocadas, quão burra fui.

Como foi que não previ isso?

A srta. McKinney está falando agora sobre a noite de gala de inverno e como alguém será escolhido para ler no evento ou algo assim, mas não consigo me concentrar nas palavras dela. Minha mente está uma bagunça, e a voz da professora parece ao mesmo tempo muito baixa e muito alta, como se eu estivesse debaixo d'água.

O som da porta do porão se abrindo e passos descendo a escada me fazem emergir, e eu olho para cima e vejo um anjo. Pisco algumas vezes, esfrego os olhos que estavam constrangedoramente começando a marejar, mas ele ainda está aqui.

Thomas. Não, *Nico*. O lindo escritor que vi no almoço.

— Olá, Nico — diz a srta. McKinney. — Eu estava contando como irei selecionar o sortudo para ler na festa de gala. Junte-se a nós.

Eu deveria ficar com raiva porque ele não recebeu o duro aviso sobre se atrasar como eu, mas em vez disso estou impressionada.

Ele arrasta uma cadeira pelo chão de madeira e assente para o Fedora, que logo abre espaço. E assim, simples assim, Nico está sentado ao meu lado, tão perto que consigo sentir seu cheiro intoxicante de sabonete, suor e grama. Ele sorri para mim, revelando dentes brancos brilhantes por trás de lábios volumosos. Ele poderia fazer propaganda de pasta de dente. Ele poderia fazer propaganda de *qualquer coisa*.

— E aí? — diz ele, apontando o queixo de uma maneira que é descolada sem qualquer esforço.

Deixo escapar um som que é metade um murmúrio e metade um guincho, mas por sorte a srta. McKinney começa a falar, mascarando minha vergonha.

Há mais informação sobre a noite de gala, e então algo sobre o formato do curso e talvez sobre as notas? Mas as palavras continuam a entrar por um ouvido e sair pelo outro, até o momento em que a professora bate palmas.

— Tá, chega de falatório. Vocês podem começar agora, e vamos pular o trabalho de edição hoje para dar a vocês uma chance de encontrar inspiração. Fiquem à vontade para ir aonde quiserem.

Nico e eu nos levantamos ao mesmo tempo, mas eu corro para o pufe no canto, evitando fazer contato visual. Tiro meu notebook da bolsa e abro a história de Colette. Pronto. Isso é algo que consigo fazer agora. Caroline vai pedir por isso esta noite, e agora que Tallulah e Thomas enfim se beijaram, posso deixar a história descansar por um tempo. Mas não consigo evitar que meus pensamentos voltem para o que a srta. McKinney falou sobre compartilharmos nossos trabalhos. Eu nunca poderia ler uma página deste livro, ou do de Tallulah, para esta classe. E *definitivamente* não para Nico. A classe reviraria os olhos. Eles ririam de mim. Nico nunca me veria como uma artista de verdade, como ele certamente é.

Mas, inspirando fundo, tento me livrar das preocupações. Porque não é o que está acontecendo agora. Posso pensar no assunto quando chegar a hora.

Deixei a história no meio daquela confusão, com um cara do lado de fora da janela e outro dentro do quarto de Colette, enquanto ela se encontrava com Jasper no parque da vizinhança. Era tarde, uma noite fria de novembro, e os dois estavam juntinhos no topo do escorrega, o casaco grosso de Jasper mantendo-os aquecidos. Este é um momento importante. Jasper sabe sobre Jack agora, e ele exige que Colette enfim escolha. Pensei na metade do diálogo enquanto estava no banho esta manhã.

Mas com minhas mãos pairando sobre o teclado, duas horas de escrita diante de mim... nada.

Nenhuma palavra vem.

Ergo a cabeça, e todos ao meu redor estão escrevendo. O Fedora está digitando em um teclado conectado ao seu iPad. A *Orgulho e preconceito* está escrevendo em um caderno com lombada em espiral. Nico, é claro, parece perfeito inclinado sobre sua caderneta moleskine, cachos soltos e castanhos caindo como uma cascata em seu rosto.

Preciso escrever.

Colette arrocha a mão de Jasper contra seu peito.

Aperto a tecla de deletar. Não está certo. Sexual demais. Eles só se beijaram uma vez. E "arrochar" parece um verbo que estaria em um romance à moda antiga, onde as pessoas desmaiam em divãs ou algo assim.

Tento de novo.

Colette segura a mão de Jasper contra sua bochecha.

Tudo bem, talvez, mas então ela diz o quê? O que decide?

Deleto outra vez. Deleto. Colette não diz nada, não faz nada. Porque minha mente está vazia. Nada.

De repente me dou conta de quão alto soa quando digito. Será que, agora que não estou digitando nada, os outros percebem o silêncio? Sabem que não estou sendo produtiva como eles?

E então há o fato de que não digito da maneira certa como os outros, usando todos os dedos no teclado QWERTY. Nunca aprendi o jeito certo, mas sei catar milho rápido — e mudar a essa altura do campeonato só me atrasaria. Não que isso importe. Nada está saindo mesmo. Eles conseguem perceber?

— Acho que vou tentar escrever no meu caderno — sussurro para ninguém em particular, e apenas a srta. McKinney ergue a cabeça, me dando um sorrisinho, como se estivesse apenas sendo simpática ou algo assim. Ela sabe que meu lugar não é aqui. Ela provavelmente deu risada enquanto lia meus e-mails suplicantes depois de rever seja lá o que minha mãe colocou no meu portfólio. Provavelmente estava só sendo gentil quando me deixou entrar em sua turma, seu ato de caridade do semestre.

Onze passos para se apaixonar 81

Quero me enfiar num buraco.

Quero desaparecer.

Com meu caderno e minha caneta favorita, as palavras ainda não vêm. Olho para o esboço geral que escrevi sobre a trama, e ele não me inspira nada. Por fim, paranoica de que todos, em especial Nico, sabem que não estou produzindo, começo a escrever "não sei" no meu caderno.

De novo e de novo.

Não sei não sei não sei não sei não sei.

De vez em quando, franzo as sobrancelhas, tamborilo os dedos no queixo como se estivesse pensando e continuo pelo tempo que leva para a aula terminar. Horas.

Minhas palavras sempre estiveram comigo. Elas me acordam no meio da noite, demandando atenção. Elas sussurram no meu ouvido durante aulas chatas.

Minhas palavras são o motivo de eu ter, de alguma forma, enganado esta escola para me deixar entrar.

Mas agora não há nada.

Minhas palavras se foram.

Capítulo 9

Mal falo com Sam durante o caminho de volta para casa, dispensando suas perguntas sobre o primeiro dia com respostas monossilábicas. Os cantos dos meus olhos queimam com lágrimas, mas eu as afasto. Tento manter minha mente limpa, para que esteja aberta para qualquer ideia que apareça. Tento sonhar com a próxima cena, porque às vezes a inspiração é teimosa mesmo, e só vem quando não estou diante da tela do computador.

Mas não adianta.

Nada.

Digo um rápido "obrigada" para Sam por sobre o ombro, tentando não me sentir mal com quão confuso ele parece, e então cruzo a rua rápido até a minha casa. A Crisálida libera tarde, quase às cinco, mas... mesmo assim é surpreendente que minha família toda esteja reunida na cozinha quando entro. Cheira a pizza, e não pergunto se foi pedida especialmente para nós.

— Aqui está nossa escritora! — exclama meu pai, um sorriso enorme no rosto quando me vê. Ele estava inclinado sobre uma fatia no balcão, o celular mostrando os e-mails do trabalho, mas vem até mim e me puxa para um abraço apertado, beijando o topo da minha cabeça.

Queria que ele não me chamasse assim.

— Tessie, tem pizza! — Miles grita da mesa. Está sentado sozinho, e minha mãe caminha enquanto come, dando pequenas mordidas enquanto guarda a louça.

— Estou vendo. Obrigada, mano.

Deslizo minhas mãos em seu cabelo crespo enquanto passo por ele para pegar um pedaço. Sei que deveria perguntar como foi seu dia: como se ajustou à nova rotina, se gostou de seu ajudante pessoal. Mas a minha mente está cheia demais. Continuo de mochila e caminho em direção ao meu quarto.

— Espere aí — diz minha mãe. — Queremos ouvir sobre a Crisálida!

Se eu pudesse ter qualquer tipo de conversa honesta com eles, contaria como, pelo visto, não estou funcionando direito. Como desperdicei todo o tempo que deveria ter usado para escrever hoje. Como sequer tenho certeza de que me encaixo lá, para início de conversa.

Dou de ombros.

— Foi bom.

— Ah, que bom… — Ela seca as mãos ensaboadas em um pano de prato, prestes a se abaixar. — E de onde veio esse lenço? Não acho que o vi antes.

Eu quase tinha me esquecido sobre a primeira metade do dia, por mais que tenha parecido o fim do mundo na hora. Sinto que minha vida será para sempre medida em APP (Antes da Perda das Palavras) e DPP (Depois da Perda das Palavras).

— Uma amiga me deu.

Meu pai está mexendo no celular de novo e Miles está cantarolando uma música do Dream Zone. Mas minha mãe concentra-se em mim. É claro que *agora* eu tenho toda a sua atenção, bem quando eu não a quero.

— Bem, seu cabelo está muito lindo hoje — elogia ela, tentando uma abordagem diferente. — Sabe, eu estava folheando uma edição da *Essence* enquanto esperava pela consulta do Miles semana passada e vi um penteado muito fofo... loquinhos? Não, coquinhos! A gente devia tentar. Você ia ficar tão fofa.

— Hum, beleza, obrigada. — Preciso sair daqui antes que eu desmorone. — Tenho coisas para fazer. Posso ir?

As sobrancelhas dela franzem. E sei que teremos uma grande conversa agora, e é a última coisa que quero fazer.

— Mãe, *chinga tu madre* — diz Miles.

— O QUÊ? — grita minha mãe, de olhos arregalados.

— O Justin, meu amigo na aula de habilidades de vida, falou isso. É ruim? — O riso dele reverbera na sala, e a cabeça começa a girar. Ele sabe que é ruim, e está em êxtase porque conseguiu uma reação.

— Meu Deus...

Salva pelo meu irmão. Agarro a oportunidade de escapar para o quarto.

Depois de trocar de roupa e cair na cama, sinto as lágrimas recomeçarem. Tento dar algumas mordidas na pizza para distrair meu cérebro, porque chorar não vai ajudar em nada, mas parece papelão na minha boca. Não posso comer. Não posso chorar.

Preciso escrever.

Onze passos para se apaixonar **85**

Pego meu notebook da bolsa e abro o Google Docs. Porque talvez o problema seja tentar escrever na sala de aula, com todos ao meu redor. Minha ansiedade me dominou, isso já aconteceu antes. Mas agora que estou de volta à minha cama, o local seguro de onde escrevi tantas das minhas histórias, as palavras virão. Elas precisam vir.

Encaro o cursor piscando, provocador, por dez minutos até Caroline ligar.

— Alôôôôôôôô! — cantarola ela, feliz e brincalhona. O oposto de como me sinto.

— Oi.

— Então, como foi? Eles ficaram maravilhados com sua genialidade intoxicante? Você já tem um acordo para vender seu livro? Você tem meu próximo capítulo da Colette?

Ignoro todas as perguntas, exceto a última.

— Não, desculpa. Foi mais um dia para ver como as coisas funcionam, sabe? A professora nos deu um *prompt* para escrever.

É uma mentira óbvia. E sei que é uma droga mentir para a minha melhor amiga, que provavelmente me apoiaria totalmente se eu contasse a verdade. Mas não quero dizer a ela que a única coisa que tenho, que a única coisa que me faz ser ao menos um pouquinho especial, talvez tenha acabado.

— Que droga. Mas amanhã será melhor, né?

— Sim, e escuta isso — digo, mudando de assunto. — Minha mãe não me levou pra escola hoje como prometeu… é claro. Ela combinou com o garoto que mora do outro lado da rua para ele me levar.

— O cara da camisa havaiana? O da pizza?

— É.

— Mas você disse que ele é um nerdão, né?

— É, sim... mas na verdade acho que ele não é tão ruim assim. Ele foi muito legal.

— Ele é nerd tipo *Dungeons and Dragons*? Ou nerd tipo óculos de grau que viram óculos de sol quando ele vai lá fora?

— Tem, tipo, um espectro ou algo assim? Você fez tabelas?

— Hummm, não, acho que não. Mas posso fazer! — Caroline ri. Ela está em algum lugar barulhento, com panelas tilintando e armários batendo. Sei que Lola está fazendo um de seus jantares deliciosos, bem do lado de fora da despensa/quarto de Caroline. Quase posso ver seu avental floral e cabelo grisalho, e sinto uma dorzinha de saudade por perder o jantar com a família Tibayan.

— Tá bom, agora escuta isso — continua Caroline. — Eles me colocaram em Literatura Avançada.

— O quê?

— Né!

Ela começa a rir, e eu acompanho porque ambas sabemos que, por mais que Caroline seja uma leitora prolífica, o gosto dela é mais para as minhas histórias e os livros românticos que pega do quarto de Lola, não os trabalhos de caras brancos mortos. Ela mal passou em Inglês no nono ano, ficou bem na média, por conta de sua recusa em ler nada além da página do SparkNotes para *Admirável mundo novo* e *A revolução dos bichos*.

— Mas isso é incrível! Aposto que seu pai vai ficar feliz, e você é tão inteligente quanto qualquer um dos alunos da turma avançada.

— É, eu sei! Provavelmente mais inteligente, porque *eu* não gasto meu tempo lendo algo "importante" quando posso ler algo interessante.

Rio, embora meu peito esteja apertado por pensar na aula de Arte do Romance e saber em qual lado dessa divisão minhas histórias bobas estão.

— Você vai pedir transferência? — pergunto.

— Bem... eu ia. Mas o escritório de aconselhamento estava muito cheio. Então fui para a aula e Brandon estava lá. Brandon Briceño. Você lembra dele? Do anuário?

— Aham, sim.

— Então, ele estava lá, e nos colocaram juntos para ler um poema do William Blake sobre um limpador de chaminés ou sei lá o quê. E eu li o negócio todo tipo o Bert de *Mary Poppins*, o que tenho certeza de que é muito ofensivo por causa do olhar que o professor nos deu, mas não sei bem sobre o que é o poema porque ri demais.

Ela está rindo agora, e tento acompanhar.

— Enfim, é, acho que provavelmente não faz sentido agora. Você tinha que estar lá pra entender.

E eu não estava.

— Com quem você se sentou no almoço? — pergunto.

— Ah, Brandon! E ele trouxe mais dois amigos, Michael Giles e Olivia Roswell. Você os conheceu? Eles são muito legais.

— É? Que incrível!

— Acho que vou encontrar com eles amanhã depois da escola. Eles sempre vão ao Denny's às terças-feiras, e me convidaram. Não vou mentir, o lugar é bem padrãozinho... mas sei lá, pode ser divertido.

— É, é... Com certeza.

Eu sei que deveria estar feliz que Caroline teve um bom primeiro dia. Ela é minha melhor amiga, e não quero que fique solitária ou infeliz. Mas isso meio que me faz sentir que talvez eu a estivesse atrapalhando todos esses anos. Talvez *ela* não estivesse contente com nossos almoços solitários, passando meu notebook pra lá e pra cá. Talvez estivesse esperando que eu me mandasse para que ela pudesse ter uma vida social animada.

Meus olhos começam a lacrimejar de novo, e desta vez eu não impeço as lágrimas de rolarem.

Ouço uma batida na porta do outro lado da linha, e então o som de Caroline e Lola conversando em tagalo.

— Olha, preciso ir agora — diz ela. — Mas ainda quero ouvir tudo sobre o seu dia! E me envie um capítulo hoje.

— Aham. — Isso não vai acontecer.

Quando desligamos, enfio meu computador debaixo da cama e faço meu dever de casa de História Americana.

~~Quando Thomas a beijou, Tallulah ficou feliz.~~
~~Feliz? Encantada?~~
~~Beatífica.~~ *Tallulah precisava jogar o dicionário dela fora.*
~~Tallulah sentiu como se houvesse fogos de artifício batendo em seu peito.~~ *Batendo? Sério?*
~~Tallulah se sentiu como uma nova mulher.~~
~~Tallulah não sentiu nada.~~

Capítulo 10

Eu não escrevo no segundo dia da aula de Arte do Romance. Nem no terceiro. Nem sequer no quarto.

E acontece que não é só em Arte do Romance que estou travada. Também não escrevo fora da aula. A princípio fico esperançosa de que talvez eu só não consiga escrever com pessoas por perto. Então tento na minha cama, no quintal, no lugar ensolarado no sofá que estava se tornando o meu favorito, mas nada vem.

Decido buscar inspiração. Releio *Anna e o beijo francês, O sol também é uma estrela, Com amor, Simon* e quase tudo escrito pela rainha, Sarah Dessen. Passo por minhas fanfics favoritas de *Crepúsculo* (Jacob e Bella). Leio e então assisto a *Para todos os garotos que já amei*. Assisto àqueles filmes antigos com a garota ruiva, que com certeza são uma bagunça racista e machista, mas também são meio bons.

A maioria dessas histórias não tem protagonistas que se parecem comigo. Mas isso não é novidade. Eu geralmente não tenho problemas em me sobrepor mentalmente às garotas brancas que serão interesses amorosos.

Mas, mesmo assim, nada.

Não tenho Arte do Romance todos os dias, então minha semana só é arruinada algumas vezes com o lembrete desmoralizante de que sou uma fraude. Com todas as minhas outras aulas, posso quase esquecer que não mereço meu lugar aqui. Quase sinto como se pertencesse.

É surpreende o quanto consigo me safar de escrever apesar de estar em um programa de escrita criativa. Minha classe de estudo sobre o gênero realismo mágico se encontra nas terças, e na verdade é só uma desculpa para a srta. Becker, que estudou na Colômbia há muito tempo, falar de seu amor por Gabriel García Márquez. Às quartas, no Clube do Livro, meu grupo escolhe *O ódio que você semeia* para ler e estudar (e nem me encaram depois da escolha!). E, na quinta, trabalho na revista literária da escola, a *Asas*. Quando pediram por voluntários para editar, eu rapidamente me inscrevi. Não que tenha havido muita competição. Todo mundo queria escrever.

Eu deveria estar aliviada, certo? Deveria estar feliz que ninguém percebeu que não estou fazendo o que deveria aqui.

Mas não quero passar meu tempo na Crisálida enganando as pessoas. Quero escrever *de verdade* na aula em vez de fingir. Em vez disso, sem escolha quando a data da entrega chega, envio para a srta. McKinney capítulos antigos da história de Tallulah e cruzo os dedos, esperando que eles não estejam no portfólio que minha mãe mandou. Quando recebo o primeiro feedback dela, pequenas bolhas na lateral do documento, assim como aquelas de Caroline, passo pelos comentários devagar, meu coração batendo forte como se um monstro fosse me surpreender a qualquer momento. No início, são ok: "Legal!"

Onze passos para se apaixonar 91

e "Adorei essa descrição!". Mas então vejo "Repetitivo" e um longo comentário que começa com "Não sei se isso é verossímil" e paro de ler. É muito para aguentar.

A realidade da minha situação me segue como uma nuvem escura. Quando estou no carro com Sam, almoçando com os meus novos amigos, caminhando pelos corredores que deveriam me trazer alegria — está sempre lá. *Você não deveria estar aqui. Você não deveria estar aqui.* Morro de medo do momento em que alguém vai descobrir o meu segredo. Eles perceberão que me aceitar foi um erro e me mandarão para a escola normal a que pertenço.

Na terça-feira à noite, meu pai está trabalhando até mais tarde e minha mãe precisa dirigir até Huntington Beach para resolver algum assunto, então estou cuidando de Miles. O telefone fixo está desplugado e estamos assistindo a antigas entrevistas do Dream Zone no meu notebook (pelo menos consigo encontrar alguma função para ele).

— Você acha que um lugar pode trazer à tona algo terrível? — pergunto para Miles, interrompendo o monólogo de Thad sobre suas comidas favoritas. Miles se inclina para se apoiar na parede. — Ou ele só revela os defeitos que sempre estiveram lá e está só, tipo, iluminando o inevitável? Tipo, talvez isso fosse acontecer de qualquer jeito e eu deveria estar agradecendo a esse lugar em vez de me ressentir dele por me mostrar com tanta clareza que eu deveria sair agora.

— Sei exatamente do que você está falando — responde ele com voz firme, o que me faz levantar.

— Você sabe? — Nem *eu* sei do que estou falando.

— Sim, foi como me senti na primeira semana na Bixby High quando fui até a máquina que vende refrigerante e eles tinham H2OH! em vez de Sprite.

Eu rio. E então Miles ri porque me fez rir. Eu o puxo para um abraço, e o cabelo curto dele faz cócegas no meu queixo.

— Que bom que você me entende, mano.

E então o corpo inteiro dele fica parado, o que nunca acontece, e quando olho para o seu rosto, ele está me olhando com olhos brilhantes e claros.

— Você vai dar um jeito.

— Como você tem tanta certeza? Deixa eu te falar, a situação não tá com a cara muito boa.

— Porque você precisa. Você consegue.

Ele se livra do abraço e dá de ombros, como se fosse simples assim.

E eu quero que seja. Preciso dar um jeito, porque não posso desapontar os meus pais. Porque não quero sair dessa escola que parece o lugar certo para mim (sabe, tirando todo esse negócio de ser uma fraude artística). E não posso decepcionar Caroline, deixando de compartilhar novos capítulos com ela. É o nosso lance, e a distância já está nos afastando.

Escrever é o que faço, e quem sou agora se não escrevo?

Capítulo 11

Só leva mais alguns dias para eu perceber que, na verdade, não consigo dar um jeito nisso. Tipo, nem um pouquinho.

Preciso de ajuda. Preciso de Caroline.

Contar para ela deveria ter sido o passo óbvio quando tudo isso começou, há algumas semanas. Exceto que toda conversa que tivemos começaram com uma nova história sobre Brandon e os amigos dele. Sobre as novas piadas internas e os passeios depois da escola em lanchonetes e encontros no shopping. Sobre a mão dele que acidentalmente tocou na dela na aula de Literatura Avançada e uma análise completa do que isso significa.

Estou muito feliz por Caroline, mas é difícil não me sentir excluída de sua nova vida. Falar dos meus capítulos sempre foi a nossa coisa em comum, e agora nem isso eu tenho para oferecer. Evito suas ligações. E odeio isso. Ela é a minha melhor amiga, e se alguém deve ser meu apoio, é ela.

Então, na noite de quinta-feira, quando meu celular toca, com outra aula de Arte do Romance se aproximando amanhã, decido que enfim chegou a hora.

— Você está bem? — Caroline grita assim que eu atendo. — Você só visualizou minhas mensagens ontem o dia todo! *E* eu deixei mensagem na sua caixa postal ontem à noite. Você sabe que eu nunca deixo mensagens na caixa postal.

— É... eu só estive ocupada, hum, escrevendo. — A mentira escapa sem que eu sequer tente.

— Ah, graças a Deus! Não vou mentir, você me deixou preocupada. Pensei que tivesse morrido ou algo assim. Tipo, talvez o garoto nerd do outro lado da rua tivesse te sequestrado, te cortado em pedacinhos e te colocado em um bolo ou sei lá.

Eu rio.

— Mas é claro... Então, hum, alguma novidade com Brandon? O que vem depois do tradicional inconclusivo toque de mãos?

— Ah, para! Você nem pode falar nada, com o Thomas e a Tallulah naqueles passinhos de tartaruga. Você, mais do que ninguém, sabe que os primeiros dias ambíguos e excitantes de flerte são os melhores.

— Flerte, hein? — pergunto com um sorriso.

— Está indo nessa direção, sim — confirma Caroline, e posso sentir o sorriso na voz dela. — E, só para registar, o que vem a seguir é ele me pedindo para estudar só nós dois depois da escola, o que ele definitivamente *fez*. Hoje!

Ela deixa escapar um gritinho de animação, e eu grito junto.

— Mas enfim, você esteve escrevendo! Isso é bom! Mas por que você não me enviou nada? — continua ela. — Faz um te-*em*-pão!

Meu estômago revira de ansiedade, mas essa situação não vai se resolver sozinha. E se eu não disser alguma coisa agora, vou perder a coragem.

— Não consigo mais escrever — solto antes que possa me interromper ou contar outra mentira.

— O quê?! — Caroline grita. Posso imaginá-la, se sentando na cama num pulo. — Tipo, hoje? Menina, provavelmente é melhor assim. Está tudo bem fazer uma pausa! Apesar de eu achar que você fosse compartilhar comigo o texto em que tem...

— Não, tipo, não estou escrevendo nada. — As palavras machucam ao sair. Eu daria tudo para voltar a falar de Brandon, mas preciso continuar. — Nada desde o primeiro dia de aula.

— Espera, hã? Mas você disse...

— Eu menti. Eu... Eu... Me desculpe, Caroline. Não deveria ter esperado todo esse tempo para te contar. — Inspiro fundo, me forçando a continuar. — Fico achando que vou conseguir superar esse bloqueio, e então não vai fazer diferença. — Sinto as lágrimas surgindo nos cantos dos meus olhos e pisco para espantá-las. — Mas não consigo escrever nada, Caroline. Eu sento no meu computador e fico só... encarando a tela.

Dizer em voz alta faz parecer real, permanente. E admitir tudo isso é demais. Sinto um peso sobre o meu peito enquanto espero a resposta de Caroline.

— Ah, uau... Mas você tem certeza?

— É claro que tenho! — Não quis gritar, mas a ansiedade e o medo (e talvez um pouquinho de irritação também) se juntam e explodem como uma reação química. Inspiro fundo e tento outra vez, mais calma. — Isso não é algo do qual eu não teria certeza. É muito sério para mim.

— Eu sei, eu sei — ela diz rapidamente. — É que... estou surpresa. Você sempre conseguiu escrever. É... você.

As palavras dela me atingem como uma flecha no alvo. Porque ecoam com o medo que está sussurrando na minha cabeça pelas últimas semanas:

Escrever é o que você é.

E, se não escreve, então quem é você?

Como é que você se encaixa na sua escola nova, na sua família... na sua amizade?

As lágrimas que eu estava segurando fluem livres agora.

— Escrever é toda a minha identidade, sabe? É a única coisa que tenho. A única coisa que faço bem. Tipo, a única coisa que me torna especial, né? — Uma vez que começo, as palavras jorram, escapando entre os soluços contidos. — E escrever é o único motivo de eu estar na escola. E amo tanto aquele lugar. Sinto que pertenço e que minha aparência não me destaca dos demais, porque ninguém liga para ela, não é nada comparada a pessoas que usam, tipo, rabos de cavalo e trajes da Sonserina ou sei lá o quê. Mas eu não me encaixo para valer, certo? Não sou uma escritora, agora não... talvez eu nunca tenha sido? Talvez eu nunca tenha sido! E não consigo relaxar de verdade lá porque estou constantemente morrendo de medo de que as pessoas vão descobrir que me deixar entrar foi um erro. Que sou uma impostora! Quer dizer, me sinto como o Harry em *Relíquias da Morte*. Sei que estamos tentando deixar esse lance de falar de Harry Potter de lado... mas sabe quando ele quebra a varinha quando estão saindo de Godric's Hollow? E ele se sente, tipo, vazio e assustado porque deveria estar derrotando o Voldemort! Mas

Onze passos para se apaixonar 97

ele não tem varinha! E, tipo, eu deveria ser uma grande escritora, escrever um romance é, tipo, o meu Voldemort e... nem sei aonde estou indo com essa metáfora... Deus, sou tão ruim quanto as pessoas que usam o uniforme de Hogwarts na escola... MAS PELO MENOS ELAS CONSEGUEM ESCREVER!

Meu rosto está molhado e me sinto ofegante. Caroline permanece em silêncio.

— Alô?

— Desculpe — diz ela. — Eu... eu não sei o que dizer.

Ouço uma porta abrir e o pai dela diz alguma coisa em tagalo. A voz dele soa séria, e posso imaginar a careta que faz quando está bravo.

— Sinto muito. Sinto muito, muito mesmo, Tess. Mas preciso ir. A gente conversa depois?

Sei que não é culpa dela. Isso acontecia o tempo todo quando eu morava perto. O pai dela a fazia sair do telefone e sei lá... só nos víamos no dia seguinte.

Mas eu acabei de confessar tudo para Caroline. Revelei meus medos mais profundos e preciso de ajuda. Ela é a minha melhor amiga. Eu não mereço algo mais do que "a gente conversa depois"?

Me preocupei que Caroline perdesse o interesse na nossa amizade quando descobrisse que parei de escrever. Já não estou lá fisicamente, não posso almoçar com ela. Não posso ficar com ela na despensa pequenininha, rindo das capas bobas dos livros de romance de Lola. Mas acho que ela tem Brandon para tudo isso agora, e... não posso culpá-la, posso? Ele está lá. Eu não.

Estive tão preocupada de perder minha amiga se minhas palavras desaparecessem.

Acho que estava certa.

Capítulo 12

Acordo com cinco chamadas perdidas e o dobro de mensagens de Caroline.

Atenda seu celular!
Te amo, me liga
Você está dormindo? Como é que você está dormindo?
Precisamos conversar pra ontem. Tenho uma ideia. Me liga
assim que acordar!
EU POSSO CONSERTAR SUA VARINHA, HARRY!!

Nem sequer estou totalmente desperta e já consigo sentir o sorriso se formando no meu rosto.

— Sei como trazer sua magia de volta! — ela grita no celular assim que atende. Preciso tirá-lo da orelha e abaixar o volume.

— Tipo Stella? — É uma das séries de livros favoritas de Lola.

— É, mas seria sua magia de escrita, não sua magia sexual. Embora eu ache que magia sexual possa estar envolvida.

— Caroline, do que é que você está falando?

Posso ouvi-la se jogando na cama.

— Desculpe, eu não dormi muito ontem à noite porque estava tentando descobrir como consertar a sua vida... espere. Vou mudar para chamada de vídeo, para que você sinta o efeito completo.

O celular faz um barulho e eu pressiono a tela, e então lá está Caroline. Pele escura, cabelo preto preso em um coque bagunçado no topo da cabeça e aqueles pijamas de elfo que a mãe dela comprou para a família toda no Natal passado. Ela comprou um até para mim, o que me fez chorar. Caroline está sentada no quartinho que conheço como a palma da minha mão — com livros e roupas sujas cobrindo o chão e pôsteres esfarrapados do Dream Zone que ela nunca tirou da parede. E todos os sentimentos ruins que senti noite passada desaparecem porque ela ainda é Caroline, a minha Caroline.

— Você está pronta para isso? — pergunta ela, o tom provavelmente muito mais sério do que a situação requer.

Limpo as remelas dos meus olhos e abafo um bocejo.

— Hã... talvez?

Ela apoia o celular em alguma coisa, talvez um travesseiro, e estende as mãos, como se estivesse projetando alguma coisa em uma tela grande.

— Operação — ela faz uma pausa e ergue as sobrancelhas para o efeito dramático — Verdadeira História de Amor da Tessa!

Desvio o olhar do rosto dela, tentando espantar a decepção.

— Eu já sei que preciso escrever histórias de amor de novo — digo, mantendo meu tom mais leve do que me sinto.

— Quer dizer, obrigada. Agradeço por tentar. Mas colocar a palavra "operação" na frente não vai fazer a coisa funcionar magicamente.

— Não, você não entendeu — Caroline diz pacientemente. — Nós vamos criar sua história de amor da vida real para que você possa voltar a escrever histórias românticas.

Isso me surpreende.

— O quê?

— Escuta, você tem estado mais *O papel de parede amarelo* desde que se mudou para Long Beach...

— Não sei o que isso quer dizer.

— Beleza, tá, só sei *um pouquinho* porque Brandon e eu estávamos fazendo notas enquanto a turma discutia. É um conto. E é basicamente assim: você foi isolada. Você não está socializando...

— Ei, eu tenho amigos! Sam... e Lenore e Theodore!

Ela ergue uma sobrancelha.

— Os nomes deles rimam? Parece que você inventou.

— Bem, não inventei! Eles são amigos de verdade. — *É, isso é muito convincente.*

— Tá, tá — cede ela, erguendo a mão. — Mas estive pensando nisso a noite toda, e não é de se espantar que você não esteja escrevendo. Você precisa sair. Precisa encontrar inspiração. Precisa encontrar o amor! — Caroline canta a última palavra, pronunciando-a como se fosse uma balada poderosa.

Agora eu ergo uma sobrancelha para ela.

— Encontrar o amor?

— Sim, amor! Como você pode escrever sobre amor se não tem um amor? Se você nunca teve um namorado, sabe, se nunca *experimentou* coisas. Se meu romance com Brandon me ensinou uma coisa...

— Ei, eu experimentei coisas — interrompo.

— Daniel não conta.

— E por que não?

Conheci Daniel no acampamento para jovens escritores na Universidade de Sacramento durante o verão entre o nono ano do fundamental e o primeiro do ensino médio. Ele escrevia umas fantasias contemporâneas sobre fadas que se passavam em San Francisco e eram muito interessantes. Nos aproximamos conversando sobre a batata frita com queijo que serviam na cantina e escapamos para nos beijar atrás do centro aquático no último dia do acampamento, meu *primeiro* beijo. Trocamos mensagens pelo resto do verão e durante as primeiras semanas do primeiro ano, mas por fim terminamos. Ele morava em outra cidade, ficou cansado de ter uma namorada no celular e encontrou uma de verdade.

Tudo bem, talvez parte do que Caroline está dizendo seja verdade.

— Pelas suas descrições, vocês dois se beijavam como se fossem primos, de boca fechada e sem a menor graça — diz, me fazendo esquecer seja lá o que eu estava pensando sobre ela estar certa.

— Você beija seus primos? — Franzo o nariz.

— *Ugh*, você me entendeu.

— Na verdade, não — digo, inclinando minha cabeça para o lado e sorrindo. — Não sei se deveria estar ouvindo conselhos de uma beijadora de primos.

Caroline arfa de frustração, mas então ri comigo. Deus, senti tanta falta dela.

— Tudo bem, de volta ao assunto — continua. — Na verdade, isso prova o meu ponto! Você se lembra do tanto que escreveu quando tudo estava acontecendo com Daniel? Você era prolífica! Eu mal conseguia acompanhar!

É verdade, escrevi como nunca naquele verão.

— É, certo...

— Agora imagine se fosse amor! Aquele apaixonado, completo, sem ser de primo!

— Preciso que você pare com essa história de primo. Nossos beijos foram normais!

— Precisamos encontrar um amante para você — diz ela, sem parar. — Você precisa experimentar o amor para que possa escrever sobre ele outra vez. E estou falando de beijar na chuva, sair de casa às escondidas, se pegar no carro porque vocês não conseguem esperar mais. Isso tudo!

— Todas essas coisas aconteceram nas minhas histórias...

— Exatamente. De onde você acha que eu tirei os exemplos? Mas o poço secou, Tess. É por isso que você não consegue escrever! Tenho certeza! E você precisa de um lugar real de onde tirar ideias para poder escrever de novo. Como é que eles falam... escreva sobre o que você conhece? Você precisa conhecer mais para escrever mais!

Por um momento, me permito sonhar. Meu próprio "felizes para sempre" não parece tão ruim. Parece até excitante, e talvez isso seja suficiente para superar o outro medo que me bloqueia. É isso o que acontece em todas as melhores histórias de amor, não é? A garota fica com o garoto e tudo meio que se encaixa.

Penso na minha escrita febril quando me apaixo... bem, quando estive com Daniel. Quão frenética e urgentemente escrevi, a ponto de começar a desenvolver síndrome do túnel do carpo. Eu daria tudo para me sentir daquele jeito outra vez.

— Então, digamos que eu concorde com isso... — começo.

Onze passos para se apaixonar 103

— Siiim! — Caroline se balança um pouquinho, animada.

— *Digamos que eu concorde com isso* — digo mais alto, balançando a cabeça. — Como é que você planeja fazer alguma coisa estando aí em Roseville? Vai ser uma situação tipo aquele filme, *Cyrano*?

— Não sei do que você está falando. Mas estou rascunhando uma lista de situações, momentos e circunstâncias que te levarão ao seu final feliz.

— Isso é tão vago. Como assim?

— Na verdade, eu gostei. Novo nome! — Caroline estende as mãos de novo, bem para cima. — Operação Felizes para Sempre da Tessa!

— Ainda é vago.

— Temos que falar dos candidatos — ela continua, me ignorando —, talvez *Sam*, que tal? Percebi que tem falado muito dele.

— Não!

Os olhos dela se arregalam antes de se estreitarem de desconfiança.

— Não, não, não — adiciono rapidamente, talvez insistente demais. As sobrancelhas de Caroline arqueiam, e sei que está prestes a perguntar mais, então preciso continuar. — Na verdade, tem um outro cara. O nome dele é Nico. Ele está na minha aula de escrita. E ele é tão lindo... é, tipo, até um pouco assustador? Ele parece com o Thomas da minha história.

— O QUÊ? — Caroline se levanta tão bruscamente que derruba o celular. Apanhando-o, ela grita: — Nico! Por que você não me contou sobre *Nico*? Isso é perfeito! E ele é um cara pensativo, branco e magrinho. Por que não estou surpresa?

— Ei! Da onde você tirou isso? Eu não gosto só de caras brancos! Daniel...

Mas Caroline me interrompe antes que eu possa lembrá-la de que Daniel era negro.

— Relaxa, tô só te zoando. Você tem permissão para gostar de caras brancos, Tessa. Agora voltemos ao seu pretendente escritor gostoso.

— Não é pretendente. É *conhecido!* — Até isso deve ser um exagero. Como chamar alguém que só encaro de longe? Que provavelmente sequer sabe que eu existo?

— Tudo bem, mas legal — continua Caroline, sem desanimar. — Toda história de amor precisa começar em algum lugar. Isso é melhor ainda. Só falei do Sam porque pensei que talvez você gostasse dele, e seria totalmente de boas se fosse o caso. Mas para te contar a verdade, eu tô meio feliz que você não gosta, porque não precisamos que seu primeiro namorado tenha um vício em camisas havaianas.

— É, é — digo, mas isso me faz sentir um pouco culpada, porque as camisas dele não são tão ruins depois que a gente se acostuma.

— Então, Tessa e Nico. Gosto de como soa. Agora, pode ser que eu precise reformular meu plano com esse novo desenvolvimento…

— Uhum — digo, assentindo seriamente e fingindo tomar notas. A expressão irritada dela me faz rir.

— É, você ri agora, mas vai ver. *Bum!* Vou fazer você e o Nico se apaixonarem, e então, *bam*, você vai começar a escrever de novo. — Ela soca o ar para reforçar seus pontos.

— Tudo isso soa muito violento.

— Nem um pouco — diz Caroline, pegando uma folha de papel do chão. — Então, está pronta para ouvir o que tenho até agora? Se prepara.

Eu rio e assinto.

— Claro.

— Tudo bem, logo de cara, você precisa ser desajeitada. Ser desajeitada é uma clássica característica da heroína do romance. Derrube uma bebida nele, caia de alguma escada, seja atropelada por um carro... de preferência o dele, em baixa velocidade... e ele será tooooooodo seu. — Ela ergue a cabeça e vê meus olhos arregalados, mas aparentemente decide continuar. — Sei que não chove tanto aí, mas é essencial que você e Nico peguem chuva juntos. Então fique de olho na previsão do tempo. E precisamos dar um jeito de orquestrar uma situação em que vocês tenham que passar a noite em um lugar que só tem uma cama. Sugestões?

Ela torna a erguer a cabeça, o rosto ainda completamente sincero. Quanto tempo ela levou para escrever essa bobagem?

— Sim, e talvez a gente possa ficar presos no elevador também — digo.

Os olhos de Caroline brilham.

— Sim! Ontem à noite, enquanto fazia a minha pesquisa, vi que tem um no seu campus! Você poderia só, tipo, apertar o botão de emergência quando ele não estiver olhando ou algo assim. É uma viagem garantida até a terra do amor!

Pisco algumas vezes, esperando que ela enfim ria, talvez faça uma arminha com as mãos e exclame: "Te peguei!" Mas o rosto dela continua ávido e sincero. Isso não é uma piada. É o plano dela pra valer.

— Caroline — começo devagar, com cuidado. — Você não... você não pensa mesmo que isso vai funcionar, né? Digo, você ficou acordada assistindo a um monte de comédias românticas e anotou todos os clichês que encontrou, certo?

— Não — responde ela, soando ofendida. — Eu até deixei de lado uma transformação no visual porque você já é bonita.

Grunho, mas não consigo deixar de sorrir.

— Tudo bem, mas falando sério…

— É sério — ela me interrompe. — Sei que parece loucura, mas acho que isso pode funcionar para você, Tessa. Quer dizer, mesmo que você e Nico não se apaixonem… o que, confie em mim, acho que vocês vão, mesmo que só metade das coisas planejadas aconteça… isso vai te dar novas ideias. E vai ser algo legal pra gente fazer juntas… como nos velhos tempos.

A ideia me aquece, e tento em vão segurar um sorriso. O rosto de Caroline se abre com um sorrisão. Ela me convenceu e sabe disso.

Deixo escapar um suspiro profundo para fazer cena, mas nós duas sabemos o que vou dizer a seguir.

— Tá bom.

— Aeee! Tô tão animada! Tão, TÃO animada! — Ela deixa o celular cair de novo, tentando bater palmas e segurá-lo ao mesmo tempo.

— Mas você vai precisar pensar em um nome melhor. Operação Felizes para Sempre da Tessa soa como um filme da Disney ou algo assim.

Caroline revira os olhos.

— Tudo bem, vamos chamar de… Como Tessa Recuperou sua Magia.

— *Aparentemente* — digo, imitando o revirar de olhos dela. — Nunca tive magia, para começo de conversa.

Ela tenta outra vez:

— Para Todas as Histórias de Amor que Já Amei?

— Isso nem faz sentido.

— Bem, podemos pensar em um nome mais tarde, mas vai funcionar, Tessa, eu sei. Posso te ajudar a criar a *sua* história de amor. Quer dizer, aprendi com a melhor. *Você.*

Não sei quanta fé tenho nesse plano. Ainda acho que é exagero pensar que Caroline possa me ajudar a me apaixonar a centenas de quilômetros de distância, ainda mais por *Nico*. E é ainda mais improvável que isso conserte meu bloqueio criativo permanente.

Mas assinto mesmo assim, dando algumas sugestões e vetando coisas que são um pouquinho ridículas demais (eu *não* vou ser atropelada por um carro). E, ao final da ligação, temos uma lista que concordo em seguir ao pé da letra. Por quê? Porque isso deixa claro que Caroline se importa, quando pensei que ela estava escapando de mim. Talvez seja o que a gente precisa para nos unir outra vez, apesar da distância e de todas as mudanças. Caroline sempre foi minha melhor amiga, e ela ainda é. ELA AINDA É! Só uma melhor amiga inventaria um plano ridículo assim.

O Felizes Para Sempre da Tessa
(Esse é o nome que escolhemos. Acostume-se!)

1. *Ficar presa no elevador;*
2. *Derrubar alguma coisa nele ou cair na direção dele: FALTA DE JEITO É A CHAVE;*
3. *Descobrir um segredo sobre ele que ninguém mais saiba;*
4. *Ir a uma festa juntos e ter um momento a sós;*
5. *Melhor ainda: uma festa do pijama. Que convenientemente só tenha uma cama;*
6. *Pegar chuva juntos: você PRECISA parar de carregar guarda-chuva;*
7. *Baile do ROMANCE. Há algum baile para acontecer? Precisa pesquisar;*
8. *Fazer ciúmes nele: possibilidade de triângulo amoroso?;*

9. *Adormecer ao mesmo tempo, em algum lugar fofo, mas você primeiro para que ele possa te VER;*
10. *Andar em uma roda-gigante juntos;*
11. *Fazer um monólogo longo e dramático declarando seu amor, com plaquinhas.*

Capítulo 13

Duas horas depois, estou no banco do passageiro do carro de Sam, a caminho da Crisálida.

— O que aconteceu? — pergunta ele.

— Nada — respondo, embora saiba que não estou soando nem um pouco convincente. Nossas viagens se tornaram cheias de histórias da avó aventureira dele em Nova York e risadas sobre algo engraçado que Miles disse na noite anterior, além de um monte de guloseimas deliciosas. É fácil com ele. Mas hoje estou silenciosa, olhando pela janela, tentando desacelerar os pensamentos que estão espiralando na minha mente.

— Se não é nada, então por que ficou com essa cara de... sei lá, aquele burrinho triste do Ursinho Pooh... a manhã inteira? — pressiona ele.

— Não fiquei.

— Ficou, sim. Você deve estar tensa. Aconteceu alguma coisa?

— Não, só tô com muita coisa na cabeça.

O plano doido de Caroline para consertar tudo fez sentido na hora, mas agora, enquanto estou indo para a escola, começa a parecer mais e mais ridículo. Ficar presa no elevador com Nico não mudará o fato de que Johnson é o próximo sobrenome na lista da srta. McKinney. A não ser, é claro, que a gente fique preso lá por toda a aula.

— Será sua vez na sexta — ela me relembrou na última aula. — Mal posso esperar para que você compartilhe o seu trabalho.

Havia um tipo de sorriso no rosto dela, como se estivesse dando boas notícias. Tentei imitar, mas meu rosto provavelmente parecia plástico.

De jeito nenhum vou compartilhar meus capítulos bobos da Tallulah e do Thomas, aqueles que tenho entregado à srta. McKinney como trabalho novo, para a classe. Até agora, os alunos compartilharam cenas com personagens tendo conversas longas e importantes sobre a vida e histórias de fantasia com sistemas mágicos que mal consegui entender. Posso imaginá-los revirando os olhos e escondendo as risadas se eu decidisse ler uma cena de Tallulah ansiando pelo amor de Thomas. Principalmente com Nico *bem ali*, Thomas em carne e osso.

O que eu vou fazer?

— Tudo bem, não há nada de errado. Claro. Mas se alguma coisa estivesse errada… outro donut ajudaria?

— Não. — Eles têm sabor de lavanda e cobertura de limão com raspas no topo, e tive que lutar contra o desejo de lamber meus dedos depois de terminar o primeiro. Dou um sorriso. — Mas vou aceitar um mesmo assim.

— Bem, espero que seu dia melhore — Sam diz enquanto paramos no estacionamento da Crisálida.

Onze passos para se apaixonar 111

— Duvido — murmuro. E, beleza, entendo sua comparação com o Bisonho. — Mas obrigada assim mesmo.

Desligando o motor, Sam estufa o peito e faz um rebolado esquisito no banco.

— Carambolas, acho que isso é algo que um bom pote de mel pode resolver. — Ele faz uma cara boba e então se move para o lado outra vez.

Pestanejo. E depois pestanejo de novo antes de me acabar de rir.

— O que foi *isso*?

— O Ursinho Pooh, é claro. — Sam ri, as bochechas coradas. — Você entendeu, é porque, tipo, ele e o burrinho... eles eram amigos?

Me inclino, as laterais do meu corpo doendo de tanto gargalhar.

—Ai, meu Deus. Por favor nunca mais faça isso de novo. Principalmente em público, ou terei que negar que esta amizade existiu um dia.

— Ei, te fez sorrir! — Ele aponta para mim e pisca, exalando uma superenergia de paizão. — Te vejo no almoço?

Nós saímos, e eu sorrio para ele por cima do teto do carro.

— É. Te vejo mais tarde.

Alguém chama no estacionamento.

— E aí, Weinením!

Olho ao redor, confusa. Mas então sigo o olhar de Sam até um Audi preto estacionado diante de nós. E saindo dele estão Nico, Poppy, Grayson e Rhys. Os filhos dos fundadores, o elenco de uma série de TV.

Sinto uma vontade repentina de sair correndo. Minha conversa com Caroline esta manhã com certeza está estampada no meu rosto. Conhecidos? Do que eu estava falando?

Nico e eu não somos conhecidos! Eu devo estar exalando uma vibe de stalker louca, e ele vai notar, e então o plano vai acabar antes mesmo de começar. Além disso, Sam está usando aquela calça cargo com zíperes no joelho, sabe, para transformá-las em bermudas? Por que fabricam essas coisas eu não faço ideia. As pessoas se encontram com frequência em situações em que precisam mudar rapidamente o comprimento das calças? Gosto muito de Sam, mas essas calças não servem para a minha história de amor.

Mas não há tempo para escapar. Os quatro estão vindo na nossa direção.

— E aí, Weineném! — repete Nico. Não entendo. Weineném é, tipo, o apelido de Sam ou algo assim?

Sam está com cara de que vai continuar andando, mas Nico se aproxima e dá um daqueles tapões de garoto nas costas de Sam. Eles são opostos completos: Nico é magro e chega a intimidar de tão alto, enquanto Sam é da minha altura e tem uma barriguinha que marca os botões baixos da camisa dele. Sam tem postura relaxada e atitude tranquila, ao passo que a postura de Nico é ereta, como se ele fosse o centro das atenções.

De novo, fico chocada com como Nico se parece com Thomas. Não é de se espantar que eu tenha dado o nome dele assim que Caroline mencionou Sam.

— Sam Weineném — Rhys, o ruivo, diz. Então é o sobrenome de Sam. "Weineném" provavelmente é um trocadilho com "Weiner". Me sinto meio boba por não saber disso depois de semanas de caronas e almoços juntos. — Então você finalmente entrou. De terceira, hein?

Com isso, algo muda em Sam. O rosto dele, que estava fazendo imitações bobas para me fazer rir há alguns momentos, fica duro e retesado.

Onze passos para se apaixonar   113

— É.

— Você entrou no laboratório de teatro? — Grayson pergunta, com um sorrisinho. — Todos sabemos que você sabe abrir o berreiro quando quer, hein, Weiner?

Grayson diz "Weiner" em uma vozinha aguda. Imediatamente decido que não gosto dele — só pela forma como o maxilar de Sam tranca enquanto ele desvia o olhar. Além disso, Grayson tem uns pelinhos esparsos sobre o lábio que só um babaca pensaria ficar bonito.

— Ah, mas você deve estar no novo laboratório de artes culinárias, certo, Sam? — Poppy pergunta. É a primeira vez que a vejo de perto, além daquelas espiadelas distantes e disfarçadas durante o almoço. Sua pele não tem poros, não porque está usando um montão de maquiagem, mas porque ela é impecável como uma daquelas modelos da Glossier.

— É, estou — responde Sam.

— E tenho certeza de que sua famosa mamãe ter se juntado ao conselho não teve nada a ver com isso — sibila Grayson.

Famosa mamãe? Não sei o que isso significa. Mas sei que quero socar a cara de Grayson. Nico, percebo, não se junta a eles quando Rhys e Poppy riem junto com o garoto.

— Sam é muito bom no que faz. Ele fez isto — digo, segurando meu donut meio comido. Provavelmente não é a defesa que Sam estava procurando, mas ele me dá um sorriso secreto.

— Tessa, certo? — Nico está olhando diretamente para mim, e então tudo meio que desaparece. Tudo o que consigo pensar é que os olhos dele são como piscinas de chocolate. Quero me aproximar para mergulhar neles. Quero traçar o caminho da clavícula dele que está aparecendo, só um pouquinho, na parte de cima da camisa de botões.

Em vez disso, eu digo:

— Hummmmm.

— Você está na aula de Arte do Romance comigo, não? De repente só sou capaz de cantar sílabas.

— É.

— É melhor a gente ir, amor. Você sabe que o sr. Garcia está de olho nos seus atrasos. — Poppy coloca o braço ao redor da cintura de Nico, e ele coloca a mão no bolso de trás dela. Eles se encaixam perfeitamente.

É claro que eles estão juntos. Não sei como não percebi durante toda a minha observação no almoço. Garotos como Nico gostam de garotas como Poppy. Terei que encontrar outra pessoa para o plano de Caroline. Ou talvez simplesmente esquecer esse assunto.

— Tchau, Tessa. Tchau, Weiner.

Quando eu enfim murmuro "Hã, é, tchau!" eles já estão longe demais para ouvir. Sam olha para mim, franzindo a testa, uma pergunta nitidamente surgindo em seu rosto. Mas eu o interrompo antes que ele tenha tempo de fazê-la em voz alta:

— Você está bem? O que foi aquilo?

Sam esfrega as laterais do rosto e balança a cabeça, dando um sorriso triste.

— Te vejo mais tarde, Tessa.

Mas, no almoço, não o deixo escapar tão fácil.

— Tudo bem, está pronto para me contar o que tá rolando?

Estamos sentados na varanda do Bangalô que se tornou nosso point de sempre. Três cadeiras de balanço e um banquinho que Lenore pegou de um grupo de escritores semana passada. Estou lutando contra a vontade de procurar por

Onze passos para se apaixonar 115

Nico e seu grupo, certa de que verei todos os sinais de namoro que ignorei antes.

Sam se empoleira no banquinho, escrevendo em um caderno que contém suas receitas. Ele dá de ombros.

— Não é nada. Sério.

— Isso é mais do que "nada" — insisto.

Ele olha para mim com um sorrisinho.

— Sei lá… talvez eu só tenha pegado seu mau humor de mais cedo.

Touché.

— É melhor vocês nos contarem o que tá acontecendo em vez de continuarem agindo como se não estivéssemos ouvindo — interrompe Lenore. Ela está usando outra roupa digna de revista: uma boina de couro preto, sapatos Doc Martens, um vestido preto sem mangas com insetos dourados bordados.

Sam deixa escapar um suspiro exagerado e então assente, me dando permissão, e eu rapidamente conto a Lenore a esquisitice que presenciei essa manhã, sabendo que ela vai dar um jeito de tirar os detalhes dele. Preciso saber da história de Sam com Nico. Ok, sim, ele *pode* ter uma namorada, mas isso não foi confirmado ainda. E Nico não foi, tipo, maldoso com Sam nem nada — não como Grayson e Poppy. Sam pode ter uma brecha.

— Aaaahh, quer dizer então que o Sanzinho aqui conhece os filhos dos fundadores — cantarola Lenore. — Como é que você não nos contou sobre seus amigos ricos?

— Eles não são meus amigos — diz Sam. Ele fecha o caderno, parecendo ofendido. — Olha, fiz o ensino fundamental com eles, nossos pais se conhecem… mas nós não éramos amigos na época, e não somos agora. No nono ano, todos eles se inscreveram na Crisálida e entraram, mas eu não... Acho que eles deixaram isso bem claro.

— Que outros laboratórios você tentou? — pergunta Lenore.

— Cinema... e escrita criativa. — Sam olha para mim. — Mas eu não era muito bom. Não eram a minha praia... eu só queria estudar aqui em vez de na Bixby High.

— Então, nada de teatro? — Não quero mencionar o que Grayson disse sobre Sam chorar, mas também quero saber o que ele quis dizer. Por sorte, Sam capta a mensagem sem que eu precise dizer mais.

Ele torna a suspirar. Talvez eu esteja pressionando demais.

— Isso... é só uma velha piada boba. Não sei por que eles continuam falando disso. Eu participei de um programa de TV no sétimo ano...

— Ah, uau, então você é tipo uma criança estrela? — interrompe Lenore.

— Não. Não, não. Era um reality show de culinária. Tipo uma daquelas competições no Food Network, sabem? Fui eliminado e chorei. Uma bobagem.

— Que nada, homens de verdade choram — diz Lenore, se levantando para dar um tapinha nas costas dele.

Eu assinto, concordando.

— Não teria sido tão ruim, só que Rhys gravou e, bem, colocou no YouTube... Era um vídeo preto e branco cheio de efeitos, tipo folhas caindo e uma tempestade falsa. Uma besteira. Mas sei lá... talvez tenha sido o pontapé inicial para o interesse dele por cinema, então teve lá o seu valor. — Sam nos dá um sorriso sarcástico.

— E o que aquele babaca quis dizer sobre a sua mamãe... *mãe* te fazer entrar na escola? — pergunto. — Isso não é verdade, é? Quer dizer, ele obviamente não provou seus cookies com gotas de chocolate.

Isso enfim faz a covinha de Sam aparecer pela primeira vez desde o encontro esta manhã. Mas então o rosto dele fica sombrio novamente, e ele encara as mãos, cutucando as unhas.

— Minha mãe se juntou ao conselho este ano... mas esse não é o motivo de eu ter entrado. Fiz uma audição, assim como todo mundo.

— Mas quem é a sua mãe? Ele disse que ela é famosa?

— Minha mãe se chama Audrey Weiner. — Ele força as palavras a saírem, como se o gosto delas fosse ruim. — Eu só... não gosto que as pessoas saibam ou, tipo, pensem que sou diferente.

O nome soa familiar, mas não consigo me lembrar como. Por sorte, Theodore lembra por mim. Ele estava concentrado no desenho, mas isso o faz levantar a cabeça.

— Sua mãe é a chef celebridade quatro vezes ganhadora do Prêmio James Beard, Audrey Weiner?

Simples assim, o rosto dela vem à minha mente: cabelo chanel cacheado e escuro, os lábios vermelhos que são sua marca registrada. Consigo vê-la falando seu bordão, junto com o estalar de dedos ao final de cada receita: "E pronto!" Ela está em todos os lugares: tem seu próprio programa no Food Network, aparece em outros programas, restaurantes. Tipo a versão feminina de Guy Fieri, mas menos irritante.

— Caramba, Sam! Como é que você não nos contou que é rico? Minha mãe assiste aos especiais de Natal dela! — Lenore me olha de esguelha. — E vocês são vizinhos. Você é rica também, garota?

— Não. Quer dizer... vivemos confortavelmente — explico. — Mas, tipo... Não sei. Isso não é sobre mim! — Olho para Sam, que ainda está observando as mãos. — Por que você não me contou que sua mãe é a Audrey Weiner?

Por que ele me contou sobre os últimos três namorados da avó e sobre quando ficou um ano com ressentimento de um consultor de estilo na Saks, mas não isso? Penso em todas as nossas conversas no carro, procurando por algum momento em que a mãe poderia ter sido mencionada.

Ele dá de ombros.

— Sua mãe a conheceu. Pensei que ela tivesse te contado. E que importância isso tem?

— Nenhuma — respondo. — Não é como se de repente eu quisesse me agarrar a você por causa de sua mãe famosa. — Isso faz as bochechas de Sam corarem. — Mas é algo grande para manter em segredo. Isso e todo o drama com os filhos dos fundadores. Esse é o tipo de coisa que você conta aos seus amigos.

— A opinião das outras pessoas sobre mim não é da minha conta. E acho que a situação diz mais sobre eles do que sobre mim. Aí deixei para lá. — E então ele dá de ombros. Como se esse tipo de perspectiva e confiança não fossem nada de mais. Queria que fosse fácil assim para mim.

— Uau! — grita Lenore. — Nos! Eduque! Samuel!

Me lembro de uma conversa que tivemos no carro no primeiro dia. É como se um filtro fosse removido e esse outro lado dele fosse todo revelado de novo. Eu tinha presumido muita coisa sobre Sam, por causa do cabelo esquisito e das roupas bobas dele, e me sinto uma babaca. Odeio quando fazem isso comigo — por causa da minha pele, por causa da minha esquisitice. Talvez eu precise deixar Sam ser quem é; calças cargo de zíper, camisas havaianas, sapatos de paizão e tudo.

Onze passos para se apaixonar 119

— Uhum, tudo bem, mas ela pode, tipo, me apresentar ao Alton Brown? — pergunta Lenore, comprimindo os lábios. — Estou interessada.

— Que nojo, Lenore — diz Theodore. Então, após uma pausa: — Mas acho que também não o dispensaria, com uns dez anos a mais e um alguma desilusão na bagagem.

Rio tanto que quase me esqueço do que me espera na próxima aula.

Capítulo 14

Tenho tudo sob controle.

A srta. McKinney geralmente começa a oficina nos últimos trinta minutos da aula, o que parece muito tempo para mim. Mas de alguma forma sempre ultrapassamos — com alguns leitores falando sem parar, fazendo alusões a Beckett e Vonnegut em uma tentativa de mostrar seu conhecimento literário, e alguns escritores tentando justificar cada aspecto que foi criticado no trabalho deles. Pode ser o meu dia de compartilhar, mas eu não pretendo estar na sala para participar do círculo de tortura criativa. Não, vou encontrar um motivo para sair quarenta minutos antes da aula acabar, desaparecer até o último sinal, e então lidar com seja lá quais forem as consequências. Não é como se eles fossem esperar por mim. Provavelmente esses escritores de verdade vão se acotovelar para pegar o meu lugar.

Eu nunca fui de matar aula (e isso conta *mesmo*?), mas farei o que for preciso.

Viu, eu não mereço estar aqui.

Quando entendi isso, quando percebi que o sumiço de palavras era o meu novo normal, uma ferida se abriu. Essa coisa que amei por tanto tempo não era mais minha, e era melhor que alguém tivesse me arrancado um braço ou algo assim.

Mas a dor diminuiu. E agora que Caroline e eu temos um plano, por mais bobo que seja, tudo o que sinto é uma determinação intensa para definitivamente, *definitivamente* impedir que a srta. McKinney, Nico e todos esses escritores de verdade descubram o que estou escondendo. Porque pode ser que eu não mereça estar aqui agora, mas vou consertar isso logo.

Então encaro a tela do meu computador com atenção, escrevo meu nome e meu endereço um milhão de vezes e até pego um livro da estante — *Laranja mecânica*, dá pra acreditar? — para parecer que estou buscando uma referência ou algo assim. Mas quando a hora chega, fecho meu notebook e ando silenciosamente até a srta. McKinney.

— Posso ir ao banheiro?

Ela olha para o relógio na parede, franzindo a testa.

— Você não pode esperar até a aula acabar? Está quase na hora de começar a oficina.

— É tipo uma… hum, uma emergência.

Ela junta as mãos e olha bem nos meus olhos.

— Tem certeza? Você parecia bem um segundo atrás. E me deu a impressão de estar digitando um monte.

Os olhos dela são azul-claros, quase transparentes, e parece que estão vendo a minha alma. Quase confesso, levada pelos seus poderes mágicos de professora, mas então olho além dela e vejo Nico. Ele está prestando atenção à nossa interação.

De jeito nenhum. Preciso ir.

— Estou tendo, tipo… problemas estomacais. — Agarro minha cintura e me encolho para convencê-la. — Preciso ir ao banheiro. Agora.

Isso parece funcionar.

— Certo, bem, você quer deixar suas cópias aqui para que a gente possa revisá-las enquanto você está lá fora? — pergunta ela, mas já estou fugindo.

— Quando eu voltar — digo por sobre o ombro.

Subo as escadas correndo como se alguém me perseguisse e, assim que chego no topo, a pressão no meu peito alivia. Sim, eu basicamente disse na frente do cara mais lindo do mundo que ia fazer cocô, mas que seja. Foi necessário.

Estou bem. Por hoje.

Exceto que, por mais que eu com certeza tivesse um plano para sair da aula, não pensei no que fazer depois. Minhas coisas estão lá na sala, incluindo meu celular. E não posso ficar perambulando pelo campus: uma das pessoas da administração ou guarda me pararia, e então eu teria que também explicar isso à srta. McKinney.

Vou ao banheiro no andar principal do Bangalô, para me sentir menos como uma mentirosa, mas termino na cozinha, que fica fora da visão da porta do porão, e me inclino sobre o balcão. A preocupação aparece imediatamente. Eu deveria estar contando os minutos para garantir que não vou voltar cedo demais? Mas acho que vou ouvir as pessoas subindo quando a aula acabar. A não ser que a srta. McKinney mande alguém subir mais cedo. Ela diria a eles por que estou ausente? Tipo, vou ganhar a reputação de Garota da Diarreia ou algo assim? Isso é pior do que ser conhecida como uma não escritora?

Meu coração está acelerando e meu pescoço está esquentando de novo, e acho que pulo uns dois metros quando

Onze passos para se apaixonar 123

ouço o guinchar do chão de tábuas anunciando a chegada de alguém na cozinha.

— Opa, desculpe, eu não quis te assustar.

Não quero erguer o olhar, sabendo a quem a voz pertence. Mas é claro que ergo mesmo assim, absorvendo seus lábios volumosos e cachos castanhos brilhantes. Ele está usando calças pretas apertadas, botas marrons e uma camisa de botão azul-marinho de bolinhas com as mangas curtas arregaçadas. Preciso de toda a minha força de vontade para não desmaiar.

— Hã, oi.

— Ei, a srta. McKinney me mandou aqui para te encontrar, mas você parece... melhor?

— Ah, sim, estou bem, totalmente bem. — E então me lembro de que deveria estar fingindo, então adiciono: — Agora. Agora estou totalmente bem. Eu só precisava tomar um pouco de ar. — *Não porque eu estava fazendo cocô!* Quero gritar, mortificada, mas só pressiono os lábios em uma linha fina para não parecer mais doida.

Nico sorri, e então percebo que os olhos dele parecem menores quando o faz, pequeninos sob o peso de seus cílios escuros. Eles são tão grossos, o tipo de grossura que faz garotas pagarem caro para terem igual.

— É, te entendo — diz ele, se inclinando sobre o balcão. — A srta. McKinney pode ser daquele tipo sabe-tudo às vezes. Eu preciso de ar também. E meu pai diz que os livros dela nem são tão bons assim... nunca foram para a lista de mais vendidos.

Nico ri, e eu me vejo acompanhando, embora não concorde com o que ele está dizendo.

— E aquelas pessoas lá. — Ele balança a cabeça. — Aquelas oficinas são uma tortura.

— Né! — Embora eu obviamente não ache que elas são tortura pelo mesmo motivo que ele.

— Mas você... — Nico dá um passo com a bota marrom pelo chão da cozinha e toca a ponta da minha sapatilha de balé rosa-choque. Sinto minha pulsação por todo o meu corpo em um instante, como um choque elétrico. — Você provavelmente vai impressioná-los. Sua escrita deve ser bem profunda... bem *cheia de ginga*. Dá pra notar.

Luto contra a vontade de franzir os lábios. *Provavelmente foi só uma escolha ruim de palavras.* Em vez disso, eu rio, e espero que não soe tão esquisito quanto me sinto.

— Bem, não sei disso, não.

— Ah, eu tenho certeza — diz ele, assentindo e sorrindo para mim. Um dos cachos dele cai sobre o rosto, e Nico o afasta. — Então, você está namorando o Weiner? Notei que vocês sempre chegam juntos.

Perco o ar. Ele *me notou.*

E não só isso. Ele olhou para mim o bastante para perceber *padrões.*

— Não, somos vizinhos — digo logo. — A casa dele é em frente à minha. Por isso me dá carona.

— Ah, entendi — diz Nico, e então só me encara. Está silencioso. Mas não é, tipo, aquele silêncio esquisito que conheço tão bem. É pesado. E *significativo.*

— Nicoooooooo, você está aí? — uma voz cantada chama da parte da frente da casa, e eu dou um pulo, assustada. Isso seria constrangedor o bastante, mas, pior ainda, tropeço no tapete em frente à pia e caio.

— Oooopa!

Onze passos para se apaixonar 125

Eu total espero cair de cara no chão, mas braços fortes me agarram, e de repente estou olhando bem nos olhos castanhos de Nico.

— Ai, meu Deus. Sinto muito mesmo. Eu sou tão… *desajeitada*.

As palavras me fazem congelar. Desajeitada. FALTA DE JEITO É A CHAVE. Número dois na nossa lista! Eu sequer fiz de propósito, mas funcionou. Funcionou mesmo! Estou nos braços cálidos de Nico. A só alguns centímetros dos lábios macios dele. Se eu quisesse, provavelmente poderia…

— Tessa?

— O que tem de errado com ela?

Vejo o rosto de Poppy e me sacudo rapidinho, me soltando de Nico. O cabelo cinza dela está meio preso em um coque no alto da cabeça, e ela veste um cropped, mostrando um pedacinho de sua pele de porcelana.

— Estou bem. Desculpe… Estou bem. Só tropecei. Não vi o tapete, foi isso.

— Hã, ok. Que estranho — diz ela, me olhando de cima a baixo. E então se vira para Nico. — Vaaaaaamos, amor. Pensei que a gente ia se encontrar lá fora faz cinco minutos.

Então talvez *esse* seja o motivo de ele ter vindo me procurar.

— É, eu só estava conversando com a Tessa aqui. — Nico se vira para mim de novo, os olhos cheios de preocupação. — Você tem certeza de que tá bem?

— Sim, sim. — Posso sentir minhas bochechas ficando rosadas.

— Bem, vamos. — Poppy agarra o braço dele. — Tenho pouco tempo antes que a srta. Vaughn perceba a minha ausência.

Ela coloca a língua entre os dentes enquanto fala, um daqueles maneirismos que algumas garotas misteriosamente dominaram e são uma mistura de sexy e fofo. Me pergunto se é genuíno ou ensaiado. E me faz ao mesmo tempo odiá-la e querer praticar na frente do espelho mais tarde.

Mas parece produzir algum efeito em Nico, e ele é atraído para o lado de Poppy como um imã, colocando o nariz no topo da cabeça dela. Desvio o olhar, sem querer parecer uma pervertida.

— Te vejo mais tarde — diz ele, me dando um aceno. E então vão embora, os braços ao redor um do outro, provavelmente indo até o lugar especial deles para dar um amasso.

Quando enfim desço depois do sinal, a srta. McKinney está em uma conversa profunda com o Fedora (que na verdade não está usando um chapéu fedora hoje, mas nunca descobri o nome dele). Pego minha bolsa e corro de volta lá pra cima antes que ela perceba que estive na sala.

Onze passos para se apaixonar   127

Capítulo 15

Estou olhando pela janela no lado do passageiro do carro de Sam, encarando o céu em tons pastel, esperando pela resposta de Caroline às minhas mensagens superentusiasmadas sobre meu encontro com Nico.

É quando eu o vejo.

— Ah, não.

— Ei, aquele não é o seu irmão?

Quero dizer que não. Quero dizer a Sam para continuar dirigindo, para nos tirar desta rua, para irmos a outro lugar. A qualquer lugar onde Miles não esteja sentado na esquina, gritando para os carros que passam e chorando tanto que meleca desce por seu rosto.

Fecho os olhos, meu peito apertando enquanto o pânico se instaura.

— Sim.

Assim como seu riso, o grito de Miles é característico. Me estremece até os ossos. E é tão alto agora que posso ouvir através das portas do carro, por cima da música.

Como isso está acontecendo? Onde está minha mãe? Eu me esqueci que deveria tomar conta de Miles?

Mas vejo o carro dela na garagem e a porta da frente escancarada. Algo aconteceu com a minha mãe? Ela está ferida? Os piores cenários passam como um filme de terror na minha mente.

Mas então eu a vejo, de pé nos degraus da frente da casa da sra. Hutchinson, o rosto congelado de descrença. E então, como se um interruptor fosse acionado, ela se move, correndo até Miles.

Paramos na garagem de Sam, e eu começo a pegar minhas coisas o mais rápido possível.

— S-sinto muito. Isso é tão…

— Não se desculpe — Sam me interrompe, colocando a mão no meu braço e apertando um pouquinho, os olhos verdes suaves. — Você não tem que se desculpar por nada. Seu irmão não tem que se desculpar por nada.

— Obrigada.

— Posso… não sei, ajudar de alguma forma?

Estou saindo do carro agora, meu coração batendo forte. Minha mãe já alcançou Miles, e posso vê-la falando na orelha dele, acariciando suas costas. Mas o grito dele ainda ecoa pela rua.

— Não, a gente consegue. Mas obrigada.

Isso acontecia o tempo todo na nossa antiga casa. Miles sempre foge quando fica muito chateado, como se pudesse escapar de seja lá o que o está perturbando. Geralmente isso não era um problema. Os vizinhos o conheciam e deixavam que a gente lidasse com a questão. Eles sequer saíam, a não ser que pedíssemos por ajuda.

Onze passos para se apaixonar **129**

Mas, certa vez, a prima dos Wachowski estava cuidando da casa por eles, e acho que Miles gritando e chorando do lado de fora a assustou. Eu deveria estar cuidando dele, mas tinha descido a rua até a casa de Caroline rapidinho para buscar um livro que ela me deixou pegar emprestado. Miles não quis me acompanhar. O Dream Zone estava fazendo um especial do tipo "Como Eles Estão Agora?" em algum canal de TV a cabo, e eu sabia que ficaria fora só por um segundo.

E então a prima idiota chamou a polícia. Não houve final trágico, quero deixar isso claro, porque é a primeira coisa que a minha mente pensa. Mas os policiais não encostaram um dedo em Miles. Eles foram gentis e pacientes, até. Quer dizer, nós morávamos em uma vizinhança bem unida e todos os vizinhos saíram para falar a favor de nossa família (exceto pela prima idiota). Embora eu saiba que nem isso faça diferença na maioria das vezes.

Mas nenhum de nossos novos vizinhos em Long Beach nos conhecem ainda, exceto a sra. Hutchinson, que está de pé na varanda, parecendo irritada. E Sam... pelo menos ele está entrando em casa. No entanto, os Hwang, o casal de idosos que é vizinho dele, estão na porta agora, encarando Miles. E posso ver as cortinas se movendo na janela dos Agrawal também. Eles podem estar hesitando em sair e encarar, mas isso não significa que hesitariam em chamar a polícia.

Precisamos levá-lo para dentro.

— Ela queria conversar sobre a árvore de novo. Eu estava bem do lado da nossa casa — minha mãe diz quando me aproximo, como se me devesse uma explicação.

— Vá se foder! — Miles grita, a raiva direcionada à BMW virando a esquina. Os vidros são fumês, mas posso imaginar o motorista arregalando os olhos. — Vá se foder! Foda-se tudo!

— Miles, querido, o que aconteceu? — minha mãe pergunta. Os braços dela estão apertados ao redor dele, e ela fala suavemente no ouvido do meu irmão.

— Meu DVD... — geme ele. O corpo balança para a frente e para trás, e o aparelho auditivo dele faz um barulho. Os óculos sumiram, provavelmente descartados no nosso gramado. — Quebrou! Quebrou! Foda-se tudo! TUDO!

Não precisamos que ele explique qual DVD é. E é fácil pensar que é uma coisa pequena, sem importância, boba. Um DVD quebrou, não faz diferença. Mas, para ele, é importante. Dá para ver em seus olhos. Miles parece estar sentindo uma dor física.

Também me dói vê-lo assim, saber que não há nada que eu, ou qualquer pessoa, possa fazer para que ele se sinta melhor. É como terremotos repentinos que fazem o chão tremer algumas vezes por ano. Todo mundo que não mora na Califórnia acha que é uma coisa enorme, aterrorizante, mas, para quem cresce aqui, são só uma coisa que acontece, uma parte normal da vida. As crises de Miles são os terremotos da nossa família. Só precisamos levá-lo a um lugar seguro e esperar passar.

— Ah, querido, eu sinto tanto — diz minha mãe, acariciando as costas dele. — Talvez possamos consertar. — Miles deve saber que é mentira, porque grita ainda mais alto. — Ou podemos encontrar outro.

— NÃO! — grita meu irmão, se livrando dela. — NÃO, NÃO, NÃO! Eu quero aquele! AQUELE! FODA-SE TUDO!

— Tudo bem, Miles, agora eu quero que você inspire fundo. Inspire, expire. — Minha mãe fica de pé para respirar com ele, imitando o gesto em um movimento exagerado, mas não está funcionando. Miles torna a gritar. Uma moça loira

Onze passos para se apaixonar **131**

caminhando com a filha a algumas casas de distância agarra a garotinha pelos ombros e dá meia-volta.

— Mãe, talvez a gente deva só...

— Miles, meditar ajudaria? — ela pergunta, me ignorando. — Precisamos que você fique calmo para que possamos conversar. Tenho o aplicativo de meditação no meu celular.

— FODA-SE TUDO!

Ela abre o aplicativo de meditação como se não o ouvisse e dá play em uma meditação guiada, o mais alto que o alto-falante do celular consegue.

— Vamos acalmar seu corpo, Miles. Está tudo bem, querido.

Olho ao redor mais uma vez, e outra vizinha cujo nome não sei — uma mulher ruiva usando um avental — está de pé na varanda, encarando. Somos oficialmente uma cena.

— Mãe, eu tenho fones de ouvido — sussurro. — Ele pode usar fones?

Minha mãe se vira para mim, e seus olhos azuis estão frios.

— Estamos te envergonhando, Tessa? — pergunta. Soa como um desafio.

— Não! É só que... eu não quero... — Não consigo terminar a frase. Não estou envergonhada do *meu irmão*. Não é como se este fosse o comportamento normal dele: ele está chateado. Mas não quero ser o centro de qualquer tipo de atenção, e esta situação está atraindo muita. Isso é tão errado? Quem gosta de ter seus novos vizinhos encarando e balançando as cabeças? Quem quer ser o centro das atenções assim? — Os vizinhos... — eu digo por fim, baixinho.

— Ele é o seu irmão e está triste. É com isso que você deveria se preocupar agora. Não com o que os vizinhos pensam. — Ela suspira pesadamente, como se eu fosse um incômodo.

132 ELISE BRYANT

— Deus, Tessa, não acredito que você está fazendo isso. Eu queria muito...

Mas ela não termina a frase, interrompida por mais um dos gritos de Miles.

Eu queria muito que você não fosse uma decepção? Eu queria muito ter só Miles com quem lidar e não você também?

Não quero saber o final da frase.

Miles continua a chorar e minha mãe continua a instruí--lo que respire. E eu encaro a rua, tentando não chorar, porque isso só fará Miles ficar ainda mais chateado. Só vai piorar a cena.

Um caminhão cinza desacelera, e estou pronta para que alguém nos encare, para que balance a cabeça. Mas o caminhão para na esquina e liga os faróis, e eu percebo aliviada que conheço esse caminhão. É o meu pai. Ele está bem--vestido para o trabalho — uma camisa de botão azul-bebê, sapatos sociais e calças compridas —, mas caminha até nós e se senta no chão ao lado de Miles.

— Está tudo bem, meu garoto — murmura ele. — Vamos para casa.

Ele ergue Miles nos braços, carregando seu filho de dezenove anos como se fosse um bebê. Minhas lágrimas vêm agora.

Mantenho minha cabeça baixa, evitando os olhares dos vizinhos, evitando o de minha mãe enquanto caminhamos para casa juntos, os quatro Johnson.

Onze passos para se apaixonar   133

Capítulo 16

Passo o final de semana inteiro dentro de casa. E quando digo dentro de casa, quero dizer dentro do meu quarto. Quero evitar a janela, caso os vizinhos estejam lá fora, encarando a nossa casa e tendo conversas sussurradas sobre a família nova e desajustada.

E quero evitar minha mãe. Ainda estou irritada por ela ter transformado a crise de Miles em algo que eu estava fazendo errado. E também tem uma partezinha de mim que teme que ela esteja certa.

Geralmente, nos domingos de manhã, eu cuido de Miles enquanto meu pai joga golfe e minha mãe vai até a Costco, mas todos ficam em casa este domingo. E não tocamos no assunto.

Caroline e eu não nos falamos desde sexta-feira. Da última vez que olhei para o meu celular, estava cheio de *"eu te falei"* a respeito de Nico e estratégias sobre os próximos passos — e também a insinuação de que algo maior espreitava, graças a uma série de emojis de confete ou de carinhas sorrindo com malícia. Mas quando conto a ela o que aconteceu com Miles, ela troca para corações e então me dá espaço. Ela já foi testemunha de colapsos da família Johnson suficientes para entender que preciso de uns dois dias para me deitar na cama e ler meu livro favorito da Sarah Dessen pela milionésima vez e chafurdar em tristeza.

Mas no domingo à noite já remoí o bastante para voltar ao trabalho. Caroline atende no primeiro toque.

— Tudo bem, tudo bem — diz ela rapidinho, como se estivéssemos no meio da conversa. — A ação de sexta foi muito boa. Eu deveria saber que ser desajeitada seria o suficiente. Clássico! Mas não podemos ser complacentes. Precisamos continuar com tudo. Acho mesmo que vai ser o elevador…

É bom rir outra vez.

— É mesmo?

— Espera. Primeiro, como está o Miles?

— Ele está bem. Ficou bem mais ou menos uma hora depois, mas o resto de nós leva mais tempo. Você sabe…

— Sei. Sinto muito.

— Está tudo bem. É a vida. — Não quero falar sobre a minha família agora. — Mas, menina, não sei como eu vou, tipo, atraí-lo para o elevador…

— Você ainda não confia na minha genialidade? — ela faz um som de zombaria. — Enfim, encontrei o Nico no Instagram…

— O quê? Eu sequer te falei o sobrenome dele.

— Bem, *isso* não foi difícil de encontrar. Só digitei Nico Lucchese e, *bum*, encontrei… @nicohojeemdia. — Mas então o tom de Caroline endurece. — Exceto que, escuta, você não me contou que ele tem uma namorada…

Onze passos para se apaixonar 135

Sei que ela está esperando que eu explique, mas fico em silêncio, me agarrando ao plano por mais um momento. Antes que me diga que desiste, que é impossível demais, e fique brava comigo por desperdiçar o tempo precioso que ela poderia estar gastando com Brandon e seus novos amigos.

— Tess?

— Tá bom, eu sei, eu sei. Mas acabei de descobrir, na sexta. *Depois* que a gente conversou. E nem sei quão sério eles estão...

Tenho certeza de que Caroline vai desistir agora.

— É meio que uma informação importante, se vou armar para você ficar com sua alma gêmea — diz ela. — Como posso fazer um plano eficiente se não sei de todos os possíveis obstáculos?

— Espera, o quê? Você não está pulando fora?

— Não, claro que não! — diz ela, como se eu tivesse sugerido uma coisa louca. — Quer dizer, a princípio me senti um pouco esquisita, sabe, tentando roubar o namorado de outra garota. Mas então vi o perfil dela.

— Você viu?

— Primeira coisa, o nome dela: Poppyyyy. Com quatro Ys. Credo.

— Hum, isso é muito ruim?

— Se fosse só isso, não. Mas ela tem uma daquelas fotos. Você sabe quais: a mão dele estendida, segurando a dela, e ela está olhando para trás, para ele, com um sorrisinho, tipo, "ah, a gente tá tendo o melhor dia juntos e eu estou tão feliz que você está tirando esta foto espontânea." Embora todo mundo saiba que ela o obrigou e provavelmente tirou, tipo, cinquenta e cinco fotos. Há um milhão de fotos assim na internet, com outras garotas e seus namorados de Instagram. É óbvio que ela só está se escorando nele.

— Tudo bem, não sei se eu diria...

— E ele só postou uma foto com ela nos últimos dois meses. Você viu?

Eu a coloco no viva-voz para poder abrir o aplicativo e encontrar o perfil dele. Surpreendentemente, eu não o havia procurado ainda, com medo de que um dedo pesado curtiria algo por acidente e me colocaria como uma stalker louca... o que acho que posso estar sendo agora.

— Você viu a legenda? — Caroline torna a perguntar.

— Amor? — pergunto, confusa. — Por que você quer que eu veja isto?

— Não está escrito "Amor". É "Amr", assim, abreviado.

— Talvez só seja mais rápido digitar assim?

— Ele está no laboratório de escrita criativa com você, não está? E é literalmente só mais um caractere. Não. Não, não, não... há rachaduras se formando no relacionamento deles. Foi construído em terreno instável: basicamente está ruindo. Este é o momento perfeito para você se infiltrar. — Não posso ver Caroline, mas posso imaginar seus olhos loucos. Geralmente são reservados para quando ela está de castigo há muito tempo ou quando faço um dos personagens fazer algo que ela não aprova, tipo morrer ou escolher o cara errado.

— Ei, qual é a grande notícia que você queria me dar? — pergunto, esperando que ela desacelere um pouco.

— Sim, aquilo! Bem, estive esperando para te contar desde sexta-feira porque é claro que não quero falar disso com ninguém mais...

Caroline arrasta a última palavra, esperando que eu a ataque com perguntas.

Onze passos para se apaixonar 137

— Você quer que eu rufe os tambores ou algo assim? Desembucha!

— BRANDON ME CHAMOU PARA SAIR!

Eu simultaneamente sinto como se fogos de artifício estivessem explodindo ao meu redor e também como se alguém tivesse me dado um soco no estômago. É confuso.

— O quê?

— Sim, na sexta, durante a aula de Literatura Avançada — diz ela, falando um monte por minuto. — Colocaram nós dois como dupla outra vez e estávamos lendo um poema. Era chamado de "Para Caroline", você acredita? Não entendi bem sobre o que era, mas Brandon leu para mim e consegui compreender o que ele queria dizer. Sabe do que eu tô falando? E depois que ele terminou, pegou minha mão por baixo da mesa e me chamou para um encontro. Mas ele fez isso rimando, como o poema. "Por favor, Caroline, sabes que não sou de mentir. Quero que me permitas levar-te para sair."

— Uau.

— Não foi, tipo, perfeito? Parece até algo saído de um de seus livros!

Balanço a cabeça, saindo do transe.

— Isso é incrível, Caroline! Estou tão feliz por você.

— Enfim, nós saímos ontem à noite, e foi tudo, Tessa. Sério.

Minha mente está acelerada para acompanhar o que ela me conta. Caroline é inteligente, linda e divertida. Qualquer cara vai ter sorte de tê-la. Mas de alguma forma isso não faz sentido. Por anos sonhamos exatamente com isso — sussurrando sobre nossos namorados ideais durante festas do pijama, jogando incontáveis partidas daqueles jogos de adivinhar o futuro — e agora enfim está acontecendo… quando estamos a centenas de quilômetros de distância uma da outra. Eu deveria estar envolvida, deveria estar *lá*.

Enfim, murmuro:

— Mas... como você fez para os seus pais concordarem?

O pai de Caroline é superprotetor. Do tipo: ele ficava parado observando-a descer a rua até a minha casa. Com certeza ele é do tipo que acha que ela não pode namorar antes dos quarenta anos.

— Meu pai e minha mãe tinham saído. Para ver aquele filme novo do Tom Hanks. Eu os encorajei, disse a eles que precisavam de uma noite fora, tipo, para reacender a chama ou algo assim.

Ela passa os próximos trinta minutos descrevendo cada detalhe do encontro: como Brandon a levou para tomar sorvete na Westfield Galleria, como ele estava vestindo um suéter verde porque se lembrou que é a cor favorita dela, como ele tentou encerrar a noite com um beijo casto na bochecha antes que ela agarrasse o rosto dele e "Para te dizer a verdade, acho que deixei ele tontinho por mim".

Dou o meu melhor para falar "Ahhhh!" nas partes certas e dizer a ela quão perfeito tudo soa. É assim que me sinto, pra valer, mas é como se metade de mim tivesse que lembrar a outra disso. Não sei por que não está sendo mais fácil.

— Este é o nosso ano, Tessa. Sei disso. Eu tenho meu primeiro namorado, e você está... — Há uma longa pausa. Nós duas sentimos. — Bem, você vai arrasar na escrita *e* encontrar seu "felizes para sempre". Coisas incríveis vão acontecer para nós.

Eu queria acreditar nisso. Mas o restante da chamada é dedicado a analisar as mensagens apaixonantes de Brandon e discutir o que Caroline fará amanhã na escola, tudo parte

Onze passos para se apaixonar   139

da história de amor real dela, e eu me sinto boba em falar da minha história de amor hipotética.

— Você está bonita — minha mãe diz quando entro na cozinha na segunda de manhã.

Entre ler e chafurdar na tristeza, usei parte do meu tempo livre este fim de semana para estudar tutoriais no YouTube sobre twist-outs, e estou bem feliz com o resultado. Estou vestindo uma das minhas saias favoritas — é apertada na cintura, mas desce armando, com uma estampa floral verde-escura. Eu a combinei com sapatilhas douradas e um top sem mangas com ilhós.

Mas não quero conversar com minha mãe sobre isso.

— Obrigada.

— Você quer uma carona hoje? Vou trabalhar mais tarde, e adoraria ver a Crisálida de novo… Talvez a gente possa conversar? — Ela empurra o notebook em sua frente para o lado, e vejo que há uma guia aberta no eBay. Ouvi ela e meu pai tendo conversas nervosas sobre isso todo o fim de semana: eles não conseguiram encontrar uma cópia do DVD *Enter the Dream Zone* em lugar nenhum, provavelmente porque Miles é o único fã que sobrou.

— Não, está tudo bem — digo, pegando um iogurte da geladeira. — Sam pode me levar.

Miles entra na cozinha. Ainda está de pijama, embora esteja ficando tarde, mas minha mãe não o apressa imediatamente, o que é… diferente. Em vez disso, ela fica tentando fazer contato visual comigo.

— Tem certeza, Tessa? — pergunta. — Acho que pode ser bom para nós. Ter esse tempo.

Dou de ombros.

— Não quero dispensar o Sam. — Ignorando o rosto analítico dela, me aproximo de Miles. — Você quer que eu te ajude a escolher algo para vestir? Acho que chinelos são contra o código de vestimenta da escola.

Ele dá um sorrisão.

— Você não manda em mim. E isso aqui está melhor do que o que você está vestindo!

—Ah, é? Quem te nomeou o sr. Polícia da Moda, amigão?

— Um dia você tá na moda e no outro não tá! — Miles está tentando fazer um sotaque que não consigo identificar, mas então tudo se dissolve em risadinhas. — E você não tá, Tessie!

— Espera, isso é *Project Runway*? — Rio. — Esse negócio ainda passa?

O sorriso dele aumenta ainda mais, satisfeito que entendi.

— Assisti às reprises ontem! Assisti o dia inteeeeiro! É assim que sei que você não tá!

— Tessa… — minha mãe interrompe. Mas a campainha toca e vou feliz atender.

Fico confusa ao ver que é Sam quem está lá, segurando dois Tupperware.

— Espere, estou atrasada? Sinto muito. Nem sei que horas são…

—Não, não… é só… seu irmão, hum, Miles gosta de Oreos?

— Humm… sim?

Os ombros dele relaxam enquanto ele exala.

— Ok, que bom. Eu deveria ter perguntado. Mas eu só… não sei, não perguntei. Então, hum, fiz estes donuts de biscoito e creme. — Ele abre o pote maior, revelando donuts perfeitamente decorados com Oreos esmigalhados no topo.

— Sei que não são exatamente um café da manhã saudável,

mas dá para comer mais tarde. E, hum, isto aqui é sorvete de chocolate que fiz com Oreos e gotinhas de chocolate. Precisa ir para o congelador imediatamente.

Sei que deveria dizer alguma coisa, mas estou sem palavras. As bochechas de Sam ficam vermelhas, e ele olha para baixo e começa a esfregar a lateral do rosto.

— Talvez eu não devesse... Quer dizer, se estou sendo intrometido...

— Não! Não, de jeito nenhum! É só... Por quê?

— Ele parecia tão chateado na sexta, e aquele DVD não tem em lugar nenhum na internet, você sabia? Bem, é, tenho certeza de que vocês sabem. — Sam está falando rápido de novo, mas ainda não olha para mim. — E eu só queria ajudar, e esta é a única maneira que conheço...

— Sam Weiner, é você? — Ele é interrompido por minha mãe vindo da cozinha, o que o força a erguer a cabeça e fazer contato visual.

— Oi, sra. Johnson. Isto é para vocês. Bem, para Miles.

— Ai, meu Deus! Você é um querido! — Minha mãe sorri e Miles vem correndo até a porta depois de ouvir seu nome.

— Donuts! — grita ele.

Miles faz uma dancinha de alegria. Olho para Sam, e ele está sorrindo. E não é o sorriso falso que as pessoas fazem quando estão desconfortáveis, mas o sorriso real. Eu também estou sorrindo o sorriso real.

Capítulo 17

Passo o resto do dia preocupada em ver a srta. McKinney de novo. Ela com certeza não vai esquecer que matei o restante da aula, e não é como se eu pudesse fingir mais problemas estomacais. Preciso pensar em outra coisa para dizer — alguma outra razão para ela pular minha vez e ir para a próxima pessoa na lista.

Mas no fim das contas eu me preocupo por nada, porque ela não aparece para a aula de Arte do Romance. Temos um substituto: um cara de vinte e poucos anos, que passa a maior parte do tempo nos ignorando e digitando em seu notebook.

Também estava preocupada que Nico fosse me ignorar hoje, que fosse fingir que nosso momento na cozinha não aconteceu. Porque, bem, para ele provavelmente seria verdade. Ele me pegou nos braços… e então caiu fora para dar uns amassos em sua namorada perfeita, bonita e com certeza experiente. Dá para imaginar qual dessas interações foi mais memorável.

Mas não, Nico faz questão de puxar um pufe para ficar bem ao lado do meu. E eu quero dizer *bem* ao lado do meu, tão perto que posso ver sua adorável e irregular letra no Moleskine (embora eu garanta que ele não consiga ver a tela do meu computador). Não conversamos muito, mas o vão onde nossas pernas quase se encostam parece carregado de energia, como a corrente de uma cerca elétrica. Em certo momento, ele move as pernas, e seu jeans roça no meu joelho nu.

Esse pequeno toque é o suficiente para me deixar nas nuvens durante toda a viagem de volta para casa, com um coro da igreja me acompanhando, me animando e cantando aleluia.

Quando Sam para o carro na nossa rua, por sorte Miles não está na esquina de novo, mas o CR-V azul da minha mãe está na garagem, o que faz meu estômago revirar do mesmo jeito. Não quero entrar em seja lá qual papo sério ela planejou.

— Posso ir na sua casa? — digo assim que tiramos nossos cintos de segurança.

Sam me encara por um segundo, pestanejando muito rápido, e temo que ele vá recusar.

— Claro, sim. Vamos! — Ele faz uma imitação vergonhosa de um apresentador de TV, apontando para a casa dele. Rio e, grata, o sigo pelos degraus.

A casa de Sam se destaca no quarteirão. A maioria das casas são estilo artesanal ou espanhol, como a minha, mas a de Sam é uma no estilo Tudor branca com janelas arredondadas e um telhado escuro e pontudo. Com suas roseiras crescidas, caminho de paralelepípedos e algo semelhante a uma torre redonda na frente, a casa parece ter sido tirada de um conto de fadas e jogada em nossa rua.

Mas, lá dentro, não parece pertencer a outro tempo. Sam destranca a porta e revela uma sala de estar com paredes verde-azuladas brilhantes e um sofá acinzentado cheio de almofadas em diferentes tons de amarelo, além de abajures off-white com tons frisados. Há uma mesinha de café de mármore com detalhes dourados em frente a ele, cheia de edições das revistas *Food & Wine* e *Bon Appétit*, e a parede dos fundos é cheia de fotos, como se uma galeria tivesse sido começada e então ganhasse vida própria. Há uma boa mistura de arte e fotos de família, o quadro *Cakes* do Thiebaud ao lado de uma foto do pequeno Sam sem dois dentes na frente.

— Eu estava planejando testar uma receita, se estiver tudo bem — diz Sam, jogando a mochila em uma mesa brilhante de cobre na lateral da sala. — Desde que comecei na Crisálida estou cheio de ideias. Vinte e quatro horas quase não são suficientes para testar todas elas. Tenho certeza de que também é assim para você. Pode escrever se quiser.

— Ah, sim, tem muita coisa acontecendo aqui — digo rapidinho. — Mas vou só deixá-las, hum, cozinhar por enquanto.

Muito convincente.

Me viro para as fotos, para não ter que fazer contato visual com ele. Em todas as fotos de família, é só ele e a mãe. Os dois estão na frente de um restaurante novinho, posando com o Mickey na Disney, Sam usando um chapéu de chef com a mãe olhando orgulhosamente atrás dele.

— Então são só vocês dois.

— Uhum, não tenho pai.

Meu pescoço queima.

— Desculpe!

Mas Sam só ri.

— Ah, você não precisa se desculpar. Nunca tive pai. Bem, tecnicamente tive, mas ele foi só um cara que doou seus, hum… materiais. Provavelmente para poder pagar pela faculdade ou algo assim. Minha mãe me teve sozinha, mas

Onze passos para se apaixonar 145

não da maneira triste. Só porque estava envelhecendo e não queria esperar por alguém.

— Uau, ela parece incrível.

— Ela é. E, hum, ela não vai chegar em casa cedo esta noite. Vai ser só eu e você. — Ele dá aquela piscada rápida de novo e então se vira rápido demais, quase derrubando um dos abajures. — Opa — murmura, colocando-o de pé, e então vai rápido até o próximo cômodo.

Eu o sigo. Não sei por que ele está todo esquisito, mas acho que é porque eu me convidei para a casa dele. Talvez Sam não estivesse a fim de companhia. Sei bem como preciso me preparar para interações sociais às vezes.

A cozinha claramente é criação de uma chef — ou dois chefs, na verdade. Há um forno duplo, duas lava-louças, armários abertos com tigelas e pratos de jadeíta em exibição e dois mixers da KitchenAid, um amarelo-manteiga e o outro rosa-choque. Sam imediatamente parece confortável quando entra na cozinha. Ele começa a tirar tigelas e medidores dos armários.

— Hum, posso te dizer uma coisa? — pergunto.

— Sim?

— No fim de semana, eu por muito pouco não assisti ao vídeo que você mencionou na sexta-feira. Tipo, um milhão de vezes. — É verdade. Eu o coloquei na fila e tudo mais, pensando que talvez me fizesse sentir melhor sobre minha falha em escrever e a cena que minha família causou na frente dos vizinhos. A tristeza adora companhia, dizem. Além disso, eu estava curiosa. É claro que não digo isso para Sam.

— Por pouco? — As mãos ocupadas dele ficam paradas.

— É, por muito pouco, mas senti que estaria te traindo, sabe? Então tenho uma solução.

— Qual é? — Os olhos dele se fixam aos meus.

— Deveríamos assistir juntos.

Sam deixa escapar uma risada alta.

— Por que eu ia querer fazer isso?

— Tá, me escuta. Pode ser bom para você, sabe? Encarar seus medos e seu maior constrangimento. Pode confirmar quão longe você chegou desde então, certo?

— Sem contar que você quer muito assistir, né? — ele pergunta com um sorriso esperto, a covinha aparecendo.

— Sem contar que eu quero muito assistir. — Dou de ombros e sorrio, e Sam torna a rir, um som cálido e reconfortante. A risada me faz sentir que conquistei algo.

Pego meu notebook e o entrego para ele, e Sam digita as palavras-chave "weiner chora pelo bolo" com uma velocidade surpreendente, como se tivesse feito isso um milhão de vezes antes. E então estamos assistindo ao pequeno Sam em frente a um painel de jurados: dois chefes que não reconheço e uma mulher que interpretou a irmã mais velha em uma série de comédia que Miles e eu assistíamos.

Sam tem um corte de cabelo curto e arrepiado e bochechas particularmente rosadas, e os olha com ansiedade, esperando pelos comentários sobre um bolo de chocolate de três camadas em cima de um pedestal. E os comentários deles são brutais. A atriz diz que a lavanda no bolo tinha gosto de avó, e um dos jurados ataca os instintos naturais de Sam como chef, por escolher uma "combinação de sabores tão triste". Seria de imaginar que seriam mais gentis com uma criança, mas eles acabam com Sam.

Quando enfim dizem que ele será mandado para casa, o rosto do pequeno Sam se contorce. Quero entrar na tela e dar um abraço nele. O vídeo fica em preto e branco e então entra

Onze passos para se apaixonar 147

uma música de piano dramática e folhas mortas flutuam pela tela. O choro fica mais alto, uma voz feminina agora.

— É aqui que começa a edição do Rhys — diz Sam, fechando o notebook.

— Que babaca — digo, balançando a cabeça. — E é claro que você chorou! Quer dizer, não há nada de errado com isso. Aqueles jurados foram maldosos com você.

Estendo a mão para tocar o braço dele, mas quando Sam se assusta, eu me afasto.

— Eles não foram — diz ele. — Estavam certos. Eu só não sabia lidar com os comentários na época. — Sam se vira para os armários e continua a pegar suprimentos. — O bolo tinha chocolate, lavanda, vários condimentos e pistaches. Era nojento. Eu estava tentando fazer coisas demais, e eles foram honestos comigo, como deveriam ser. Sou grato pela experiência... não dá para aprender sem críticas.

Não sei se concordo, visto que a possibilidade de ser criticada está me impedindo de produzir qualquer coisa para ser criticada. Mas assinto assim mesmo.

Satisfeito com todas as ferramentas que pegou, Sam se vira para a geladeira e para a despensa e começa a selecionar os ingredientes: creme de leite, açúcar, ovos e uma coisa que parece uma fava. Eu o observo enquanto ele mede tudo, deixando os ingredientes em medidores em vez de despejá-los imediatamente na tigela. Com cuidado, ele corta a fava e raspa uma pasta escura, fazendo a cozinha inteira ficar com cheiro de baunilha. Durante todo o tempo o rosto dele é tranquilo, os movimentos firmes. Ele está totalmente em sua zona de conforto, e parece... diferente.

— O que você está fazendo?

— Sorvete. — Sam sorri orgulhosamente, e então seus olhos ficam distantes. — Desculpe, isto deve ser chato para você.

— Nem um pouco.

— É só... Tive essa ideia a semana toda. Estava olhando uma daquelas revistas de viagem no consultório do médico... Sabe aquelas que ninguém lê *de verdade*? E havia uma notinha sobre algo chamado *ísbíltúr*.

A palavra soa como algo saído de *O Senhor dos Anéis*.

— O quê?

— *Ísbíltúr*. É, hum, uma coisa na Islândia. Significa algo como "sorvete de viagem de carro".

— Gosto dessa ideia.

Sam ri.

— Né? É a tradição, ou algo assim, em que uma família faz uma viagem longa de carro para tomar sorvete, e quando conseguem o sorvete, fazem uma longa viagem para aproveitá-lo. — Ele está falando rápido, animado, e suas mãos continuam a trabalhar, despejando ingredientes em uma panela. — Então eu pensei que podia ser uma boa ideia para um food truck. Ou talvez até um restaurante? A área das mesas poderia ter uns carros clássicos, mas, tipo, com mesas e cadeiras. E poderia haver vídeos da estrada aberta projetados nas paredes. E podíamos servir todo o tipo de sorvete: sundaes, sanduíches de sorvete e casquinhas.

Sam olha para mim, de repente envergonhado.

— Enfim, não sei... poderia ser legal. E eu estava trabalhando em sabores de sorvete esta semana... só por diversão.

— Eu adorei — digo, e a covinha profunda dele reaparece.

— Ah, você tem que provar isso. — Ele corre até a geladeira, reenergizado, e pega uma tigela de vidro com um pano por cima. Mergulha uma colher na tigela e então a leva até

Onze passos para se apaixonar **149**

a minha boca. Sam está muito perto, tão perto que consigo sentir o calor de seu corpo e o cheiro característico de manteiga e açúcar, e sou tomada por uma vontade imensa de chegar mais perto. Mas se eu fizesse isso, basicamente me enfiaria debaixo do seu braço, então tiro o pensamento da cabeça e só provo o que está na colher.

— Hummmmm — murmuro involuntariamente. É delicioso. — O que é isto… Cereal açucarado?

— Leite de cereal. — Sam sorri. — Deixei descansando o dia todo. Só espero que o sabor apareça depois que o creme congelar.

Não sei se é porque estou o vendo tão apaixonado por seu trabalho — do jeito que eu costumava ser com a minha escrita — ou porque ele se permitiu ser vulnerável comigo ao me mostrar aquele vídeo. Ou pode até ser porque estamos tão perto um do outro agora. Mas é como se algo se destrancasse na minha cabeça. Inspiro fundo.

— Ok, tenho uma confissão para você — digo. — Na verdade, não é a mesma coisa para mim. Sabe, aquilo que você estava falando antes?

— O quê? — Sam começa a piscar muito outra vez.

Minhas defesas se erguem. Pareceu seguro, por um momento, compartilhar isso com Sam, mas talvez eu não deva. Talvez não seja o passo certo, no final das contas. Mas estou tomada desse desejo sufocante de ouvir a opinião de alguém em quem eu confie. E sei que posso confiar em Sam.

— Não estou, tipo, cheia de ideias desde que comecei na Crisálida — admito. — Na verdade, não escrevi nada.

Sam se afasta de mim, se apoiando no balcão.

— Nada?

— Não. Nada mesmo, desde o primeiro dia. Estou completamente vazia. — É tão esquisito dizer isso em voz alta, mas também tira um peso do meu peito compartilhar com alguém.

Sam esfrega o rosto e assente, absorvendo. Eu esperava me sentir envergonhada, mas não há nenhum julgamento no rosto dele.

— Por que você acha que isso está acontecendo? — pergunta, por fim.

— Bem, começou na minha aula de Arte do Romance... — Tudo sobre aquele primeiro dia sai com facilidade. Conto a ele sobre a oficina que acontece no final de toda aula, como devemos compartilhar nossa escrita e ouvir a crítica dos outros. Digo a ele como menti e matei o final da última aula na sexta-feira.

— Então você está com medo de compartilhar o seu trabalho?

— Aterrorizada. É, tipo, o meu maior medo.

Sam parece surpreso.

— Sério? Seu maior medo?

— O quê...? Você não acha que seja um medo válido e tal?

— Não, não, é claro que é válido — diz ele, erguendo as mãos. — Só estou surpreso. Quer dizer, os maiores medos das pessoas tendem a ser... sei lá, ter a casa invadida ou, tipo, bonecas ganharem vida ou algo assim.

Rio, e ele parece satisfeito consigo mesmo.

— E a maioria das pessoas na Crisálida vai até lá por querer compartilhar seu trabalho — continua Sam. — Ser um artista significa que outras pessoas consumirão sua arte, e, hum, terão opiniões sobre ela. Não que você não seja uma artista. Quer dizer, é claro que você é. Só estou surpreso, só

Onze passos para se apaixonar **151**

isso. Muitas pessoas estão, tipo, se engalfinhando para ter a chance de ser o centro das atenções.

Talvez eu não seja uma artista, quero dizer, mas só olho para o piso.

— Tudo bem, e você vai fazer o que para que suas palavras voltem? — Sam está prestando atenção totalmente em mim agora, o leite de cereal deixado de lado. — Sabe, quando tenho dificuldade em pensar em uma nova receita, vou a restaurantes, leio livros de receitas… não sei, qualquer coisa para conseguir inspiração.

— Já tentei isso. Li toda história que consegui pensar, mas, mesmo assim… nada.

— Ok, bem, por que você não pensa sobre o que seus leitores querem? Alguns chefs fazem, tipo, degustações especiais para tentar novos cardápios e receberem feedback… Ah, mas acho que você nunca teve leitores…

— Tenho leitores! — digo, na defensiva. — Ou… uma leitora.

— Tem?

— Minha melhor amiga, Caroline, da minha antiga cidade. Ela lê tudo que eu escrevo… ou, bem, que eu *costumava* escrever. E, na verdade, nós arranjamos um plano doido para consertar tudo…

— Sério? — pergunta ele. — Bem, por que você não começou com isso? Qual é o plano?

Dou de ombros, minhas bochechas ficando vermelhas.

— Não quero contar ainda. Sabe, pode dar má sorte falar agora. — E também tenho noção suficiente de que é o tipo de coisa ridícula que só dá para conversar com sua *melhor* amiga. Confio em Sam, mas não estamos nesse ponto ainda.

Ele assente, como se fizesse sentido.

— Claro. Bem, o problema foi identificado. Você tem um plano de ação. Parece que logo vai escrever outra vez.

Espero que sim. Só preciso descobrir o que vem a seguir.

É claro que Caroline tem fortes opiniões.

— Precisamos de uma estratégia para o número oito — ela diz quando estamos no telefone na quinta-feira à noite, toda séria.

— Fazer ciúmes nele? — Eu rio. — É, acho que não vai rolar. Não tenho outros caras me rodeando, esperando para fazer parte de um triângulo amoroso. Toda essa história começou justamente por isso.

— E o Sam?

Quase caio da cama.

— Tá de brincadeira?

— Ei, se ele estiver disposto! Vocês são amigos, não são? Um triângulo amoroso movimenta as coisas. Você pode só fingir para provocar o Nico. É um clássico das histórias de amor.

— De jeito nenhum.

— Quem está no comando aqui? — começa Caroline, prestes a reclamar, mas minha mãe bate à minha porta e a abre. Odeio quando ela faz isso. Do que adianta bater se vai entrar de uma vez?

— Espere, Caroline. — Lanço um olhar à minha mãe. — Precisa de alguma coisa?

— Só queria saber se você quer conversar. Faz quase uma semana…

Ela está tentando falar comigo desde sexta-feira, e tenho a evitado. Enfim estou me sentindo bem, *esperançosa*, e não quero arruinar meu bom humor.

Onze passos para se apaixonar **153**

— Estou ocupada.

— Talvez você possa ligar para a Caroline depois? — sugere ela, entrando no quarto. — Tenho certeza de que ela não vai se importar.

— Não posso. É importante.

O rosto dela muda, combinando com o meu olhar frio.

— Tudo bem.

Minha mãe fecha a porta e consigo ouvi-la caminhando rápido pelo corredor.

— Está tudo bem? — pergunta Caroline.

— Sim.

— Beleza, então escuta. Se você, Sam e Nico ficarem no elevador juntos e…

— Caroline! — Antes que eu possa explicar quão doida essa ideia é, há outra batida à minha porta.

E então, suavemente:

— Tessa?

É o meu pai. Ele nunca abre a porta sem perguntar.

— Ei, preciso ir.

— Tudo bem, mas me mande mensagem mais tarde contando que ação você planeja tomar amanhã! É essencial que você faça algo antes do fim de semana.

— Humm, está bem. — E, então, para o meu pai: — Entre.

Ele abre a porta hesitantemente e só entra quando eu assinto, permitindo. Está usando as roupas de trabalho: uma camisa polo listrada e calças cinza. Deve ter acabado de chegar em casa, embora o jantar tenha acontecido há horas.

Eu costumava ficar com raiva por meu pai trabalhar até tão tarde, sempre estar no celular, mas preciso me lembrar de que é por um bom motivo. Ele está cuidando de nós: tentando dar a Miles e a mim a infância que ele não teve. É o mesmo com a mudança. Eu estava com tanta raiva no início, mas como continuar com raiva dele por fazer o que é bom para a nossa família? Quando tudo fica complicado, ele nos coloca em primeiro lugar. E ele é a ponte entre mim e a minha mãe.

— Podemos conversar, amor?

Suspiro, sabendo o que vem por aí. Gesticulo em direção ao lugar ao meu lado na cama.

— Sim. O que ela quer que você me diga?

Ele se senta ao meu lado. Sinto a cama afundar um pouco com o peso dele. Meu pai é um homem grande. É a primeira coisa que notamos nele, todo musculoso e alto. Ele precisa comprar roupas na parte especial da loja.

Lembro que minha mãe me contou uma vez que, quando trouxeram Miles para casa pela primeira vez, ele não chorava, a principal coisa que os bebês devem fazer. Meu pai ficou acordado com ele a noite toda para que ela pudesse dormir. E ele observou cada respiração de Miles, garantindo que ele ficasse confortável, ou só vivo, suponho. A princípio, a ideia me surpreendeu, pensando nas mãos enormes do meu pai fazendo coisas delicadas e precisas como trocar os tubos de alimentação de Miles ou sentindo o ar debaixo do narizinho dele. Mas na verdade o resume muito bem: forte e gentil ao mesmo tempo.

Ele pega as minhas mãos entre as suas enormes agora.

— Ela se sente mal pelo que te disse na sexta — diz ele, olhando para a porta. A voz dele é como mel, suave e doce; como a dos cantores dos álbuns da Motown que ele e mamãe ouvem quando estão limpando a casa nas manhãs de sábado. Sua voz enterra parte do meu mau humor enquanto percebo com irritação que ela provavelmente está lá fora escutando.

— Você não fez nada de errado. A situação foi só… tensa. Nós entendemos como você provavelmente estava se sentin-

Onze passos para se apaixonar **155**

do, com aquilo acontecendo na nossa nova vizinhança e tudo o mais. E tudo bem… se sentir assim.

— Tem certeza de que essa parte está vindo dela também? — pergunto, estreitando os olhos para ele.

— S-sim — responde ele, e nós dois sabemos que não acredito. — Sim — ele tenta de novo, mais firme desta vez. — Sua mãe sabe que você ama o seu irmão. Ela só está constantemente protegendo ele de pessoas com intenções não tão boas e lutando por ele na escola. Às vezes, a coisa ferve e espirra nas direções erradas. Faz sentido?

— Geralmente é na minha direção — murmuro para mim, mas ele não diz nada. Isso seria alienação parental.

— Você não fez nada de errado — meu pai repete. — E sua mãe sente muito. Ela quer te dizer isso, se você deixar.

Assinto.

— Vou falar com ela — digo, e é ele quem estreita os olhos para mim agora. — Vou! É sério!

Ele se inclina para a frente e beija a minha testa, as mãos apertando minhas bochechas.

— Estamos pensando em contratar um assistente temporário para nos dar uma força com o Miles… só algumas horas na semana, para ajudar a sua mãe. Ela precisa sair mais e construir uma vida aqui que não envolva vocês dois. E, dessa forma, você terá menos coisas para lidar. Sabemos que exigimos muito de você, em especial neste verão, cuidando dele…

— Não!

Meu pai me lança um olhar. Não sei por que essa ideia me incomoda tanto, mas institivamente me coloca na defensiva, da mesma forma que mães colocam o braço direito sobre o banco do passageiro quando sabem que vão frear de repente. Parece errado ter outra pessoa ajudando com Miles.

É o meu trabalho. Eu sou a irmã dele. E amo estar com ele e preparar seu café de manhã, passar um tempo juntos quando nossos pais estão fora, mesmo que seja difícil às vezes.

— Eu não me importo — digo rapidamente, mais baixo. — Gosto de ajudar o Miles. A não ser que a mamãe ache que não faço um bom trabalho ou algo do tipo.

— Não é assim, amor — diz ele, me puxando para um abraço. — Você ama o seu irmão e sempre faz o que é certo para ele, sabemos disso. Só queremos que você aproveite a sua vida também. Seja uma adolescente, sabe do que estou falando? — Meu pai faz uma pausa, pensando. — Mas sem ser adolescente demais.

Eu rio.

— Posso fazer as duas coisas. Minha vida social não é tão movimentada.

— Que bom — diz ele, rindo também. — Bem, está tudo bem se você está feliz assim.

— Estou.

— Então seu velho está feliz também. Não estou com pressa de ter garotos aqui.

Ah, se ele soubesse o que eu e Caroline estamos tramando…

Meu pai se levanta da cama, as molas abaixo guinchando alto.

— E você vai tentar falar com a sua mãe? — pergunta ele, parado na porta. — Vocês estão do mesmo lado.

— Eu vou. Eu sei.

Porque não importa quão bravas minha mãe e eu fique-mos uma com a outra, temos aquele poderoso e unificante laço entre nós: nosso amor por Miles. Sempre encontramos nosso caminho de volta uma para a outra por causa dele.

Onze passos para se apaixonar   **157**

Capítulo 18

No dia seguinte, no almoço, meus olhos seguem Nico e seus amigos como se ele fosse o sol e eu não tivesse defesa contra sua atração gravitacional. Quer dizer, é difícil não olhar quando eles estão sentados no meio do gramado. Com nosso Plano Felizes para Sempre flutuando na minha cabeça — e com as mensagens de Caroline esta manhã, me relembrando que é hora do próximo passo —, é difícil não me imaginar sentada lá com eles.

Exceto por Poppy, é claro. Acho que ela não estaria mais lá. E com certeza não estaria tocando o joelho no de Nico como está agora, a parte superior de seus corpos pressionada com força, a mão dele envolvendo a cintura dela...

— Tessa, está tudo bem para você?

— Não, sim... O quê? — Percebo que Lenore, Sam e Theodore estão olhando para mim. Devo ter perdido alguma coisa.

— O Theo... — começa Sam.

— *Theodore.*

— Desculpe. O Theodore perguntou se eu posso ajudá-lo a carregar algumas telas para o carro dele depois da escola — continua Sam. — Mas significa que vou me atrasar alguns minutos para a volta para casa. Está tudo bem?

— Tudo bem, sim, claro. — Dou uma mordida no meu sanduíche e tento voltar à realidade.

— O que você está encarando tanto? — pergunta Lenore, me olhando de esguelha. Minhas bochechas queimam enquanto ela vira a cabeça, tentando retraçar o meu olhar, e então para no grupo de Nico, e assente, entendendo. — Ahhhh, alguém está caidinha por um daque...

Fico de pé e cubro a boca dela, derrubando minha Coca. Mas não adianta, Theodore e Sam já estão olhando na direção deles.

— Não, não, não é nada — digo rapidamente, mas até eu sei que não sou convincente. — Eu só estava tentando descobrir o que fazer com um poema que estou editando para o *Asas*. É, hum, longo demais, e é...

Nem me dou ao trabalho de terminar essa desculpa.

— Vou pegar uns guardanapos — digo.

Lenore está rindo, e Theodore fala:

— Que crush mais desinteressante.

Mas Sam está com um olhar estranho, há um sulco entre suas sobrancelhas e o maxilar parece rígido. Sorrio para ele e então corro para a loja dos alunos para comprar guardanapos, tentando esconder a vermelhidão se espalhando no meu pescoço agora. Devo estar igual a um tomate.

Mas a caminho de lá, não consigo evitar olhar para o grupo no gramado. Nico está com as mãos nas bochechas de Poppy, só olhando para o rosto dela, o emoji com olhos de coração encarnado.

Onze passos para se apaixonar 159

Ela provavelmente está acostumada a ser tocada assim, a ser olhada desse jeito. Mas é uma coisa estranha para mim. Nenhum garoto me viu dessa forma, porque não sou uma garota como Poppy.

Não é que eu não me ache bonita. Quando olho no espelho, em geral gosto do que vejo. Eu não desejo ter cabelo liso ou pele mais clara. É só que, para a maioria dos caras, meu tipo de beleza não é o mesmo tipo de beleza de Poppy — mesmo com o cabelo cinza. Eu sou uma coisa da qual se aprende a gostar, ao passo que Poppy é, tipo, pizza. Pizza não precisa se preocupar se as pessoas a estão pedindo só para parecerem descoladas ou para completar algum tipo de imagem. Ninguém passa por uma fase da pizza. Pizza é universal.

Nico corre as mãos pelo cabelo dela enquanto a beija profundamente, e me pergunto como é sentir aquilo.

Me pergunto como é ser uma garota como ela.

Poppy provavelmente não fica paralisada de medo de que alguém critique o seu trabalho. Ela provavelmente não se importa com o que as pessoas pensam sobre a arte dela. E por que se importaria? Ela ama e é amada. Ela é desejada.

De repente, sei o que preciso fazer.

Tento passar despercebida quando a aula começa, me sentando nos degraus para que talvez a srta. McKinney esqueça que eu existo. Entreguei mais algumas páginas. Sim, de antigos capítulos novamente. Mas pelo menos entreguei alguma coisa. Talvez seja o suficiente para tirar a atenção de mim até que minha real inspiração volte.

Para a minha surpresa, Nico me segue até os degraus como se não fosse nada de mais. Ele encosta o pé no meu como um tipo de cumprimento e me diz como a inspiração é forte aqui. Tento dar uma risadinha fofa, mas ela fica presa na minha garganta e começo a tossir, uma tosse alta e catarrenta, como alguém que fuma um maço de cigarro por dia. Nico começa a bater nas minhas costas e dizer "Tudo bem por aí, chaminé?", e isso me faz tossir ainda mais. E logo a sala inteira está me encarando, inclusive a srta. McKinney, cujos olhos se estreitam na minha direção. Então passar despercebida não é o meu lance. E meio que parece que Nico e eu somos amigos, quem sabe?

Enfim, felizmente, minha tosse para, e é quando consigo sentir o cheiro dele. Não de uma maneira nojenta. Isso só é possível porque ele está perto: é o cheiro característico de sabonete masculino e suor e grama que memorizei e poderia reconhecer de olhos fechados a essa altura. E faz meu coração bater mais forte. Quero chegar mais perto, para poder inalá-lo e talvez passar um dedo nesse cachinho que está ali na base da nuca dele — e uau, sim, percebo quão esquisita estou soando.

Foco, Tessa.

Abro a nossa lista no meu computador, parecendo muito estudiosa e escritora caso a srta. McKinney esteja observando, e peso minhas opções. Não está chovendo e não há rodas-gigantes por perto. Não importa o quanto Caroline insista, não vou atraí-lo até o elevador. E acho que se eu começasse a compartilhar segredos que ninguém mais sabe, ele (com razão) pensaria que sou uma esquisitona e eu perderia todo o meu progresso.

É, acho que vou optar pelo número dois de novo, já que funcionou tão bem da última vez.

Tiro a tampa da minha garrafa de água e tomo um gole — só para o caso de Nico estar me observando tanto quanto eu o observo. Coloco a garrafa um degrau abaixo de onde

Onze passos para se apaixonar 161

estou sentada, mas precariamente perto da beirada. Então finjo digitar algo profundo no meu notebook e balanço meu cotovelo, tomada de inspiração. A garrafa tomba no degrau, ensopando minhas pernas, o cabelo e a camisa dele.

Nico grita, dando um pulo, e eu me levanto também, fazendo o meu possível para parecer chocada e mortificada.

— Ai, meu Deus, sinto muito mesmo. Ai, meu Deus. Derrubei água demais? Ele vai ficar bravo?

— Hum, tudo bem. Estou bem — diz ele, torcendo a camisa. Tento não ficar boquiaberta ao ver um pedacinho da barriga definida dele, o pouquinho de pelo escuro acima dos jeans.

— Deus, lá vou eu de novo! Sou muito desastrada. Posso ajudar? Posso pegar guardanapos.

— Hum, sim…

Ele é interrompido pela srta. McKinney subindo os degraus e olhando para nós com seriedade.

— O que está acontecendo aí?

— Desculpe, srta. McKinney — digo. — É minha culpa. Derrubei minha garrafa de água.

— Certo — diz ela assentindo. — Bem, vão lá para cima se secar e tragam toalhas de papel para limpar essa bagunça.

Nico e eu começamos a subir, mas a voz dela me interrompe:

— E, Tessa, apronte seu material para a oficina quando voltar. Lamento que tenha perdido sua vez na semana passada.

Não me viro para ver o olhar de compreensão que certamente estampa o seu rosto.

Vamos até a cozinha no andar principal do Bangalô, e Nico tira o rolo de papel-toalha do suporte. Ele seca o pescoço uma vez e então foca no caderno, delicadamente secando a capa e as extremidades.

— De novo, sinto muito mesmo — digo, parada desajeitadamente ao lado dele. Quero oferecer ajuda de novo; a ideia de secá-lo soa muito boa. Mas estou preocupada de isso revelar minha paixão louca.

— Não se preocupe — diz Nico, erguendo o caderno. — Isto está bem, e é tudo o que importa. — Ele sorri para mim, o rosto bobo e os olhos sonolentos, e eu derreto um pouquinho. — Aqui, você espirrou água nas suas pernas também. Era uma garrafona de água.

Nico fica de joelhos, papel-toalha em mãos, e começa a secar minha perna direita, começando no meu tornozelo e então subindo até acima do meu joelho, onde meu vestido floral rosa termina. Se achei que estava derretendo antes, sou a Bruxa Má do Oeste agora: uma grande poça verde gritante no chão. Derretida. Morta.

Obrigada, Caroline.

Espero que ele não consiga sentir minhas pernas tremendo. Ainda bem que eu as depilei hoje de manhã. Espero que cheirem bem. E é coisa da minha cabeça ou Nico está demorando mais do que precisa? Parece significar alguma coisa, mas talvez eu esteja sendo desesperada, engatilhada pelo menor dos toques.

Ele se levanta e joga os papéis-toalha no lixo, me dando aquele sorriso perfeito de novo.

— Então, você vai compartilhar hoje? Estou animado para ler o seu trabalho.

Isso faz o meu peito apertar. De volta à realidade. Olho para o chão e balanço a cabeça.

— O quê? — pergunta ele. — Você está nervosa?

— Não… não. Quer dizer, sim. Estou. É só que…

— O trabalho não está pronto ainda? — diz ele, e quando eu o olho, seus olhos castanhos estão cheios de entendimento.

— Sim, é isso.

— Eu entendo — diz Nico. — Eles esperam que a gente seja essas pequenas fábricas aqui, produzindo arte só porque pediram. E não é assim que funciona, certo?

Assinto rapidamente.

— Sim, certo. Precisamos de mais tempo.

É bom tê-lo me validando. Talvez eu não seja a única passando por um período de bloqueio.

— Exatamente. Quer dizer, Jack Kerouac escreveu *On the Road* em três semanas, mas J. D. Salinger levou dez anos para escrever *O apanhador no campo de centeio*, que é um livro bem menor. Às vezes a inspiração está lá, às vezes não. Mas ninguém pode forçá-la. Não é um interruptor ou algo assim.

Bem, ok, o que está acontecendo comigo parece diferente, porque eu definitivamente não estou trabalhando em um romance clássico. E nunca li nada do Kerouac, mas tenho certeza de que não estou no nível dele. Estou paralisada só de tentar escrever um romance básico e descomplicado, o que de jeito nenhum parece a mesma coisa, mas torno a assentir.

— É, é, com certeza.

— Viu, eu te entendo, Tessa — diz Nico, tocando meu pé com o dele outra vez. Se isso está se tornando um gesto nosso, eu amei. — Você é diferente de todos aqueles fingidos lá embaixo.

Deixo o elogio tomar conta de mim, embora eu não o mereça.

Voltamos lá para baixo, e quando chegamos a turma já está sentada em círculo, esperando por nós. Sinto uma forte vontade de fugir, mas isso é impossível agora, sem fazer uma cena.

Eu queria poder me enfiar em um buraco. Eu queria poder me tornar uma poeirinha, para tomar apenas o espaço que mereço.

Meu pescoço queima e coça, e quando o toco, sinto os calombos. Eles só aparecem quando estou muito, muito ansiosa. Espero que não estejam tão vermelhos quanto os sinto.

— Tessa? — a srta. McKinney diz do alto do círculo. — Você tem cópias para distribuir?

— Eu... hum...

Procuro por uma desculpa para explicar por que a única coisa que eu poderia distribuir são páginas em branco, mas por sorte Nico me salva.

— Srta. McKinney? A garrafa de água de Tessa molhou o computador dela. — Me viro para ele de olhos arregalados, porque ambos sabemos que a água não chegou nem perto do meu computador. Ele ergue as sobrancelhas como se dissesse: *Finja comigo*. — Eu poderia ir no lugar dela? Só por hoje?

A srta. McKinney não parece feliz, mas assente e acena com a mão.

— Tudo bem, vá em frente, Nico. Mas, Tessa, quero falar com você depois da aula sobre seu... problema tecnológico.

Assinto rápido e me sento, saboreando meu alívio, não importa quão temporário seja.

Nico se senta ao meu lado.

— Então, isto é o que tenho até agora no meu primeiro capítulo — diz ele, olhando ao redor do círculo. Ele não explica seu processo criativo nem tenta justificar qualquer crítica que possamos levantar antes mesmo de ouvi-lo. Apenas abre o Moleskine e começa a ler, a voz totalmente confiante. É como se ele estivesse nos fazendo um favor; e talvez esteja. Eu queria ser como ele. Ou só *estar* com ele.

Onze passos para se apaixonar 165

A cena é uma sequência de sonho, e estou deslumbrada com quão talentoso ele é — com a beleza de suas palavras. Mas também estou distraída pela beleza de seu rosto: como os lábios se juntam, como ele passa a mão pelos cachos soltos que caem sobre seus olhos, como se não fosse importante e não algo que faz borboletas baterem asas na minha barriga. Para ser sincera, não entendo muito do capítulo. É cheio de espelhos escuros e árvores com olhos e outras imagens viajadas que tenho certeza de que significam outras coisas. Mas é assim que sei que provavelmente é muito bom.

Quando ele termina, se inclina na cadeira e absorve as críticas e os elogios que recebe como se não fossem nada de mais. Até mesmo quando a srta. McKinney diz que ele precisa revisar a maior parte, Nico só assente e sorri. Me faz quase desmaiar.

Depois que a aula termina, pego minhas coisas rapidamente, esperando poder sair com Nico e continuar seja lá o que aconteceu lá em cima, mas a srta. McKinney me interrompe.

— Tessa, uma palavrinha.

Ela gesticula para a cadeira ao lado dela, mas espera que todos saiam antes de começar a falar. Lá se vai a minha chance de conversar mais com Nico.

— Tessa, só quero falar com você um pouco sobre o que venho notando nas últimas duas semanas — começa ela.

Decido me fazer de desentendida.

— O que houve?

Ela pressiona os lábios em uma linha fina e me encara por um segundo antes de dizer:

— Percebi que você está evitando participar da oficina. E não estou falando só de ter evitado compartilhar o seu trabalho, embora tenha feito isso com eficiência. — Ela pisca para mim, e meu pescoço queima. Eu não a enganei nem um pouquinho. — Também percebi que você não participa quando as outras pessoas compartilham o trabalho delas. Você não faz nenhum comentário significativo; ou melhor, não faz comentário nenhum. Podemos aprender muito como escritores ao fazer comentários sobre o trabalho de nossos colegas.

Olho para baixo, para as minhas mãos, e começo a esfregar o interior do meu dedão.

— Me desculpe.

— Você não precisa se desculpar — diz ela. — É perfeitamente normal se sentir intimidada pelo ambiente da oficina. Ainda mais quando é a sua primeira. Sei que pode ser difícil. Na faculdade, eu sempre vomitava antes de ter que apresentar meu trabalho. Meus amigos achavam hilário.

Sorrio, imaginando uma srta. McKinney mais jovem tendo crises de vômito nervosas antes de uma crítica. Então não sou a única.

— Mas, na verdade, esse não é o principal motivo de eu querer falar com você em particular — continua ela, o calor de sua voz de repente desaparecendo. Sinto um frio na barriga. — Eu faço questão de revisar os portfólios dos estudantes que são admitidos na minha aula de Arte do Romance. Para procurar por pontos fortes, estilo e áreas de crescimento na qual posso ajudar. E quando você começou a me enviar capítulos do novo romance no qual você está trabalhando em sala de aula, não pude deixar de notar algumas… *similaridades* com os capítulos de outro manuscrito no seu portfólio.

Ela me lança um olhar duro e fica nítido. *Ela sabe.*

— Como você sabe, e provavelmente viu nos meus comentários do seu manuscrito, espera-se que você entregue material novo nas suas aulas aqui na Crisálida. Este é um programa

Onze passos para se apaixonar 167

extremamente seletivo, e só podemos trabalhar com jovens escritores que são capazes de se esforçar e trabalhar duro. — A srta. McKinney balança a cabeça. — Devo dizer que estou muito surpresa. Eu esperava algo completamente diferente da garota que enviou e-mails tão emocionados pedindo para entrar nesta aula. Eu esperava mais de você.

Posso sentir as lágrimas se formando nos cantos dos meus olhos. *Eu esperava mais de mim também*, quero dizer a ela. *Estou trabalhando nisso. Eu tenho um plano.*

Mas fico em silêncio. De alguma forma, sei que a srta. McKinney não acharia meu plano muito encorajador.

Ela está me olhando, esperando que eu diga algo, mas tudo o que consigo fazer é dar um sorriso contido. Não sei quanto da situação posso contar para ela. Parece melhor não contar nada.

— Bem, produzir material novo não é negociável — continua ela. — Você precisa da minha ajuda? Estou disposta a trabalhar diretamente com você. Sei que está trabalhando em algo... Vi você se esforçar na aula. Eu adoraria te ajudar a desenvolver seu projeto.

A srta. McKinney tem um sorriso gentil, e eu aprecio a disposição dela de me estender a mão, de me dar uma chance de as coisas serem um pouco mais fáceis. Mas como esse sorriso mudaria se eu dissesse a ela que não tenho *nada* a ser desenvolvido — que tudo em que estou "trabalhando" é fingimento? Que cometeram um erro enorme ao me aceitar e que não pertenço a este colégio? Ela diria ao diretor? Eu seria enviada a outra escola?

— Sim, sim, eu vou... hum... talvez eu faça isso — murmuro, mas sei pela forma como o rosto dela endurece que não estou sendo convincente.

— Tudo bem. Espero receber algo novo em breve. Hoje à noite, até — diz ela, a voz séria agora. — E quero te lembrar que você terá que compartilhar suas páginas na oficina pelo menos uma vez ao final do semestre para passar. Estou disposta a te desculpar pelas últimas não submissões, mas não serei tão tolerante a partir de agora.

Passar? Eu achei que estava fazendo o suficiente para, no mínimo, ficar na média. Agora, além de estar perdendo minha habilidade de escrever, vou perder minhas notas razoáveis também? Que bagunça.

— Sim, srta. McKinney — digo, e então agarro minha oportunidade de escapar.

Quando chego no topo da escada, estou com o celular na mão, pronta para mandar mensagem para Caroline. Porque estou percebendo que esse plano é burrice. Nenhum momento com Nico vai consertar o que obviamente está tão errado comigo, e talvez eu deva simplesmente parar agora antes de eu, tipo, arruinar minhas chances de entrar na faculdade ou algo assim. Estou tão ansiosa e agitada que quase não vejo Nico sentado no velho sofá floral.

— Ei — diz ele, se levantando. — Eu estava esperando por você.

— Por mim? — Eu quase flutuo que nem um balão.

— É. — Nico ri. — Vou fazer uma social na minha casa amanhã. Acho que dá pra dizer que é uma festa. E queria te convidar.

— Eu? Ah, uau. Sim. Sim! — Sei que estou soando um pouquinho maluca, mas não consigo evitar. Minhas entranhas fazem uma dancinha. — Tenho que ver se tenho algum compromisso, mas provavelmente não.

— Então você vai?

Onze passos para se apaixonar **169**

Por que as palavras dele saem em Times New Roman perfeito e as minhas são, tipo, Wingdings?

— Sim.

Nico sorri, e é perfeito.

— Mas e a Poppy? — Sai antes que eu possa pensar quão ridícula a pergunta me faz soar.

Ele está te chamando para ir à festa dele, não te pedindo em casamento, Tessa!

As sobrancelhas de Nico se juntam, mas por sorte ele continua sorrindo. E não sai correndo.

— Poppy vai estar lá. Nós estamos, hum... juntos. Às vezes. Acho que somos do tipo que termina e volta, sabe?

Isso é uma notícia que não recebi ao analisar o Instagram dele com Caroline ou ao observá-lo durante o almoço. Boas notícias. *E como é que está agora?*, quero gritar. Mas, em vez disso, eu só murmuro:

— Ah, legal, legal.

Abortar missão, meu cérebro grita. *Saia dessa conversa enquanto você ainda tem um convite!*

— Beleza, então... — Ele estende a mão, e eu acho que vai pegar a minha (e então vou desmaiar com certeza). Mas em vez disso ele pega meu celular e digita algo rapidamente. — Pronto, acabei de mandar o endereço para mim mesmo, então você também tem o meu número agora. — Nico pisca para mim. NICO! PISCA! PARA! MIM! — Me liga se ficar perdida.

Capítulo 19

Caminho até o carro de Sam depois da escola, tomada pela energia de *Nico me deu o número dele*. Sam ainda não chegou porque provavelmente está ajudando Theodore, então me sento no meio-fio e começo a mandar mensagem para Caroline sobre as novidades: a água derramada, ele secando a minha perna, o convite para a festa. Ela interrompe minhas mensagens para me ligar, e nós duas damos gritinhos de animação. Nem me importo de estarem olhando.

— Sou uma gênia.

— Você é uma gênia. Deveria escrever um livro!

— Não, *você* deveria escrever um livro. Você *vai* escrever um livro quando tudo acabar! Só lembra de colocar meu nome nos agradecimentos. E estou falando da página inteira: não me venha com uma frasezinha só.

— Páginas! Vou devotar páginas a agradecer à sua genialidade se der certo.

— Bem, eu estava apostando as minhas fichas no sequestro no elevador, mas a água derramada... um clássico.

— Acho que sim.

— E levou diretamente ao número quatro. Talvez até ao número cinco!

— Nós duas sabemos que de jeito nenhum meu pai vai me deixar dormir na casa de um garoto. E aquela coisa de ter apenas uma cama só acontece nos romances. Eu estava brincando quando deixei você colocar aquilo na lista.

— É, tá bom. Mas agora, a piscadela, vamos falar da piscadela. Você pode fazer chamada de vídeo agora? Quero ver que tipo de piscadela foi. Uma sexy tipo *chegue mais perto* ou uma sutil tipo *tenho uma coisa no meu olho ou gosto de você?*, sabe, com negação plausível.

— Você quer que eu demonstre?

— É claro.

Um par de calças cargo com zíper aparece na minha frente, e ergo a cabeça para ver Sam. Há farinha nas bochechas e nos braços dele.

— Ei, preciso ir — digo a Caroline, acenando para Sam. Ele me dá seu sorrisão de uma covinha só e destranca o carro.

— Mas precisamos falar de estratégia! Isso é importante. Pode ser o ponto de virada! A namorada dele vai estar lá, então precisamos descobrir como você vai lidar com ela. Comecei a ler um livro para a aula de Literatura Avançada, *O amante de Lady Chatterley*... bem, estou lendo as notas no SparkNotes, mas...

Sento-me no banco do passageiro, erguendo a mão e fazendo uma expressão que diz *Desculpe* enquanto Sam dá a partida no carro.

— Caroline? — ele sussurra, e eu assinto.

— Podemos falar hoje à noite — digo.

— Tudo bem, mas você precisa tentar ficar presa em um closet com o Nico. Anote isso em algum lugar! É importante.

Rio e reviro os olhos.

— Ai, meu Deus. Tchau.

— Me ligue antes das seis! Eu...

Desligo antes de ouvir o resto.

— Desculpe por isso — digo, olhando para Sam, mas o rosto dele parece diferente agora. O maxilar está trancado e ele mantém o olhar na estrada. — Você está bem? — pergunto. — Mais drama com o Giancarlo hoje?

Giancarlo é o cara com quem Sam divide a bancada na cozinha da sala de aula, e recentemente ele tem reclamado sobre como o colega é bagunceiro e que lhe falta aderência ao *mise en place*, seja lá o que isso signifique.

— Do que ela estava falando... ficar presa em um closet com o Nico? — pergunta ele, sem me olhar.

— Você ouviu?

— É, o seu volume está bem alto.

— Ah. — Sinto minhas bochechas avermelhando. — É, hum... O Nico me convidou para uma festa na casa dele no fim de semana. Quer ir? Você pode, se quiser.

— Não, obrigado — diz Sam, balançando a cabeça. — Mas o que isso tem a ver com entrar num closet com o Nico?

Tusso algumas vezes e me abano. De repente, fica quente aqui.

— Posso abrir o vidro?

— Claro.

Posso senti-lo dando uma olhadinha em mim antes de voltar a atenção para a rua. Ele ri, mas soa exasperado.

— Você pretende explicar? — pergunta.

Onze passos para se apaixonar 173

Suspiro.

— Tudo bem, tudo bem! Mas você precisa prometer que não vai rir de mim.

— Hum… beleza.

Pigarreio. E então pigarreio de novo.

— Você pode ligar o ar-condicionado?

— Tessa!

— Tudo bem! É só que… Eu, bem… Você sabe que tenho um plano com a Caroline.

— Sim.

— Sim, tem sido muito bom para nós. É como se a gente tivesse voltado a ser o que éramos antes de eu me mudar.

— E…?

Cara, ele vai mesmo me fazer dizer isso em voz alta.

— *E* — continuo. — Bem, nosso plano. É meio que… pouco convencional. É por isso que não te contei muito sobre ele antes. Para me ajudar a… voltar a escrever… hum, bem, *Caroline* acha que se eu tornar a minha vida uma daquelas histórias de amor que geralmente escrevo, então talvez isso me ajude a começar a escrever de novo. Vai, tipo, encher o poço.

— E o Nico é o cara da história de amor? — A voz dele soa baixa.

— Sim, e sei que vocês têm um histórico — acrescento rápido. — Mas ele não é um babaca como o Grayson ou algo assim, é? Na verdade, ele é bem legal.

Paramos em um sinal vermelho e Sam vira o corpo inteiro para mim.

— Mas o Nico tem namorada. Poppy. Como é que você vai fazer uma história de amor… ou *seja lá o que* com ele, quando ele já tem outra pessoa?

A pergunta me faz sentir um pouco nojenta, mas ignoro. Como Nico me disse, eles terminam e voltam. Eu não fiz nada de *errado*. E não planejo fazer.

— Bem, talvez o Nico não fique para sempre com a Poppy. Eles terminam muito. — Ok, eu não sei *disso*. Mas...

— Não vou obrigá-lo a fazer nada que ele não queira.

Sam estreita os olhos.

— Você está ouvindo o que está dizendo?

— Tanto faz.

Por sorte, o sinal fica verde, e ele tem que voltar a atenção de volta para a rua. É por isso que eu não queria contar para ele — contar para *ninguém* além de Caroline. Sam está me fazendo sentir boba, e, sim, reconheço que o plano é meio bobinho. Mas por que ele não pode entrar na brincadeira ou, tipo, rir e pronto? É isso o que os amigos devem fazer. Por que ele precisa me julgar tanto?

Continuamos em silêncio pelo resto do caminho, mas estou fervendo quanto mais penso no assunto, o que me faz ficar mais irritada.

— Você falou para eu procurar por inspiração — digo por fim quando Sam está virando na nossa vizinhança. — Eu escrevo romances. Isso é inspirador.

Ele esfrega a lateral do rosto.

— Não era disso que eu estava falando.

— Bem, eu acho que vai funcionar. Já está funcionando.

— Você escreveu alguma coisa? — Sam pergunta como se me desafiasse.

— Não. Mas algo está acontecendo entre mim e o Nico. Consegui sentir hoje, e vou continuar sentindo.

Paramos na entrada da garagem e Sam desliga o carro, mas não se mexe. Só fica sentado lá, encarando as mãos.

Onze passos para se apaixonar 175

Não entendo por que é que ele se importa, para começo de conversa. Talvez Nico estivesse mais envolvido do que pensei no bullying quando Sam estava no fundamental.

— Pensei que fosse sua ansiedade — Sam diz por fim, a voz baixa, mas dura. — Tipo, como conversamos na segunda, lembra? Pensei que você estava nervosa em compartilhar seu trabalho, e era por isso que não conseguia escrever. Como ir atrás de Nico vai mudar isso? Parece que você está lidando com o problema em... não sei. Em nível superficial.

Superficial. A palavra dói. Talvez porque eu tema ser verdade.

— Bem, sim, ainda estou nervosa. Mas isso vai me ajudar a escrever algo do qual eu me orgulhe. Algo real. Eu estava pensando sobre as coisas que costumava escrever, e não fazia ideia do que estava falando. E a gente deve escrever sobre aquilo que conhece. Provavelmente é o que me fez ficar paralisada, para início de conversa.

Pronto. Me sinto melhor de colocar tudo para fora.

Mas então Sam ri. E de novo, não é de uma maneira legal. Sinto meu pescoço pegando fogo.

— Escuta, eu não quero mais falar disso — falo, abrindo a porta com mais força do que o necessário.

— Tá bom — dispara ele. — Então não vamos falar.

Ele abre a porta do carro e vai embora.

Capítulo 20

Passo a maior parte da manhã de sábado vendo contas no Instagram de cabelo natural, tentando encontrar o estilo perfeito para hoje à noite. É uma boa distração para a preocupação com o que Sam disse e se ele está certo ou não.

Enfim encontro um estilo que gosto, com algumas tranças diagonais na frente e um coque fofo atrás, preso baixo, e acho que meu cabelo pode estar longo o bastante para fazer. Mas também significa que terei de pedir por ajuda. Não importa quantas vezes eu tenha praticado nas minhas bonecas quando criança, eu não consigo fazer trança escama de peixe. Mal consigo fazer trança normal.

Encontro minha mãe na sala de estar, debaixo de um cobertor, embora não esteja frio, assistindo a alguma versão do reality *Real Housewives*. Todas parecem iguais para mim. Estico meu telefone como quem oferece uma trégua.

— Você pode fazer isto para mim?

Onze passos para se apaixonar 177

Minha mãe me encara por um segundo, parecendo surpresa, mas estão sorri, um sorriso maior do que vi em muito tempo. Ela pega meu celular e observa a foto, assentindo.

— Sim, é claro, querida.

Pegamos um pente pontudo e uma escova Denman, e me sento entre as pernas dela enquanto ela faz tranças apertadas no meu couro cabeludo, assim como minha avó e tias a ensinaram a fazer, assim como ela fazia quando eu era pequena.

Conto a ela sobre a festa esta noite e dou respostas vagas para as perguntas dela sobre a escola esta semana, deixando de fora os detalhes do plano da história de amor porque não quero repetir seja lá o que aconteceu com Sam. Não falamos sobre a crise de Miles na esquina, mas sinto as palavras da minha mãe pela forma como ela esfrega óleo mentolado de amêndoa no meu couro cabeludo e como desembaraça meu cabelo com cuidado.

Quando minha mãe termina, vamos ao banheiro para admirar o trabalho dela no espelho. É exatamente o que eu queria, e minha cabeça começa a girar, sonhando com o que pode acontecer esta noite com o meu cabelo estando perfeito assim.

— Você está linda — diz ela, e os cantos de seus olhos enrugam. Eles são de uma cor diferente, mas iguais aos meus.

— Obrigada.

Ela me vira e me dá um abraço, apertado e quentinho.

— Eu sinto muito.

— Eu sei. Sinto muito também.

E, simples assim, há paz entre nós outra vez.

Senti o olhar de esguelha de Lenore pelas mensagens quando expliquei que Nico me convidou para uma festa na casa dele e que eu queria que ela fosse comigo. Mas ela concordou em pegar emprestada a minivan dos pais, e aparece na minha casa às sete, usando uma saia feita de penas iridescentes, uma jaqueta preta em estilo militar e os dreadlocks presos em um coque enorme. Há uma sacola de roupas atrás dela e uma maletinha de plástico rosa embaixo do braço.

— Uau! Eu tinha uma dessas quando estava na faculdade — diz minha mãe.

— Você vai arrumar a Tessie para um encontro? — pergunta Miles.

— Melhor não — diz meu pai, fazendo cara séria para Lenore.

—Ah, não se preocupe, sr. Johnson — diz Lenore. — Só estou acompanhando Tessa em uma noite tranquila e divertida, para uma festa com a promessa de haver uma proporção aceitável de garotas para garotos. E vou trazê-la para casa no horário que considerarem apropriado.

Depois disso, todos sorriem e nos dão privacidade. Ela é uma profissional.

Lenore adiciona argolas douradas delicadas às minhas tranças e aplica delineador preto com o formato de uma asa perfeita — como aquelas que você vê em revistas, mas nunca consegue fazer na vida real. Eu ia usar um vestido de cambraia simples, mas Lenore abre a sacola e revela outro vestido que encontrou em um brechó. É azul-escuro, com longas mangas transparentes presas nos pulsos e constelações prateadas brilhantes bordadas.

Hesito antes de vestir.

— Não é exagerado?

Onze passos para se apaixonar **179**

— Ah, garota — diz Lenore, abraçando meus ombros. — Você precisa aprender a sutil arte de não se importar. Vou te ensinar. É praticamente o *meu* laboratório.

E ela está certa. Eu o visto, e me sinto bem. Ainda me sinto como eu mesma, mas... superior. Me sinto como eu mesma, caso não tivesse tantas preocupações: a constante multidão de vozes na minha cabeça dizendo que eu não pertenço à Crisálida, que preciso me diminuir e ficar mais quieta. E é assim que quero me sentir esta noite.

— Você é como se fosse a minha fada madrinha — digo, sorrindo para ela no espelho.

O nariz de Lenore franze.

— Não sou sua fada madrinha, Tessa. Sou sua amiga. — Ela me olha bem no olho, me enviando mil palavras com uma sobrancelha arqueada. Mas antes que eu possa ter uma chance de me desculpar ou vomitar uma torrente de palavras explicando o quanto ela significa para mim, Lenore balança a mão e sorri. — E é por isso que você fará isto por mim um dia, quando eu encontrar alguém que valha a pena. Mas vai demorar, porque os garotos da escola são sem graça, e eu tenho bom gosto. Sem querer ofender.

Rio, aliviada.

— Não me ofendi. E me prontifico a te ajudar. — Eu a saúdo. — Então, Theodore vai nos encontrar lá?

— Sim, ele já estava planejando ir com o namorado secreto.

— Ele... Ele não é assumido... para todo mundo ainda?

Isso faz Lenore rir tanto que ela cai para a frente, o coque enorme balançando.

— Não! É claro que ele é! Você não viu o capelet de pelo falso que ele usou na quarta-feira? — Ela me olha de esguelha, exageradamente. — Não, ele só não menciona o namorado durante o almoço, então comecei a provocá-lo. Ele diz que o almoço é hora de trabalhar ou sei lá o quê, então não tem tempo para o amorzinho dele. Aquele garoto. Sinceramente...

Abraço meus pais para me despedir, assisto a um vídeo que Miles quer me mostrar (ele encontrou a maior parte das filmagens do Dream Zone no YouTube, graças a Deus), e então Lenore e eu saímos. Quando abro a porta, porém, fico chocada ao ver Sam na parca luz do entardecer, atravessando nosso gramado. E ele parece igualmente chocado por me ver.

— Sanzinho! — Lenore grita, abrindo os braços. — Você vem?

Ele balança a cabeça, olhando para a caixa de papel nas mãos e então erguendo o olhar para mim.

— Uau, Tessa... Você... Você está muito bonita. Vocês, hum, vocês duas estão.

A cabeça de Lenore se vira de um lado para o outro, nos acompanhando, mas por sorte ela só sorri e não diz nada.

— Eu só queria me desculpar. Por ontem. Eu não... Não foi... — Sam esfrega a lateral do rosto, o que começo a perceber que ele faz muito quando está pensando nas coisas. — Não sei... Só não foi o que eu esperava, mas eu não deveria ter reagido como reagi. Não tenho o direito de julgar, e deveria ter respeitado mais suas ideias e escolhas. E Nico... Nico seria muito sortudo de ter você.

— Obrigada, Sam — digo com um sorriso discreto, envergonhada por ele falar sobre meu plano secreto tão abertamente. Espero que meus pais não estejam ouvindo.

— E eu... hum, fiz cookies para você — diz, estendendo a caixa. — São uma recriação dos cookies de barra de chocolate e marshmallow. Já ouviu falar? Só que são um pouquinho diferentes. Adicionei chips de manteiga de amendoim.

Onze passos para se apaixonar 181

Pego os cookies, minha mão roçando na dele.

— Enfim… É isso. Espero que vocês tenham uma boa noite.

Sam sustenta o meu olhar, e há algo lá que não consigo ler, mas então ele se vira e acena para nós. Minhas bochechas coram enquanto o observo ir embora.

Capítulo 21

Passo a viagem inteira explicando para Lenore meu bloqueio na escrita, o plano de Caroline e a reação de Sam. Estou um pouco hesitante em compartilhar tudo com ela, mas não há como disfarçar depois da interação com Sam. E pensei que, se tem alguém que vai apoiar o plano, é Lenore.

Por sorte, estou certa.

— Garota, vai em frente! Estou superdentro — diz ela, segurando um cookie com uma das mãos e estalando os dedos da outra. Os joelhos dela balançam o volante, e tenho que lutar contra todos os meus instintos para não me inclinar e consertá-lo. — Além disso, ele e Poppy terminam o teeeeempo todo! A relação deles é, tipo, uma *zona*. Faz anos que é assim. Tá na hora de virar essa página!

Resisto à vontade de fazer uma dancinha feliz com a nova informação.

— Caramba, esses cookies são bons! — grita ela, dando uma mordida tão grande que oscilamos para a outra faixa.

— Sam é muito bom no que faz.

Onze passos para se apaixonar 183

— Nossa, você está bem servida com o Sanzinho morando do outro lado da rua, te levando guloseimas todo dia. — Lenore balança a cabeça e a minivan balança com ela. Discretamente, tento segurar a porta do passageiro. — Eu tinha certeza de que vocês dois tinham alguma coisa rolando, e então toda essa... reviravolta!

— Sam e eu? Meu Deus, por que todo mundo pensa isso?

Lenore ergue a sobrancelha.

— Quer dizer, ele é um bom amigo e gosto muito dele... mas não assim. Ele não faz muito o meu tipo, sabe, em termos de aparência e tal. — Mordo meu lábio inferior. — Sou uma babaca por dizer isso?

Ela dá de ombros.

— Todo mundo tem um tipo — responde.

E Nico é o meu, e com certeza não o Sam Camisa Havaiana.

A casa de Nico fica em Naples, um bairro de classe alta não muito longe da Crisálida, e ainda mais perto da praia. Passamos pela casa várias vezes enquanto damos voltas procurando um lugar para estacionar, e fico observando o oceano escuro, esperando que acalme meus nervos.

As casas nesta área custam milhões, me lembro da época que minha mãe e eu viemos a Long Beach um fim de semana para explorar a cidade e ver os bairros antes da grande mudança. Nunca poderíamos pagar por uma casa em Naples, mas minha mãe me levou para uma visitação mesmo assim, dizendo que seria divertido. O lugar era pequenino e tão perto de uma casa vizinha que provavelmente dava para pedir um copo de açúcar emprestado pela janela, e custava mais de dois milhões. Então, quando estacionamos na casa de Nico, minha calculadora interna começa a trabalhar, porque este

184 ELISE BRYANT

lugar é quatro vezes maior que aquela casa — com duas fontes no pátio da frente.

— Uau.

— É, os Lucchese têm grana — diz Lenore, enfiando os cookies de Sam debaixo do braço. — Você não percebeu que o quinto andar da escola tem o nome deles?

A primeira coisa que percebo quando entramos é que o lugar é superbranco. Não, tipo, só pessoas brancas. Embora haja um número considerável delas — assim como Nico e os outros filhos dos fundadores, eu acho.

O que quero dizer com isso é que tudo na casa é branco. Paredes brancas, tapetes brancos sobre piso de madeira clara, sofás de couro branco, almofadas de pelo branco. A única cor na sala vem de duas figueiras em vasos brancos com borlas. Parece o estúdio para a gravação de um clipe ou um catálogo ou algo assim. Me pergunto como é que eles mantêm tudo *tão* branco. Porque, na minha casa, tudo teria uma camada fina de gordura de pizza, migalhas e sujeiras aleatórias em menos de vinte e quatro horas. Vendo pessoas circulando, tocando coisas e usando sapatos me deixa um pouco nervosa por Nico. Ele terá um trabalhão para limpar tudo antes que os pais cheguem em casa.

A segunda coisa que percebo, depois da branquitude opressora, é Nico. Primeiro, nas fotos penduradas nas paredes. Elas parecem fotos que já vêm nas molduras, uma família perfeita. Mãe, pai, filha e filho: todos bonitos, todos impecavelmente vestidos. E então vejo Nico em pessoa. Ele está cercado de um grupo de pessoas, conversando, com Poppy ao lado. Então estão juntos outra vez, suponho. Ele deve estar dizendo algo engraçado, porque todos ao redor começam a rir. Um cara em frente a ele ri tanto que algo derrama do seu

Onze passos para se apaixonar 185

copo de plástico vermelho, mas Nico não o repreende nem o manda limpar, só diz mais alguma coisa que inspira outra rodada de risadas.

Nico levanta a cabeça e seu olhar encontra o meu do outro lado da sala, como se ele conseguisse sentir a minha presença. Ele acena para mim, com um sorrisão, e tenho dificuldade em respirar. Ao lado dele, Poppy segue seu olhar e então estreita os olhos para mim — não sei dizer se é porque suspeita de algo ou se é só desgosto. Rapidamente, desvio o olhar, caso ela consiga ler no meu rosto o que estou pensando.

— Ah, lá está o seu garoto — diz Lenore, colocando o braço ao redor dos meus ombros. — Mas a garota dele está bem ao lado... Qual é o plano da Caroline para isso?

— Não quero falar disso.

— Você consegue. — Por sorte, Lenore não pressiona como Sam fez... porque sei que é complicado. Estou só esperando que fique menos complicado com o tempo, antes que eu tenha que lidar com a situação. — Você deveria deixar Theo cuidar dela. Você sabe que ele quer fazer essa garota desaparecer para que não continue ganhando dele na festa de gala de inverno.

Lenore aponta para o sofá, onde Theodore, em uma camisa de botões azul listrada e shorts apertados, está entrelaçado com um dançarino que já vi pelo campus antes. O cara é alto, com pele marrom uniforme e músculos impressionantes que Theodore parece estar explorando como se os dois estivessem completamente sozinhos.

— Hum... eles não parecem muito secretos.

Lenore balança a cabeça.

— Ele provavelmente bebeu alguma coisa... Ele sempre fica animado quando toma uma vodca. Falando nisso...

Estou com sede. Vamos ver que tipo de bebidas chiques eles têm por aqui.

Ela acena para a cozinha, me puxando junto, e sinto um pouco de pânico no peito. Nunca tomei uma gota sequer de álcool antes. A ideia de não ter controle parece horrível, porque amo estar no controle. Eu gostaria de estar mais em controle do que estou normalmente. Por que não existe uma bebida para isso? Não pensei em um plano para o que fazer se houvesse bebidas nesta festa, mas isso foi meio estúpido, porque *é claro* que há bebidas na festa. Lenore vai pensar que eu sou uma criança se não beber? Nico com certeza vai. E como Lenore está planejando dirigir? Nós não conversamos a respeito disso.

Mas então vejo Nico se afastar de Poppy, entrando em uma sala dos fundos, e minha mente dispensa tudo, exceto uma chance de conseguir algum tempo a sós com ele. Posso descobrir isso mais tarde.

— Na verdade, vou ao banheiro — digo para Lenore. — Te acompanho daqui a pouco.

— Ok! — Ela se afasta, devorando outro cookie de Sam.

Nico desce um corredor curto e eu o sigo, me espremendo por uma multidão de três garotas do teatro musical e um cara que acho que está na minha aula de Física. Nico entra em uma sala dos fundos que é um pouco menos branca — há um sofá cor de creme e cadeiras combinando, com uma enorme aquarela abstrata na parede. Ele deixa esse cômodo para o que acredito ser o quintal. Estou prestes a segui-lo até lá também, depois de garantir que ninguém está vendo como estou sendo uma stalker, mas então me interrompo. O que o número quatro na lista de Caroline dizia? Tenham um momento a sós em uma festa? Esta poderia ser a situação perfei-

Onze passos para se apaixonar 187

ta para isso, mas como vou explicar minha repentina aparição no quintal? Precisava tomar um pouco de ar…? Mas e se ele estiver fumando? Eu ainda gostaria dele se ele fosse fumante? Provavelmente.

Pronto ou não, momento, aí vou eu. Mas então, através de um enorme painel de vidro na porta, eu o vejo abraçar uma mulher em um vestido de renda preto justo. *Que diabos?* Mergulho atrás da cadeira. Posso ouvir as vozes deles pela janela aberta.

— Você está saindo? — pergunta Nico.

— Daqui a pouco — responde ela. — Mas precisamos falar de algumas coisas antes.

Nico tem uma namorada mais velha secreta? Poppy sabe dessa história? Isso com certeza vai atrapalhar o Plano Felizes para Sempre…

— Qual a pressa? — uma voz grave pergunta. — Você não quer que seus amigos nos vejam? Nós somos descolados. Podemos ficar.

Quem é esse?

Espio por trás da cadeira e vejo que há duas pessoas lá fora com ele. A mulher — percebo os saltos dela com solas vermelhas e seus brincos geométricos gigantes — e um homem mais velho, usando terno preto e sapatos sociais. Ele se parece com Nico, tem o mesmo cabelo ondulado, mas o dele possui uma quantidade expressiva de cinza salpicada nas têmporas. Eu os reconheço das fotos na frente da casa.

Ele está conversando com os pais? Que estranho. Certo? Quer dizer, não sou uma especialista em festas nem nada. A maior parte do meu conhecimento vem de filmes, mas essas festas não acontecem só quando, tipo, os pais estão em outra cidade ou algo assim? Mas eu não fui a muitas festas de ensino médio... na verdade, não fui a nenhuma. Então como é que vou saber? Talvez seja coisa de gente branca. Ou de gente rica.

A mãe dele parece chateada.

— Nós deveríamos ter te feito cancelar essa festa depois do que a srta. McKinney disse no café esta manhã.

— Mas, Nella, não foi negativo — o pai retruca.

— E por que é que vocês tomaram café com ela? — pergunta Nico. — Vocês nem gostam dela. — O seu sorriso habitual foi substituído por uma careta.

— Nunca se sabe quando essas conexões serão úteis... para o seu futuro. O livro mais recente dela foi adquirido pela Starz, embora quem é que tem Starz hoje em dia?

Nico definitivamente revira os olhos desta vez. Me abaixo de novo, então só posso ouvir as vozes.

— Ela disse que você compartilhou sua escrita na aula ontem, e que foi abaixo do esperado — diz a mulher.

— Ela disse isso? Sério? — pergunta Nico, erguendo a voz.

O pai dele interrompe.

— Ela não disse isso, Nella.

— Bem, eu soube pelo tom. Só quero garantir que você está explorando todo o seu potencial, Nico. Você não quer perder a exposição na festa de gala de novo, e as inscrições para a faculdade começam daqui a um ano. Sua irmã estava muito à frente do processo a essa altura. Você viu o artigo que te mandei sobre a Universidade de Nova York? Jeffrey Eugenides faz parte do corpo docente, sabe...

— Não vou falar sobre isso agora! — reage Nico, e então há silêncio, exceto pelos passos e o som da música na frente da casa.

Onze passos para se apaixonar 189

— Bem, vamos chegar do evento beneficente a uma da manhã — a mãe diz por fim, a voz firme. — Garanta que todos tenham ido embora, incluindo a Poppy.

— Beba com responsabilidade! — adiciona o pai. — E nada de dirigir!

— E não se esqueça de mandar mensagem para a Grace vir limpar de manhã. Já vi aquela farofa de Cheetos no balcão.

Eles parecem estar encerrando, então aproveito a oportunidade para correr pela sala e voltar para a frente da casa. Não quero que Nico me veja xeretando como uma esquisitona. E mesmo que eu conseguisse fazer a coisa parecer perfeitamente normal, comigo só sentada lá naquela sala, não acho que Nico iria querer alguém ouvindo aquela conversa. Os pais foram duros com ele, tipo, duros demais. Tenho sentido muita pressão para escrever, mas é uma pressão que eu coloco em mim mesma. Não consigo imaginar como me sentiria se minha mãe estivesse encontrando minha professora e me chamando de abaixo do esperado. Como é que ele consegue escrever qualquer coisa assim?

Quando eu entro, há alguns dançarinos no corredor, e quando volto para a frente da casa, percebo que há muito mais gente aqui agora. A cozinha está lotada de alunos da Crisálida enchendo copos vermelhos com bebidas de várias garrafas de vidro e se apoiando nas bancadas de mármore. E na sala de estar pouco iluminada, a música de Kanye West está gritando nos alto-falantes (é claro, já que caras brancos amam o Kanye). Vejo Grayson em um canto, mexendo em um iPhone conectado em um cabo auxiliar. Mas não consigo encontrar Lenore... ou outra pessoa que eu conheça. E sinto o pânico familiar começar a crescer quando penso na ideia de encarar esta festa sem ela. Talvez eu deva ir embora, arrumar um Uber...

— Tessa!

Ouço meu nome de algum lugar na sala e, com alívio, vejo Theodore no sofá, todo abraçadinho com seu namorado secreto.

— Tessa! Ah, Tessa, sua coisinha fofa! — O rosto dele está supervermelho quando ele se inclina para me beijar em ambas as bochechas. — E esse vestido! Você está absolutamente magnífica! Um anjo te enviou do cosmos para nos agraciar com sua beleza.

Ele me beija de novo. Está... estranhamente gentil. Ou bêbado, acho. Mas eu oficialmente gosto do Theodore bêbado.

— Este é o Lavon — diz ele, acariciando o ombro do cara ao seu lado. Lavon veste uma camisa branca que exibe seus braços e tem ondas recém-feitas no cabelo curto. Ele estende a mão para apertar a minha, com um sorriso bobo no rosto.

— Prazer em te conhecer, Tessa. Theo falou muito de você.

Então aparentemente *alguém* tem permissão para chamá-lo de Theo.

Theodore se inclina à frente, cobrindo a lateral da boca, e diz num sussurro fingido:

— Ele é meu namorado.

Ele se vira e olha maravilhado para Lavon antes de se inclinar para beijá-lo de novo. Um segundo depois, eles estão se pegando para valer, e me vejo sentada lá como uma perdedora de novo.

Estou prestes a me levantar, mas então alguém se joga no sofá ao meu lado.

— Oi. Tessa, não é?

Não tenho ideia de quem é esse cara branco usando uma camiseta verde de flanela, mas vasculho minha memória porque ele parece me reconhecer. E então me dou conta. O Fedora. Só que em vez de um fedora, ele está de coque hoje. Talvez esse seja o look chique dele.

— Ei, hã... você.

— Estamos na Arte do Romance juntos, lembra?

— Sim, sim. Conheço você! — *Quando usa o chapéu de sempre, pelo menos.*

— O trabalho que você compartilhou semana passada. Foi lindo. Você tem uma voz única.

Não faço ideia do que ele está falando, porque obviamente não compartilhei nada. Será que o Fedora está me confundindo com outra pessoa? Ele está tentando dar de cima de mim? Sinceramente, estou meio irritada só por ele estar aqui. Nico convidou todo mundo?

— Uhum — murmuro, e o Fedora começa a falar de seu progresso na escrita, algo sobre alienígenas, mas não presto atenção.

Queria saber onde Lenore está. Ou Sam... queria que Sam tivesse vindo com a gente. Sei que, se ele estivesse aqui, eu me sentiria mais calma. Mas acho que ele teria tornado as coisas estranhas, considerando como se sente sobre o meu plano.

Afastando esses pensamentos, vejo Nico do outro lado da sala de novo. Ele parece chateado — é claro que está, depois do que ouvi. Mas Poppy está ao seu lado, em uma camisa larga com estampa de leopardo e shorts curtos, e ela beija o pescoço dele, os braços envolvendo os quadris de Nico... Deus, o que é que estou fazendo aqui?

E então uma música da Cardi B que eu meio que reconheço começa a tocar, e *todos* dançam. Dançam!

Odeio dançar.

Todo mundo espera que eu dance bem, que performe a ideia deles do que ser uma garota negra significa, mas não sou uma boa dançarina. Tipo, nem um pouco. Acho que é porque não consigo me soltar da forma que é necessária para dançar. Sempre tento ser comedida e controlada, e dançar não é nada disso. Me preocupo demais com como me pareço, como cada movimento é visto pelas outras pessoas, então mexer meu corpo assim seria exaustivo.

Então não danço. Nunca. Bem, pelo menos não em público.

Sei que tem um item da lista de Caroline sobre um baile do romance ou algo assim, mas não vai rolar.

O Fedora se levanta e começa a fazer algo que o faz parecer com um personagem do Snoopy, na ponta dos pés e com o nariz apontado para cima. Ele me incentiva a me juntar a eles, curvando seus dois indicadores na minha direção e remexendo os quadris.

Nã-am. De jeito nenhum.

Saio do sofá e me afasto, mas então alguém me pega pela cintura e me puxa para o meio da multidão.

— Amo essa música! Você não ama essa música? — grita Lenore.

O hálito dela tem cheiro doce e seus dreadlocks estão soltos agora, girando ao redor dela enquanto balança a cabeça para a frente e para trás. O alívio toma conta de mim por tê-la encontrado, mas logo é substituído por pânico por eu estar no meio de um monte de corpos que giram.

Escaneio a sala, garantindo que Nico não consiga me ver aqui toda esquisita, mas ele está subindo a escada sozinho. Poppy e outra garota estão se esfregando em Rhys a alguns metros de distância, rindo enquanto o rosto dele começa a ficar da cor de seus cabelos.

Este é o meu momento. O nosso momento. Posso ouvir a voz de Caroline sussurrando na minha cabeça. *Vai!*

Paro Lenore no meio de um rebolado entusiasmado.

— Vou ao banheiro. Já volto.

Ela parece confusa, mas então se inclina e sussurra:

— Garota, você tá com dor de barriga por acaso?

— Sim!

Não apenas fujo como também corro em direção a algo.

Capítulo 22

Passo por mais portas do que há pessoas vivendo nesta casa. Nunca morei em uma casa assim — nem em Roseville nem em Long Beach. Sempre tivemos apenas uma quantidade de cômodos suficientes para a nossa família, e a maioria das pessoas que conheço também é assim. Me pergunto como deve ser morar em uma casa com tanto excesso, como deve ser ter cômodos nos quais as pessoas sequer entram todos os dias. Será que ficam empoeirados? Acho que é para isso que a Grace serve.

A maioria das portas está fechada, mas há uma luz no final do corredor, e devagar sou atraída para ela, como uma mariposa. E quando chego lá, vejo Nico, as costas arqueadas em formato de C, observando um livro grande. Mas estreitando os olhos, vejo que não é algo sério como a obra completa de Liev Tolstói. Ou algo assim. Não, é *Harry Potter e a Pedra Filosofal*, uma versão ilustrada. E fico surpresa. Não se encaixa na imagem que criei dele na minha cabeça.

Me viro para voltar para a festa, meu pescoço um pouquinho quente. Mas então me interrompo. *Você consegue fazer isso. Ou pelo menos... você vai fazer isso, e vai descobrir sobre sua capacidade no caminho.*

Com uma súbita injeção de coragem, bato à porta, fazendo Nico erguer o olhar.

— Oi — digo, minha voz um pouco estrangulada.

— E aí? — ele responde, sorrindo. Um sorriso enorme. Encaro como um convite para entrar.

— O que você está lendo? — pergunto, embora eu saiba.

Nico me mostra a capa e então cora, o que estranho. Ele geralmente é tão confiante.

— Sei que é meio infantil.

— De jeito nenhum! Eu amava Harry Potter. Bem, ainda amo Harry Potter. São meus livros favoritos. — Estou falando demais, tentando fazê-lo se sentir melhor, porque eles certamente não são mais meus livros favoritos. Eu quase abro o bico a respeito das minhas fanfics de Harry Potter, mas por sorte tenho senso de autopreservação.

— Legal. Os meus também — diz ele.

— Exceto que... — Devo contar?

— Exceto que o quê?

— *Exceto* que eu gostaria que houvesse mais pessoas negras no livro. Dificultou minhas fantasias de Dia das Bruxas no ensino fundamental.

— Bem, a Hermione é negra em *Harry Potter e a Criança Amaldiçoada*. Eu assisti na Broadway há uns dois anos. E J.K. Rowling disse que Dumbledore é gay, não foi?

Eu o encaro de esguelha e Nico ri, alto e pleno, a cabeça tombando para trás. Me faz ficar ainda mais corajosa, e eu cubro a distância entre mim e a cama, me sentando na beirada.

— Os livros — ele continua, sem dar atenção ao fato de eu estar sentada na cama dele — são só... são só um conforto para mim. Eu os leio quando estou me sentido meio mal. E esses ilustrados... Você já os viu? São incríveis.

Nico se aproxima e se inclina para me mostrar a página que estava vendo. É Hagrid, inclinado sobre Harry, os rostos iluminados pela lareira enquanto Hagrid revela algo que mudará a vida de Harry para sempre. A ilustração é linda, mas também estou distraída pelo rosto lindo do cara que a está mostrando para mim. Seus cílios longos e lábios cheios. Seu cabelo perfeito. E, perto assim, posso ver uma cicatriz pequenininha acima de uma das sobrancelhas. Quero tocá-la com o dedo.

Começo a falar, para desacelerar meu coração:

— Me lembro da primeira vez que li esse livro... me impressionou muito, sabe, Harry ser especial assim. Ele tinha toda uma nova identidade esperando por ele. Quer dizer, sei que é um baita clichê, essa coisa de escolhido, mas foi tão incrível para mim na época.

Nico assente, puxando o livro de volta para o colo, mas não retorna para seu lugar original.

— J.K. Rowling me fez perceber que eu queria ser escritor. Eu queria escrever *como ela*. Mas, tipo, não saía por aí contando isso. Tenho uma imagem a zelar. — Balanço minha cabeça, e ele sorri. — Ela causou um impacto tão grande no mundo. Quero fazer isso. E ser famoso! Ser um escritor celebridade.

— Mas não *igualzinho* a ela, certo? — pergunto, procurando por algum reconhecimento no rosto dele. Nico pisca para mim. — Por causa de, você sabe... das coisas que ela disse. Arruinou grande parte da magia.

Nico só dá de ombros.

— Ela ainda é famosa.

Onze passos para se apaixonar **197**

Penso em dizer mais alguma coisa. Caroline e eu discutimos muito nossa raiva e corações partidos por causa dessa história, mas não quero pegar pesado e assustar Nico.

— Ei, qual é o seu livro favorito? — pergunta ele.

Então acho que meu rosto não estava denunciando o que se passou na minha mente. Decido fingir.

— *O Prisioneiro de Azkaban*.

— Boa escolha — diz ele, assentindo. Percebo que o livro está fechado agora e ele está concentrado só em mim. — O meu favorito é *O Cálice de Fogo*.

— Por quê? — pergunto, e então acrescento: — Não que haja algo de errado com isso. É muito bom. Só estou curiosa.

— É o livro em que as coisas começam a ficar sombrias, sabe? E Harry percebe que não é mais criança e que é parte de algo maior.

— Fica sombrio bem antes disso! O basilisco não foi sombrio o suficiente para você? E, hum, os pais de Harry terem sido assassinados?

— Mas não foi na frente de Harry! Voldemort matou Cedrico bem na frente dele. Aquilo sim foi sombrio.

Rio, e Nico me acompanha.

— Verdade, verdade.

Não sei se é a minha imaginação, mas ele parece estar mais perto agora. Seus joelhos estão tão próximos do meu quadril que sinto o calor deles.

— De que casa você seria? — pergunta.

— Não sei, acho que deveria haver mais misturas. Tipo, você não acha que é estranho dividir as pessoas em quatro tipos de personalidade? Quero dizer, em que mundo haveria apenas quatro tipos de personalidade?

— É, total.

— Mas eu cem por cento seria da Corvinal.

— Sonserina. — Ele sorri. E não estou imaginando. Ele com certeza está mais perto.

— Então, o que está rolando agora? — pergunto. — Pra você, hum, precisar do conforto de Harry Potter? — Tento manter meu tom firme, inocente, como se eu não tivesse espiado a conversa que ele teve com os pais.

Nico olha para baixo e inspira fundo, e temo ter calculado errado, temo ter arruinado o progresso que fizemos com essa conversa até agora. Sinto como se estivesse manobrando por um caminho com obstáculos. Mas então Nico volta a olhar para mim, olhos arregalados e vulneráveis.

— Meus pais são grandes apoiadores da arte. Eles na verdade ajudaram a fundar a Crisálida, sabia disso?

Balanço a cabeça e tento soar surpresa.

— Não. Uau.

Ele não precisa saber que eu ouvi tudo sobre os filhos dos fundadores.

— É, bem, é de se imaginar que seria uma coisa boa, porque, tipo, a maioria dos pais quer que os filhos sejam médicos ou advogados ou algo assim. Escola de arte nem é cogitada. Meus pais… eles são muito a favor, sim, mas… esperam que eu seja o melhor. Como se a arte fosse uma competição. E é muita pressão.

— Sinto muito, Nico — digo. — Mas você *é* tão talentoso. Espero que eles vejam isso. Aquele trecho que você compartilhou na aula ontem foi muito poderoso. Mal posso esperar para ler mais.

— Sério? — Um sorriso se espalha no rosto dele, mas então seus olhos ficam sombrios outra vez, provavelmente lembrando o que a mãe disse. — Enfim, não é o suficiente para

Onze passos para se apaixonar **199**

eles. Eu preciso ser escolhido para a festa de gala este ano para que minha mãe fique ao menos um pouquinho satisfeita.

— Você vai conseguir. Ninguém na sala é bom como você.

Ele está corando de novo, e isso faz o meu corpo inteiro se aquecer.

— Obrigado, Tessa — diz ele, a voz diminuta e doce, e de repente me dou conta de que estamos sozinhos no quarto dele. Sozinhos no quarto dele *em sua única cama*. As luzes estão baixas, os sons da festa estão distantes, como se estivéssemos na nossa própria bolha. Não é um closet, mas acho que é melhor. Nico Lucchese e eu estamos tendo um momento, igualzinho ao número quatro na lista de "felizes para sempre".

Tenho uma imagem embaçada na minha mente de Tallulah e Thomas no mesmo lugar que nós. Joelho contra joelho na cama dele, os lábios se aproximando mais e mais como ímãs, mas então eles se atracam, uma confusão de narizes tortos e dentes batendo. E então — *poof!* — eles se desintegram como todos os personagens legais naquele filme dos Vingadores que meu pai me fez assistir. Me dá dor de cabeça.

— Minha irmã mais velha era uma garota-prodígio da dança — continua Nico, me arrancando da minha quase inspiração. — Bem… ela é. Está estudando na Juilliard agora. Mas quando ela frequentava a Crisálida, era sempre escolhida para dançar sozinha no baile de gala de inverno. Mesmo no primeiro ano. Minha mãe esperava o mesmo de mim com a minha escrita. Me preocupo de nunca ser suficiente. Que nunca, hum, nunca consiga me igualar a tudo o que ela já fez. Isso faz sentido?

— Uhum. Isso deve ser muito difícil, viver à sombra dela. Eu… eu entendo.

— É? Você tem um irmão mais velho?

— Sim, mas não é a mesma coisa.

— Por quê? — ele pergunta, a voz divertida. — Ele estragou o próprio futuro?

— Não. Não, não. Meu irmão é uma pessoa com deficiência.

A expressão dele muda.

— Ah. Sinto muito — diz.

Nico pega a minha mão. E meu corpo fica um pouquinho confuso, dividido entre as palavras que odeio tanto e o fato de que ELE ESTÁ SEGURANDO A MINHA MÃO. Me tocando, de propósito, não só na minha imaginação.

— Você não precisa sentir muito — consigo dizer.

— Tenho certeza de que ele te ensinou tanto — continua Nico, apertando a minha mão. — Provavelmente é por isso que você é uma ótima ouvinte.

E sim, agora ele deu não uma, mas duas das respostas que eu mais odeio quando as pessoas descobrem sobre a situação do meu irmão. E ainda por cima tem toda aquela coisa da J.K. Rowling.

Mas… eu tiro isso da cabeça. É mais fácil assim. Tenho certeza de que tem a ver com a sensação de sua mão na minha, como se ele não segurasse só os meus dedos, mas todo o meu coração, todo o meu *ser*. Parece que as minhas entranhas estão fazendo uma dancinha cheia de chutes, rebolados e movimentos de ombro.

E talvez eu só precise superar as coisas que me incomodam. Talvez eu esteja sendo sensível demais.

Concentro-me em memorizar cada detalhe — as palmas macias da mão dele, o calo no dedo do meio por conta de segurar a caneta — para compartilhar com Caroline mais tarde. E usar tudo na história também, aquela que escreverei no final disso tudo.

Onze passos para se apaixonar **201**

Capítulo 23

— **E então o que aconteceu?** — Caroline pergunta.

Eu ligo para ela assim que chego em casa.

— Bem, nós conversamos mais sobre o romance que ele está escrevendo agora. E ele me mostrou alguns de seus antigos cadernos, de quando era jovem. Olha só: ele costumava escrever fanfics de Avatar quando estava no ensino fundamental!

— *A lenda de Aang* ou aquelas coisas azuis medonhas?

— *A lenda de Aang.*

— Ah, ufa! Você contou a ele sobre suas fanfics?

— Tá de brincadeira? Claro que não!

— Pô, ele te contou sobre as dele! Provavelmente acharia legal.

—Acho que não... Mas ele disse que eu deveria almoçar com eles. Que ele quer me conhecer melhor.

O gritinho de Caroline é tão alto que tenho certeza de que ela vai acordar Lola.

— Ai, meu Deus! Ai, meu Deus! Sou uma gênia!

— Você sempre vai falar que é uma gênia?

— Basicamente. De nada. Então, o que mais aconteceu? Ele, tipo, te jogou na cama e mandou ver?

— Não, a gente acabou voltando lá para baixo, e então encontrei Lenore. Ela estava… conduzindo uma fila de conga pela sala de estar, acho? Foi esquisito.

— Ela não dirigiu, né?

— Não… Lavon, o namorado secreto de Theodore, não estava bebendo, então levou todos nós para casa. Ela provavelmente vai ter que buscar o carro da mãe amanhã. Espero que não fique encrencada.

— Uau — diz Caroline, séria.

— O que foi?

— É só que… você sobreviveu à sua primeira festa de ensino médio. Estou tão orgulhosa. Eu literalmente me pareço com o emoji com olhos de estrela agora.

— Eu não apenas sobrevivi. Eu arrasei! — Rio, imaginando Caroline sorrindo para mim como um pai em dia de formatura. — E você nunca esteve em uma festa de ensino médio.

Agora ela está rindo também, mas a risada dela soa diferente da minha.

— Tessa, eu já fui a festas antes.

— Foi? Quando?

— Bem, fui à minha primeira quando fiquei na casa da minha madrinha…

— Mas isso foi em julho! Por que não me contou? — Minha voz fica mais alta.

— Foi logo depois que você se mudou, e você estava passando por muita coisa. Eu não queria chamar a atenção para mim. — Caroline deve ter ouvido como eu soei um pouquinho histérica, porque o tom de voz dela está mais suave agora.

Onze passos para se apaixonar 203

— Quero falar de você! Quero que me conte as coisas.

— É isso o que melhores amigas fazem, e se ela não está me contando coisas grandes assim, então a separação entre nós é maior do que eu pensava. — Desculpe, só fiquei surpresa, foi isso. Houve outras?

— Sim, uma com o Brandon. O Michael e a Olivia foram com a gente.

— Tipo, desde que a escola começou?

— Uhum.

— Ai, meu Deus, Caroline, é como se você tivesse uma vida secreta! Como é que você fez seu pai deixar?

Ela abaixa o tom de voz para um sussurro baixinho, como se ele pudesse ouvir pelas paredes:

— Falei para ele que estávamos estudando para a prova de Literatura Avançada... Tentando adiantar as coisas, sabe? E cheguei em casa às dez.

— Você se divertiu?

— Sim, nos divertimos.

Suspiro.

— Caroline, por favor continue me contando o que está acontecendo. Eu quero saber. E me desculpe se...

Ela me interrompe.

— Está tudo bem. Eu vou.

Então há um silêncio longo e esquisito que parece muito pesado — não gosto dele. E quero preenchê-lo para não ter que pensar no que significa. Mas Caroline deve ter tido a mesma ideia, porque começamos a falar ao mesmo tempo, uma por cima da outra. Nós duas rimos.

— Vá em frente — diz ela.

— Eu só queria perguntar qual é o próximo passo no plano. Tipo, acho que já fiz o número dois, o número quatro... talvez até o número três?

Caroline dá uma risadinha, mais baixa que antes. Ela deve estar ficando cansada.

— Bem, é fluido. Você não tem que seguir os passos em ordem. É por isso que o meu plano é tão brilhante. Vamos fazer uma estratégia depois que você almoçar com ele na segunda.

— Ok, parece bom. — Bocejo, e um segundo depois, ela também boceja. Sei que é bobagem, mas me faz sentir conectada com ela, mesmo que estejamos tão distantes.

— Esta noite com Nico deu tão certo. Você... você está com vontade de escrever?

— Ainda não.

Mas sei que é uma questão de tempo.

Capítulo 24

Quando saio na segunda de manhã, Sam não está ao lado do carro, como sempre, e depois de cinco minutos ainda não há sinal dele. Talvez ele tenha perdido a hora? Ou se distraiu fazendo alguma receita complicada?

Quer dizer, eu não quero perturbar, mas preciso saber logo se vou precisar arranjar outra carona. Espero alguns minutos antes de subir os degraus da casa dele e bater à sua porta — não muito forte, caso a mãe dele ainda esteja dormindo. Mas, para a minha surpresa, é ela quem abre a porta em vez de Sam.

Já vi Audrey Weiner na TV. Ela tem o próprio programa no Food Network, e tenho certeza de que ela foi até uma convidada de honra no *The View* uma vez, um dia em que eu estava em casa doente. Então, tipo, sei qual é a aparência dela e tal, mas vê-la em pessoa — aqui, do outro lado da rua — ainda é estranho. Em vez dos vestidos perfeitamente ajustados que geralmente usa, ela está usando um kimono floral rosa e vinho por cima de pijamas de bolinha, e seu icônico cabelo estilo chanel cacheado está puxado para trás por uma faixa grossa. É familiar, mas estranho. É como ver o Mickey fora da Disney.

— Ah, Tessa! — diz ela, os olhos se acendendo de reconhecimento. — Tão bom enfim te conhecer! Ouvi tanto de você pelo Sam e por sua mãe adorável.

Já moramos aqui há meses, mas Audrey Weiner e eu nunca nos encontramos pessoalmente — embora eu tenha tentado descaradamente vê-la desde que descobri que a mãe de Sam não era só a *mãe de Sam*. A propósito, ainda estou muito curiosa em relação a por que ela mora aqui em Long Beach, e nem sequer em uma das maiores casas da rua.

— Srta. Weiner, olá, sim, prazer em te conhecer.

Me sinto um pouco nervosa, como se estivesse na TV só porque ela é da TV.

— Ah, me chame de Audrey! — É, não acho que consigo fazer isso. — Você precisa vir jantar conosco em breve, em uma dessas noites em que eu não preciso trabalhar até tarde. Sei que Sam gosta muito de você. — Ela estende as mãos e aperta meus ombros, como se nos conhecêssemos há anos. — Estou tão feliz que ele encontrou uma amiga tão boa.

— Sim, jantar. Eu adoraria. É muita gentileza da sua parte. — Eu passo o peso do corpo de um pé a outro, desconfortável. — Na verdade, eu estava vindo aqui porque, hum, cadê o Sam?

Antes que ela possa responder, ele aparece na porta, atrás dela. Quase fico boquiaberta. Porque ele está… diferente. Muito diferente. Sam cortou o cabelo. Está curto agora, e o corte transformou o rosto dele completamente. O maxilar, que antes basicamente se escondia na sua cabeleira, é forte e bem-desenhado. Ele parece mais arrumado, de alguma forma mais confiante. Mas também ainda é Sam. É estranho.

Onze passos para se apaixonar **207**

— Você cortou o cabelo — digo, falando o óbvio.

— Sim, é o corte bianual dele — diz a srta. Weiner, e eu rio. Mas então paro imediatamente, vendo as bochechas coradas de Sam. Talvez não fosse uma piada.

— Você... Digo, ficou ótimo.

— Obrigado — responde ele, mostrando uma covinha. Mas então seu rosto fica sério. — Então, ainda vamos juntos?

Mas não soa sarcástico. É uma pergunta genuína e... há algo mais lá. A srta. Weiner olha de um para o outro, a testa franzida.

— Hum... eu achei que sim — respondo devagar.

— Ok, beleza. Ok — diz ele, os olhos estreitos como se estivesse resolvendo um problema complexo de matemática. — Eu pensei que... eu estava preocupado, não sei, de você ainda estar brava comigo ou algo assim. Eu estava...

— Você estava o quê?

— Não sei. Só, hum, é... Não é nada. Esqueça.

O rosto de Sam fica muito vermelho, e agora a srta. Weiner nos olha como se tentasse esconder um sorriso.

Sam pega as suas coisas.

— Vamos — fala.

Estamos no carro, descendo a Pacific Coast Highway quando ele recomeça o assunto, os olhos fixos na estrada em vez de olhar para mim.

— Então, estamos bem?

— Sim, estamos bem — garanto a ele.

Eu não havia percebido que isso era tão importante, que ele ligava tanto. Acho que nunca tive alguém confirmando se estávamos bem tantas vezes, exceto talvez minha mãe.

— Desculpe se estou sendo irritante — diz Sam, esfregando a bochecha. Ele me dá uma olhadinha rápida. — Só queria garantir porque… gosto de ser seu amigo.

Meu corpo inteiro se aquece.

— Também gosto de ser sua amiga.

Sentar com Nico e os amigos dele não me torna uma amiga ruim para Sam. É isso que estou dizendo a mim mesma quando saio para o almoço. Mas e se Nico estivesse bêbado ou algo assim quando me chamou para sentar com seus amigos — ou, tipo, fosse uma piada? E se ele acordou na manhã seguinte e imediatamente se arrependeu de ser tão legal com o caso de caridade: eu. E se eu imaginei seja lá o que houve entre nós.

Me sento na minha cadeira de balanço de sempre, entre Theodore e Lenore, feliz por estar aqui com meus amigos e não precisar me preocupar. Mas quando ergo a cabeça, Nico está protegendo os olhos do sol e olhando para mim. Ele começa a acenar para que eu vá até lá.

— Hum, Tessa? — diz Lenore.

— Você está vendo aquilo?

— Uhum.

— Então não é uma miragem?

— Não. — Ela ri. — Acho que ele quer que você vá até lá.

Theodore levanta a cabeça com vago interesse. Por sorte, Sam ainda não chegou.

— Tudo bem… devo fazer isso?

— Sim! Vai lá, mana! — Lenore dá um tapinha na minha bunda quando me levanto, como uma treinadora me enviando para um jogo importante.

Enquanto cruzo o gramado, sinto que todos os olhares estão sobre mim, mesmo que obviamente não estejam. É só um almoço. Por que estou dando tanta importância para isso?

Mas enquanto me aproximo do lugar deles, parece uma coisa enorme, meu coração batendo um milhão de vezes por hora enquanto tento imaginar tudo o que pode acontecer.

— Ei! — diz Nico, me dando um sorriso sonolento. — Seus amigos são bem-vindos também.

Olho para Lenore e Theodore, só para ver as cabeças deles espichadas e os dois de repente desenvolvendo um interesse intenso na lata de água com gás de Lenore. Acho que tê-los me observando tão de perto só me deixaria mais nervosa.

— Não, eles estão de boa.

Rhys acena, e Grayson, se apoiando nos cotovelos todo descolado, meneia o queixo na minha direção.

— E aí.

Beleza, vai ficar tudo bem. Talvez eu esteja me estressando à toa. Mas então Poppy, sem sequer esconder seu desgosto, me olha de cima a baixo e então se vira para Nico.

— O que ela está fazendo aqui?

— Ela é minha amiga — diz Nico, dando de ombros.

— Desde quando? — pergunta Poppy. A voz dela está gelada, e os lábios franzidos.

Grayson diz "Opa!" e inclina a cabeça para trás, e Rhys me observa com um pouco mais de interesse. Nico não parece nem um pouco incomodado. Ele pega a mão de Poppy e a puxa para que ela fique de pé.

— Um segundo, Tessa. Nós precisamos conversar rapidinho — diz ele.

Eles vão até o limite do gramado, ao lado da calçada, e Nico entrelaça os dedos nos de Poppy e a puxa para um abraço apertado. A cabeça dela se encaixa perfeitamente sob o queixo dele. Eu desvio o olhar.

— Agora me lembro de você na festa — diz Grayson, assentindo. — Você e aquela outra garota negra foram juntas.

Acho que tecnicamente nada do que ele disse é incorreto, mas me irrita mesmo assim.

— O nome dela é Lenore. E, sim, estávamos lá — respondo.

Rhys estala os dedos.

— Ei, é, eu me lembro de ver você também, descendo as escadas com o Nico. O que exatamente vocês dois estavam fazendo lá em cima? — Ele balança as sobrancelhas.

Dou de ombros.

— Conversando sobre Harry Potter.

— Ah — diz ele, parecendo desapontado. — Bem, que bom, acho, que ele encontrou alguém para falar sobre os assuntos nerds dele. — Rhys tira o celular do bolso, e tenho certeza de que está apenas olhando o próprio reflexo na câmera, pela forma como ajeita o cabelo.

— Ok, bem, acho que já vou — digo, me levantando. Isso não está acontecendo como imaginei.

— Tessa! — Nico chama, voltando para o grupo. O sorriso dele está tão grande quanto antes, o que é um forte contraste com Poppy, que está a alguns metros atrás dele. Ela me lança um olhar mortal antes de ir na direção do prédio. — Desculpe por isso — diz ele, se sentando, e não consigo evitar acompanhar. — Ela só… — Ele gesticula como se espantasse uma mosca. — Está chateada com alguma coisa, mas vai superar quando você vier aqui amanhã.

Não deixo de notar os olhares que Rhys e Grayson trocam entre si.

Onze passos para se apaixonar 211

— Posso te perguntar uma coisa? — O rosto de Nico fica um pouco mais sério, sombrio, até.

Você pode não vir almoçar com a gente amanhã? Porque minha namorada, com quem com certeza estou, sabe o que você está aprontando, e nós dois não queremos fazer parte desse seu plano desesperado.

— Claro.

— O que é manjar turco? — pergunta Nico, relaxando ao meu lado. Isso definitivamente não é o que eu estava esperando. — Estive pensando nisso a manhã inteira. Você leu As Crônicas de Nárnia, né? É claro que leu. Eles falam sobre o manjar turco como se fosse uma coisa que todas as crianças sabem o que é. E deve ser bom pra caralho para fazer o Edmundo agir como um babaca.

É óbvio que ele está tentando amenizar o clima, e funciona. Eu rio.

— Acho que podemos olhar isso no Google, mas eu sempre imaginei uma coisa tipo… bolo? — digo.

— Talvez bolo com uma coisa extra — ele diz, imitando um baseado.

O horário de almoço melhora a partir daí, Nico e eu entrando na mesma conversa fácil que tivemos no sábado à noite. E Rhys e Grayson não são tão babacas quanto pensei. Rhys me faz várias perguntas sobre o norte da Califórnia, ainda interessado quando digo que há uma grande diferença entre Roseville e San Francisco. E Grayson se oferece para jogar meu lixo fora no final do almoço, o que é bem legal.

Ao final, eu quase me esqueço da pequena interação com Poppy. Ou pelo menos faço o melhor para tirá-la da minha cabeça, porque ela com certeza estava irritada — o que, no fim das contas, calhou de me ajudar.

O fato de a minha história de amor só existir se acabar com a história de amor de outra pessoa me torna uma pessoa horrível?

E se mesmo assim eu quiser continuar o plano, isso me torna uma pessoa horrível?

Capítulo 25

— **Você vai se sentar com a gente hoje** ou está indo para seu convite de almoçar com a realeza da Crisálida? — pergunta Theodore, arrastando a cadeira para perto da minha.

Temos História Americana juntos na aula do sr. Gaines, que foi do superanimado rap do *Hamilton* no primeiro dia para só colocar filmes vagamente relacionados à história americana enquanto fica sentado à mesa. Então nem precisamos disfarçar.

— Ei! — digo num meio sussurro, meio grito.

Os lábios de Theodore se curvam no mais sutil dos sorrisos para deixar claro que está brincando. Mais ou menos.

— Só quero saber se você vai nos agraciar com sua presença. Não que eu ligue.

— Você fala como se eu nunca mais fosse me sentar com vocês! — Isso na verdade sai como um grito de verdade, e o sr. Gaines nos lança um olhar sério. Nós dois voltamos a atenção para a frente, fingindo prestar atenção ao filme.

Comecei a me sentar com Nico e os amigos dele dois dias por semana. No máximo três. O suficiente para entender o ritmo deles e sentir a energia dessas pessoas que eu costumava só observar de longe. Como Rhys e sua criação constante de vídeos "casuais" para os stories do Instagram ou para o YouTube (acho que ele é meio famoso lá), embora ele os grave pelo menos quatro vezes. E o jeito de falar de Grayson, temperado com uma quantidade embaraçosa de gírias (tipo, "Sem zoa, esse vestido é iradaço, Tess!"), mas de alguma forma só quando está conversando comigo.

E Nico. Ele toma suco verde todo dia, daquele tipo saudável mesmo, com todos os tipos de vegetais. Ele não gosta de usar meias porque faz seus pés ficarem claustrofóbicos. Às vezes ele gosta de ficar quieto, deitado ao sol da tarde como um lagarto descansando sobre uma pedra, suas pálpebras cansadas pesando com seus longos cílios. E ele também constantemente garante que eu não me sinta deixada de lado, sempre pedindo a minha opinião sobre coisas e fazendo referências obscuras a Harry Potter que só eu entendo. Me pego catalogando cada informação como se estudasse um pássaro raro.

É incrível ser aceita no círculo deles, ser alguém por quem Nico procura no gramado. Mas Lenore cimentou sua posição de amiga que quero manter para sempre no dia em que a conheci, e Theodore e Sam se tornaram igualmente indispensáveis. Não tenho interesse em largá-los por um novo grupo de amigos ou jogar fora o presente que é a amizade deles.

— Desculpe se estive passando muito tempo com eles — digo quando o sr. Gaines se distrai de novo. — Isso não é legal.

— Você não tá — diz Theodore rapidamente, deixando escapar um ronquinho que é quase uma risada. — Só estou implicando contigo por diversão. Talvez eu só esteja um pouco amargurado porque você tem se sentado com a minha inimiga.

Onze passos para se apaixonar **215**

— Sabe, tenho certeza de que Poppy não faz ideia de que é sua inimiga — digo, e Theodore revira os olhos. — E não estou me sentando *com* ela. Ela provavelmente me odeia tanto quanto você a odeia.

Mesmo contra a minha vontade, estou conhecendo Poppy também. Ela leva um pote de iogurte grego todos os dias, embora todos eles reclamem do cheiro, e, quando chega outubro, ela é o tipo de garota que usa jaquetas de pelo falso e meias sob seus Birkenstocks, mesmo que esteja fazendo um milhão de graus. E também aprendo sobre sua incrível habilidade de ignorar minha presença mesmo a apenas alguns metros dela.

— Bem, isso é porque você está tentando roubar o namorado dela — diz Theodore com simplicidade.

Meus olhos arregalam e minha boca escancara.

Antes que meu cérebro comece a entrar em um turbilhão de pensamentos, ele aperta meu braço rapidinho — algo que nunca fez — e me olha bem nos olhos, outra coisa rara.

— Ei, não estou julgando. Não há vergonha em ir atrás do que você quer.

Sorrio para ele.

— Bem, agora que dissecamos minha vida amorosa todinha, vamos falar da sua. Sabe, eu conversei com Lavon durante…

— Ah, cala a boca — diz ele, me dispensando e voltando a cadeira para o lugar original. — Por que não vai se sentar com a minha inimiga hoje? Tenho certeza de que vocês duas vão ser muito felizes juntas.

Então tenho a benção de Theodore, e Lenore é a favor do Plano Consiga o Seu Homem, como ela o chama. Ela praticamente me empurra para Nico no almoço e quando o encontramos no corredor.

Mas Sam *nunca* toca no assunto. Eu geralmente sequer o vejo lá fora quando estamos sentados no gramado. Quando perguntei a ele uma vez, ele disse que está ocupado trabalhando na cozinha com Giancarlo. Parece que eles resolveram o drama do *mise en place*.

E esse é o motivo de eu ficar surpresa quando ele se aproxima uma tarde, parecendo determinado. Veste uma camisa havaiana, como sempre, mas está usando jeans escuros que lhe servem bem. Percebi os jeans esta manhã assim que saímos do carro. Eles fazem a roupa boba dele parecer quase aceitável.

— Weiner! — Grayson chama quando o vê se aproximando, e é quase imperceptível, mas vejo Sam se encolher.

— Oi, Sam — digo, mais animada que o normal, tentando compensar.

— Desculpe, eu não quero incomodar vocês...

— Você não está incomodando — eu o interrompo, firmemente. — Você quer se sentar?

— Junte-se a nós, cara! — diz Nico, estendendo o braço. Não olho ao redor para ver as expressões dos outros, porque se eles têm um problema com isso, eu não quero saber.

— Estou de boa — diz Sam, acenando. — Eu só queria falar com você, Tessa. Tudo bem se pararmos algumas vezes na nossa volta pra casa? É para um dever.

— Sim, com certeza.

— Na *nossa* volta pra casa, hum? — Poppy pergunta depois que Sam se afasta. — Você e Weiner fariam um casal fofo, Tessa. Deveria dar uma chance pra ele. Acho que os dois seriam *muito* felizes.

Onze passos para se apaixonar 217

Poppy nunca dirigiu tantas palavras a mim, e isso me confunde por um momento. Mas então Nico fala antes que eu possa pensar em uma resposta.

— Eles são só amigos. — Talvez eu esteja imaginando coisas, mas ele soa um pouco irritado. Ele olha para mim em busca de confirmação, e seu olhar fica em mim por meio segundo a mais que o necessário.

Quando estou voltando com Sam mais tarde depois da escola, quero muito pensar naquela pequenina — mas *significativa* — interação com Nico, quero dissecar exatamente o que aquele olhar quis dizer. Mas não posso ligar para Caroline na frente de Sam, e não quero enviar um textão para Lenore. Mas, por sorte, as paradas de Sam oferecem uma distração fácil.

— Isso é dever de casa? — pergunto quando paramos em frente a um prédio branco e rosa-chiclete no Atlantic, não muito longe das nossas casas. Uma placa de cupcake girando esclarece o que nos espera lá dentro.

Sam sorri, mostrando sua covinha.

— No meu laboratório, sim. O que você acha de provar algumas sobremesas?

— Bem, *acho* que posso te ajudar. Se for *preciso*.

— Você é uma verdadeira santa.

Lá dentro há prateleiras de vidro cobertas não apenas com cupcakes, mas cake pops, tortinhas e macarons. Sam pede um pouco de cada, e então nos sentamos à uma mesinha, partindo cada guloseima ao meio. Enquanto dou uma garfada em um cupcake de chocolate com muita cobertura, percebo que, visto de fora, isso deve parecer um encontro.

— O que você acha deste? — Sam pergunta, me observando depois que provo.

— Posso me casar com um cupcake?

Ele ri.

— É, eu acho que a cobertura de cream cheese com manteiga de amendoim e caramelo salgado equilibra a doçura da ganache de chocolate.

Sam toma notas em seu caderno, e eu me vejo observando-o da mesma forma que fiz quando ele estava cozinhando em casa, com o coração acelerado. Não sei por que, já que é apenas Sam — acho que talvez seja porque, bem, é um privilégio ver alguém tão apaixonado por sua arte. Me faz sentir falta do que eu costumava ter.

Acho que encarei um pouquinho demais, porque ele levanta a cabeça e arqueia a sobrancelha.

— Eu estava só pensando como você tem o melhor dever de casa que já existiu. Talvez eu precise trocar de laboratório — digo.

— Sim, e não acabamos ainda.

A parada número dois é em uma sorveteria a alguns quarteirões de distância.

— Ok, acho que devíamos pedir uma amostra aqui — diz Sam quando estamos na fila, esfregando as mãos enquanto observa o arco-íris de opções. É meio fofo como o maxilar dele se retesa e ele fica todo sério, como se estivesse decidindo qual cor de fio cortar em uma bomba prestes a explodir.

— Há opções sem lactose?

— Ah, não — diz ele, parecendo em pânico. — Você é alérgica?

Tento descobrir qual seria a maneira educada de explicar para um garoto que sorvete, especificamente, me faz peidar muito. Mas então percebo que, dã, é só o Sam, e digo a ele exatamente isso. Ele se dobra de tanto rir, totalmente alheio à mulher de cabelo branco à nossa frente, que se vira e nos encara mortalmente, balançando a cabeça.

Onze passos para se apaixonar 219

Quando chegamos na frente, a garota sardenta atrás do balcão nos oferece colherzinhas para testar cada sabor, e Sam considera cada um com cuidado, como se estivesse tomando vinho em um restaurante chique.

— Ah, vocês *precisam* provar este aqui — diz a garota, nos oferecendo outra colher. — É nosso sabor mais popular: Crack de Long Beach.

Sam a aceita alegremente, mas eu torço o nariz e dispenso.

— Vamos, Tessa! Você precisa provar. É incrível!

— Tem pedaços de caramelo dentro, feitos de, hum, biscoitos Ritz — a garota explica. — É tãããão viciante, não é? Daí vem o nome. Entendeu? — Ela deixa escapar uma risada aguda, como um sininho.

— Não, obrigada — digo com um sorriso contido, e quando Sam me lança um olhar questionador, eu aponto com a cabeça na direção da porta.

Quando Sam enfim decide os sabores — três sorvetes normais e três sem lactose (nossos narizes ficarão agradecidos) —, nos sentamos do lado de fora e ele menciona imediatamente:

— Você pareceu desconfortável… sobre provar o sorvete. Sei que você não queria muito dos sabores com leite por causa do, hum… — Ele faz sons de pum, o que é muito pior do que dizer a palavra. Mas faz nós dois rirmos. — Você provou os outros, então não sei, havia alguma coisa sobre aquilo…

— Eu só odeio quando pessoas... tudo bem, pessoas *brancas*... fazem piada sobre crack. Faz sentido? Tipo, só porque você não consegue parar de comer chocolate ou sei lá o que não significa que você deve comparar seus problemas com uma epidemia que destrói a vida das pessoas. É tão insensível.

A testa de Sam franze enquanto ele assente e pensa no assunto. Ele sempre parece se concentrar em tudo que eu digo, na verdade — como se cada palavra que eu dissesse fosse importante. É legal.

— Provavelmente é meio bobo me importar com isso, porque são só palavras, mas...

— De jeito nenhum. — Sam se levanta, um olhar determinado no rosto. — Sabe, a gente devia dizer alguma coisa.

Agarro a mão dele, puxando-o para baixo, meu pescoço em chamas.

— Não! Não, não. Não deveríamos nada.

Por sorte, Sam torna a se sentar. E também aperta a minha mão uma vez antes de soltá-la. Provavelmente um reflexo. As bochechas dele ficam coradas.

Depois de um silêncio bastante desconfortável, ele pigarreia.

— Então, hum, como vai o seu plano? — pergunta.

É a minha vez de corar.

— A gente devia falar disso? — Estou preocupada de repetir o desentendimento de antes, mesmo que por fim tenhamos resolvido.

— É, melhor não. — Ele suspira. — Só estou curioso se você voltou a escrever.

— Não — admito. — Mas talvez em breve... pelo menos eu espero que sim. — Penso de novo em Sam escrevendo no seu caderno na última parada. — Sinto falta, sabe? Enquanto crescia, eu costumava sempre carregar um caderno por aí, para poder usar qualquer tempo livre. E eu acordava no meio da noite com as palavras flutuando na minha cabeça, e corria para escrever. Era, tipo, uma constante minha. Eu amava escrever. Ou amo, acho, no presente... pelo menos eu espero. Me fazia muito feliz. — Para a minha surpresa, meus olhos estão marejados. Espero que ele não perceba.

Onze passos para se apaixonar   221

— Bem, então vai voltar. Você não perde algo que ama desse jeito — diz Sam suavemente. Não sei como ele pode soar tão certo sobre algo do qual definitivamente não tem certeza.

— Só porque eu amo uma coisa não significa que sou boa nela. Talvez seja importante eu estar aprendendo isso agora.

Ele balança a cabeça.

— Mas não estamos falando sobre você ser boa em escrever. Só estamos falando de você *escrever* e ponto. São duas coisas diferentes.

— Não na Crisálida. Preciso ser boa para continuar na escola... e não só boa, na verdade: incrível! Não há motivo para escrever se a minha escrita não for incrível.

Sam parece que vai dizer alguma coisa, mas meu celular toca, interrompendo-o. Minha mãe está agitada quando atendo.

— Onde você está, Tessa? Preciso sair em cinco minutos para o clube do livro, e lembre-se que seu pai tem um jantar com um cliente que vai terminar tarde.

O clube do livro. Eu me esqueci completamente. Em uma tentativa de sair mais, minha mãe se juntou a um clube do livro com outras mães de adolescentes com deficiência. Na verdade, penso mais nele como um clube de drinques, porque ela sempre chega em casa tarde em um Uber, de muito bom humor. Me ofereci para tomar conta de Miles para que ela pudesse ir esta noite. E consigo ver que se sente um pouquinho culpada por me pedir isso.

— Ai, meu Deus! — Me sinto péssima. — Desculpe, mãe. Vou chegar daqui a pouquinho.

Olho para Sam. Não sei se é por causa do açúcar, mas não estou pronta para esta tarde — esta noite — terminar.

— Ei, quer passar um tempinho com Miles e comigo?

Quando chegamos em casa, minha mãe e Miles estão esperando na sala de estar. Ela pega a bolsa, beija Miles no topo da cabeça e começa a dar instruções.

— Então, seu pai não deve voltar para casa antes das nove, e eu voltarei depois disso. Se você estiver de acordo. Você ainda está de acordo?

Assinto.

— É claro, mãe.

Ela ainda parece incerta. As coisas têm sido boas entre nós recentemente, e dá pra ver que ela tem hesitado em pedir muito, em pesar a balança para o lado errado. Mas não quero que meus pais pensem que vejo tomar conta de Miles como um peso — porque não vejo assim. Então eu a abraço e tento dizer na voz mais tranquilizadora:

— Vai lá, mãe. Divirta-se.

— Tá bom. — Vejo os ombros dela relaxarem um pouco quando ela inspira fundo. — Você não precisa ajudar ele a tomar banho. Seu pai o ajudou ontem, e, para o jantar, deixei dinheiro na bancada da cozinha. Vocês podem pedir uma pizza...

Ela para e olha para Sam, os olhos arregalando como se fosse uma personagem de desenho animado. Mas então a risada de Miles soa pela sala, contagiante como sempre. Logo, todos estamos rindo.

— Podemos pedir só metade pepperoni desta vez, Miles? Sem ofensa, mas eu não sou muito fã — diz Sam.

E isso faz Miles rir ainda mais, dizendo "Aquela foi boa, né?" entre os risos histéricos.

Sam e Miles acabam se dando muito bem, trocando piadas em nosso jantar de pizza (metade pepperoni, metade champignon com azeitonas). Acho que em grande parte é porque Sam fala com Miles normalmente, não da manei-

Onze passos para se apaixonar   223

ra alta e devagar que a maioria das pessoas usa — como se Miles fosse um bebê ou tivesse dificuldade em ouvir. Quer dizer, ele tem dificuldade em ouvir, mas é para isso que servem seus aparelhos auditivos. Ele ouve muito bem quando os usa e não precisa que as pessoas gritem ou estendam cada sílaba. Sam entende isso sem que eu precise explicar.

Além disso, ele não espera minhas instruções. Até Caroline faz isso às vezes, e ela conhece Miles desde sempre. Mas Sam ri das piadas do meu irmão sem olhar para mim em busca de confirmação primeiro, e se não entende algo que Miles diz, pergunta para ele e não para mim. São pequenas coisas, sim, mas que fazem a diferença.

E quando Miles vai para o computador para assistir a vídeos do Dream Zone no YouTube depois do jantar, Sam nem se incomoda com a voz alta e desafinada do meu irmão cantando junto com "Baby I'll Give You (All of Me)". Em vez disso, ele puxa uma cadeira e presta atenção na tela.

— Ei, eu me lembro desse grupo. Eles ainda estão juntos?

— Dream Zone. Eles são a melhor banda que já existiu. Eles não tocam mais, mas sempre estão por aí — diz Miles, animado. — Eles vão se reunir em breve, não é, Tessie?

— Isso é bastante improvável, mano.

— Pode acontecer — diz ele, os olhos focados no vídeo que já viu um milhão de vezes. O reflexo brilha nos óculos dele.

— É, nunca diga nunca — concorda Sam. — Tem um grupo que minha mãe gostava nos anos 1990 que se reuniu e formou essa… não sei, superbanda ou algo assim com outra boy band? Enfim, eles fizeram uma pequena turnê no verão passado. Então com certeza pode acontecer, Miles.

— Viu? — diz Miles, um sorriso brilhante tomando conta de todo o seu rosto.

O vídeo que ele está assistindo termina e outro da fila começa: "Together Tonight".

— Ah, essa é a música favorita da Tessie! — grita Miles, pulando da cadeira.

Reviro os olhos.

— Não é não.

— É sim — insiste ele. — Tessie, você aaaaaama essa música. Ela ama sim, Sam. Ela sabe toda a letra e sabe até a coreografia.

É verdade. Caroline e eu uma vez passamos o verão inteiro estudando o clipe e aperfeiçoando cada pulo, cada batida de palmas e movimento de quadril.

Sam olha para mim, sorrindo.

— Ah, é?

Penso em mentir. Quer dizer, eu mentiria para provavelmente qualquer outra pessoa. Mas algo me faz decidir não fazer isso. Talvez seja porque sei que Sam não vai me julgar. E mesmo que julgue, quem liga? Não estou tentando impressionar ele nem nada.

— Culpada — admito, dando de ombros.

— Ai, meu Deus. — Ele ri. — Preciso ver isso.

E é assim que eu acabo cantando "Together Tonight" e fazendo a coreografia com Miles enquanto Sam observa, alternando entre se curvar de tanto rir e parecer um pouco impressionado.

As palavras e os movimentos voltam para mim facilmente, como se estivessem permanentemente integrados ao meu cérebro. E devem estar, considerando a frequência com a qual eu ouvia essa música.

Onze passos para se apaixonar   225

Ah, eu estive sonhando com uma noite desse jeito
Garota, posso ver a eternidade no s-s-seu beijo
Não briga comigo, esquece o mundo
E vamos passar esta noite juntos

Em algum momento do segundo refrão, Sam se levanta e tenta dançar com a gente: três batidas de palmas enquanto pula para a direita, empurra e então um giro e um passo grande para a frente. Ele fica tropeçando, não sabe o que fazer com seus braços longos e não consegue acompanhar a batida não importa o quanto tente — e sei que está tentando muito porque o rosto se contorce todo de concentração e ele morde o lábio inferior. Sam está ridículo, mas não se importa. E sei que estou ridícula, mas *não* me importo. O que é estranho, porque eu *sempre* me importo. Mas não há ondas de calor no meu pescoço. Não me importo de estar cantando alto demais ou como Sam deve me ver. Não me sinto nada envergonhada. Mesmo quando me empolgo um pouco demais com os movimentos e acidentalmente bato meu quadril no dele e Sam me agarra pela cintura, me apoiando — estou *bem*. Perfeitamente bem.

Quando a música termina e enfim nos sentamos, rindo e ofegantes, Miles olha Sam de cima a baixo.

— Ele se parece com o Thad. O Sam parece muito com o Thad. Você não acha, Tessie?

Com as calças apertadas e o novo corte de cabelo, acho que meio que dá para ver do que Miles está falando, mas nem tanto. Thad tinha cabelos loiros e olhos verdes intenso, e ele fazia o papel de "cara apaixonante" da banda: o equivalente ao Justin Timberlake, só que no Dream Zone. Mas por mais que Sam tenha as mesmas características físicas e seja bonito — *objetivamente falando* —, ele não é como o Thad.

— Sim, parece sim! — insiste Miles, falando mais alto. — É por isso que você gosta dele, hein? É por isso que você gosta do Sam?

Tudo bem, talvez eu esteja um *pouquinho* envergonhada agora.

— Como amiga, Miles. Gosto dele como amiga.

Sam olha para mim — seus olhos meias-luas e seus lábios curvados em um sorrisinho —, e isso faz algo estranho com a minha barriga. Desvio o olhar.

Acordo com um leve lampejo de... algo escavando a borda do meu cérebro. Não tenho essa sensação há algum tempo, mas a reconheço. É tão familiar para mim quanto respirar.

Vejo Tallulah e Thomas parados lá: as mãos dele estão em seus cabelos, os braços dela estão em volta de seus ombros fortes e os lábios estão abertos, prontos para talvez dar a Thomas uma resposta às suas declarações do lado de fora do café.

Mas quando enfim pego meu notebook de debaixo da minha cama (quase caindo de cabeça no chão no processo), Tallulah permanece em silêncio, sua boca escancarada como a Ariel em *A pequena sereia* quando tem a voz roubada pela Úrsula. E então Thomas desaparece completamente. E Tallulah também começa a desaparecer.

Fico acordada por um tempo, esperando que a cena volte para minha cabeça, mas acabo caindo no sono sem nada.

Capítulo 26

Caroline quer que eu leve as coisas ao próximo patamar.

— Digo, entendo que almoçar com Nico seja muito emocionante e tal, mas esse não é o ponto aqui — ela me repreende por telefone uma noite. — Tipo, não vou mentir, você está tentando escrever sobre amor, e conversar com ele enquanto come sanduíche de manteiga de amendoim com geleia e a namorada dele observa não está nem um pouco perto disso.

Eu quase conto a ela sobre os "quases" que tive, mas há mesmo alguma coisa para contar? "Eu quase escrevi"? "Tive uma ideia para os meus dois personagens… de pé se encarando"? Isso apenas provaria que ela está certa.

— Está progredindo! Sinto que está progredindo. O jeito como ele me olha… é como se nós tivemos um… não sei, um segredo ou algo assim. Tipo, há todas essas pessoas no gramado durante o almoço, mas eu sou a única com quem ele quer conversar às vezes.

Caroline me interrompe.

— Você está se sentando com ele, sim, mas precisamos que você sente *nele*, sabe do que eu estou falando? — Quase posso ouvir as sobrancelhas dela subindo e descendo sugestivamente.

— Caroline! — grito.

— Na cara dele, de preferência.

— Caroline!!!

Ela não consegue me ouvir enquanto ri. A risada dela é contagiante, e não posso evitar rir também; embora eu me sinta igualmente mortificada e... cativada.

— Há quanto tempo você estava planejando essa frase? — pergunto quando nos acalmamos.

— Faz um tempo.

Reviro os olhos e torno a sentar na cama, espremida entre meu travesseiro macio de leitura e meu notebook. Eu ainda o mantenho aqui, embora não esteja escrevendo, porque é onde sempre esteve, pronto para receber minhas ideias no meio da noite. Não parece certo colocá-lo em outro lugar.

— E o Dia das Bruxas? Cai em um sábado este ano, e isso é praticamente o universo te jogando um osso, porque você sabe que seus pais vão te deixar ficar fora até mais tarde. Ele te convidou para alguma coisa?

— Não sei... Acho que vou sair com Lenore, Sam e Theodore. A gente estava falando de sair para comer e então assistir a uns filmes na casa do Sam talvez...

— Que chato!

De repente, fico na defensiva.

— Na verdade, a casa dele é bem legal...

— Ok, tá, mas ficar na casa do Sam Camisa Havaiana não vai te aproximar do seu "felizes para sempre".

— Você sabe que ele não usa só camisas havaianas.

— *Mesmo assim*, você não pode desperdiçar um feriado mágico com o Sam.

— O Dia das Bruxas é mágico? Acho que os filmes do Lifetime são todos sobre o Natal.

— Tanto faz. Olha. Tenho algumas opções para você. — Posso ouvir o som dos dedos dela digitando febrilmente. — Parece que tem uma coisa rolando chamada Pa's Pumpkin Patch em Long Beach, e pode ser que tenha uma roda-gigante. Você sabe onde é isso? Pode pedir para o Sam te levar lá de carro para ver se tem a roda-gigante, ou devo ligar para eles e deixar uma mensagem?

— Caroline. Não deixe mensagem para ninguém.

— Se for fora de mão — continua ela, me ignorando —, então há também uma roda-gigante em um lugar chamado Pike. Você poderia levar o Nico até lá...

— O quê? Tipo, atraí-lo para uma roda-gigante? Seja lá quais forem os planos dele, serão com a Poppy. As chances de a gente ficar sozinho são praticamente nulas.

— Ah, sim. — A voz dela soa um pouquinho derrotada, e eu também sinto isso. Mas é uma dose necessária de realidade. A linda e perfeita Poppy estará onde quer que Nico esteja. Porque ela é a namorada dele.

— Você já pensou na sua fantasia? — pergunta Caroline, mudando de assunto.

— Ainda não. Não tenho minha parceira no crime!

Caroline e eu sempre levamos as fantasias muito a sério, mesmo que nossos planos não passassem de assistir a *Abracadabra* e comer muitos doces em casa com Miles (nessa época, ela não achava que era chato). Ano passado foi o nosso melhor: Cher e Dionne daquele filme antigo, *As Patricinhas de Beverly Hills*. Eu fui a Cher e ela a Dionne porque são nossas personagens favoritas, e ninguém entendeu por que eu não era a personagem negra, mas não importa.

— Brandon e eu não conseguimos decidir. Primeiro estávamos pensando em Archie e Veronica, mas provavelmente todo casal da festa em que vamos vai estar vestido assim. Então estávamos pensando em algo mais obscuro, tipo, talvez Elliot e Gertie de *E.T. – O Extraterreste* ou aquele cara magrelo de bandana e o Elliot Page em *Juno*, mas meu pai provavelmente vai ter um ataque se me vir andando pela casa parecendo grávida...

Começo a me desligar enquanto Caroline fala de suas ideias.

— Qualquer um desses parece ótimo! Vocês dois vão ficar muito fofos. Ei, seus pais já deixaram você passar o fim de semana aqui no mês que vem? Os voos de Sacramento para Long Beach são bem baratos, e meus pais disseram que podem pagar metade do valor.

— Hum... sim. Levou um tempo, mas eles deixaram.

— Ah, ótimo! — Não posso evitar fazer uma dancinha na minha cama. — Vai ser tão bom te ver pessoalmente de novo. Estou começando a esquecer que há um corpo inteiro preso à sua voz.

— É, ainda tenho braços e pernas e uma vida inteira acontecendo aqui.

— Talvez você possa até conhecer o Nico. Devemos começar a planejar agora para garantir que aconteça?

— Claro.

A voz dela soa... esquisita. Como se ela não estivesse tão animada quanto eu para essa viagem. Começo a me sentir estranha, mas digo a mim mesma que provavelmente estou só imaginando coisas.

Onze passos para se apaixonar 231

* * *

Como se invocada por Caroline, a conversa sobre o Dia das Bruxas surge no dia seguinte na escola.

— Ei, Tessa! — Grayson chama enquanto eu me aproximo. — Você vem com a gente para a Cidade dos Munchkins no Dia das Bruxas?

— O quê? — pergunto. — Tipo *O Mágico de Oz*?

— Ah, para de palhaçada, Grayson! — Ri Poppy. — Chame logo do nome que todo mundo estava acostumado antes de ficar com medo de magoar os sentimentozinhos de alguém. Cidade dos Anões.

Meus olhos arregalam, momentaneamente surpresa.

Nico deve ter lido a minha expressão, porque ergue as mãos e comenta:

— Bem, não é bacana dizer isso, né, Tessa?

— Por que você está perguntando para ela? Ela é algum tipo de especialista de problematização? — pergunta Poppy, como se eu não pudesse ouvir. Ela aperta o braço dele com mais força.

— Porque a Tessa está mais ligada nesses assuntos. Ela sabe o que está rolando — diz Nico, sorrindo para mim. Percebo que ele puxa o braço para coçar as costas, mas não o entrelaça ao de Poppy outra vez. — Essa palavra é ofensiva, né, Tessa?

Não acho que eu saiba de todos "esses assuntos", mas este, pelo menos, parece bem simples.

— Acho que, hum, "nanismo" é o termo aceitável? Definitivamente não... *aquilo*. Ou munchkin. — Nico assente enfaticamente, como se eu tivesse dito algo sábio. — E como assim? Vocês vão para... essa cidade?

Poppy balança a cabeça e me dá um sorrisinho.

— Pode falar a palavra, não tem problema.

— Na verdade, Tessa, talvez você saiba onde é! — diz Rhys, se sentando na grama. — Você mora no Virginia Country Club, não é? Eu lembro que o Weiner mora por lá.

— Eu moro em Bixby Knolls, não no country club. — É só alguns quilômetros de distância, mas faz uma enorme diferença.

— Ah, droga, eu estava esperando que você conseguisse fazer a gente entrar!

— Mas o que *é*, exatamente?

Todos se viram boquiabertos para mim, como se eu tivesse perguntado algo estupidamente óbvio.

— Você não sabe o que é a Cidade dos Anões mesmo? — pergunta Poppy.

— Não chame assim — diz Nico, os lábios franzidos de irritação, e Poppy faz uma careta de deboche tão intensa que parece que seu rosto vai partir. Não quero criar esperanças, mas parece que eles estão perto de terminar outra vez. — E sempre me esqueço que você não *é* de Long Beach, Tessa, porque você, tipo, se encaixa tão bem aqui. A Cidade das Pessoas com Nanismo... é, vou levar um tempo para me acostumar... Bem, enfim, seja lá como seja chamada... é uma lenda urbana de Long Beach. Acho que ouvi falar quando estava no sexto ano, mais ou menos?

— É, com certeza — concorda Poppy. — Ou talvez até mais cedo. Lembra daquela garota, Lily Mueller? Ela costumava dizer a todo mundo que a tia dela morava lá e ela via todos os... tanto faz, munchkins, quando ia visitar no Dia de Ação de Graças.

Onze passos para se apaixonar **233**

Luto contra a vontade de corrigir o uso da palavra.

— Tudo bem, mas o que é?

— Uma cidade de munchkins, é óbvio — diz ela, revirando os olhos.

— Pessoas com nanismo — murmuro. Não consigo evitar. — Ou, sabe, só pessoas. Podemos chamá-las assim se não for, hum, essencial para a história. Porque é o que elas são.

— Ah, mas meio que é importante — diz Grayson.

Rhys assente, concordando.

— É, tipo, é por isso que queremos ir. Ok, Tessa, a história é assim: duzentos anos atrás, quando estavam filmando *O Mágico de Oz*...

— Não faz tanto tempo assim, cara. — Ri Nico. — Você, tipo, não estuda cinema nas suas aulas?

— Tanto faz — continua ele, se levantando e andando de um lado a outro, animado para contar a história. — O negócio é o seguinte: quando eles estavam filmando *O Mágico de Oz*, precisavam de moradias especiais, ou alguma merda assim, para as pessoas que interpretavam os munchkins. Porque havia um montão deles, e não dava para eles morarem no lugar normal onde o resto do elenco morava, certo? Então construíram uma comunidade em Long Beach, onde havia mais terrenos. E ainda existe, passada de geração a geração, cheia de portinhas e janelinhas. Mas veja bem, eles são muito reservados e não querem que as pessoas os incomodem, então tem uma cerca ao redor, bloqueando da vista do público.

Tudo isso soa bastante improvável, mas decido focar na questão óbvia aqui.

— Se eles não querem ser perturbados, então por que vocês iriam até lá?

— Pela experiência! — diz Poppy, deixando de fora o "dã", mas que permanece bem presente no tom de voz dela.

— É, e eu vou filmar para o meu canal — diz Rhys. — Vai dar um mooooonte de visualizações!

— Só pensamos que seria legal, sabe, enfim encontrar esse lugar. Depois de ouvir sobre ele todos esses anos. Podemos pular a cerca rapidinho e dar uma olhada ao redor... e talvez beber alguma coisa e dar uma volta no Signal Hill depois? — diz Nico. — E a única festa mais ou menos boa rolando vai ser na casa do Brett Kwan, e vai ser só música e alunos do teatro sendo pretenciosos como sempre e exibindo suas fantasias esotéricas. Sem querer ofender, Grayson.

— Não me ofendi.

— Enfim, você vem com a gente, Tessa? — pergunta Nico.

— Não sei...

Posso ouvir a voz de Caroline gritando na minha cabeça porque isso não é uma roda-gigante ou algo do tipo, mas com certeza é uma segunda via para o Plano Felizes para Sempre. Eu deveria agarrar a oportunidade de passar tempo com Nico, sim — exceto que invadir uma propriedade e ir atrás de uma lenda urbana ofensiva com Nico e a *namorada dele* não é exatamente o que imaginei para o próximo passo em nossa história de amor.

— Vamos — insiste Nico, tocando o pé no meu. — Eu quero muito que você vá. Vai ser divertido.

Eu, não nós. *Eu quero muito que você vá.* As palavras aquecem todo o meu corpo, e posso sentir um sorrisão se espalhando no meu rosto. Propositalmente, não olho para Poppy, porque tenho a impressão de que ela está fazendo uma mega cara feia, e não quero arruinar quão bem me sinto sobre o "eu" e o "muito".

Onze passos para se apaixonar 235

— Ok, tá bom.

— Uhuuuu! — Nico comemora, socando o ar.

Eu quase desmaio.

Mas Poppy não deve estar tão brava, porque ela se aproxima e agarra o meu braço depois que o grupo se separa para voltarmos aos nossos laboratórios. E não no estilo *É melhor parar de tentar roubar meu namorado, piranha,* mas um aperto gentil, como se fôssemos amigas há anos.

— Estou muito feliz que você vai, Tessa. Sabe, é muito legal ter outra garota por aqui para quebrar esse clube do bolinha. — Ela soa tão genuína que me pergunto se não a estive lendo errado todo esse tempo. Tipo, talvez eu esteja tentando torná-la uma vilã porque faz tudo ser mais fácil na minha cabeça e me impede de analisar minhas próprias ações.

— Vai ser divertido. — Sorrio. — Estou animada.

— E não esqueça sua fantasia. A gente sempre usa fantasia — ela diz, rindo. — Não quero que se sinta excluída.

Quase me sinto mal pelo que estou tentando fazer.

Capítulo 27

Começo a noite do Dia das Bruxas apertada em uma cabine de fotos com Sam, Lenore, Theodore e Lavon em um lugar no Atlantic chamado de Bake-N-Broil. É o tipo de restaurante que existe há muito tempo e é mais popular com aposentados acima de sessenta e cinco anos. Nós com certeza nos destacamos. Mas os hambúrgueres e batatas fritas são bons, e para sobremesa nós pedimos pedaços enormes de torta, acompanhados de bolas de sorvete de baunilha. Observo Sam dar pequenas e observadoras mordidas, e quase posso sentir as mãos dele coçando para pegar o caderno para anotar todas as características intricadas de sabor.

Lenore insiste que ela não quer nenhuma torta, mas então dá mordidinhas nas de todo mundo. E Theodore e Lavon se revezam alimentando um ao outro com a torta que pediram, compartilhando um garfo. É adorável.

—Ah, vocês dois são tão fofos. Estão me fazendo me sentir como minha avó Arlene, que mora sozinha em Torrance com os cinco gatos dela — diz Lenore. — Ninguém me con-

Onze passos para se apaixonar **237**

tou que ia ser uma noite de encontros! — Theodore sorri e se aconchega mais em Lavon. — Certo, já que Tessa está me dispensando para ficar com seu em-breve-namorado... Sam, você vai ter que ser o meu namô hoje. Que tal, amorzinho?

Ela se aproxima dele, encaixando o ombro abaixo do braço dele e acariciando sua bochecha. Sam cora e desajeitadamente dá tapinhas no braço dela. Reviro os olhos involuntariamente.

— Tudo bem aí? — pergunta Lenore, arqueando a sobrancelha.

— Sim. Só estou nervosa com hoje à noite, só isso.

Ela assente, mas ainda me olha curiosamente.

— Você sempre pode dispensar tudo isso e ficar aqui com a gente — sugere Sam, empurrando para o lado seu prato limpo. Quero aceitar sua oferta. Seria muito mais fácil ir para a casa dele. Toda a tensão no meu corpo se dissolveria, e eu poderia simplesmente me divertir — como quando dançamos com Miles. Como *sempre* nos divertimos. Mas penso no Plano Felizes para Sempre e como me sinto como se o sol esquentasse meu corpo inteiro quando Nico olha para mim com seu sorriso sonolento. Isso também seria divertido.

— É tentador, mas quero ir. O semestre está pela metade, sabe, preciso fazer qualquer coisa que me faça escrever...

—Ainda não entendi isso — Lavon interrompe. Eles alegremente deram a Lavon os detalhes do plano antes mesmo de pedirmos uma água. — Escuta, se você quer experimentar aquele espécime muito atraente chamado Nico Lucchese, admita logo e fim. Não precisa dar desculpas.

— Espécime atraente, né? — diz Theodore, virando a cabeça e dando a Lavon um olhar de ultraje fingido.

Meu pescoço queima.

— Não é isso!

— Garota, *meio* que é, e tudo bem — diz Lenore. — A maioria dos artistas usa o próprio despertar sexual como inspiração para suas criações. Quer dizer, tem o movimento de arte rococó. E, tipo, Frank Ocean. Se aceita!

— Por que todo mundo tenta transformar isso em uma coisa sexual? — resmungo, quase inaudível acima da risada de Lenore, Theodore e Lavon. Todas as cabeças grisalhas no restaurante se viram para nos encarar.

— O que Miles está fazendo esta noite? — pergunta Sam, esfregando a lateral do rosto rosado. Quero beijá-lo em gratidão por mudar o assunto. Bem, não o beijar de verdade.

— Ele ama entregar doces, então provavelmente isso. — Sorrio, me lembrando do ano passado. — Na verdade, no último Dia das Bruxas, ele ficou obcecado em jogar papel higiênico na casa de alguém depois de ver isso em um filme, mas não jogou mais que algumas folhas antes de meus pais perceberem. Talvez ele tente isso outra vez.

Sam ri.

— A gente podia ajudar ele com isso. Colocá-lo na direção da casa da sra. Hutchinson.

— Ai, meu Deus. Por favor, não faça isso.

Ele dá de ombros dramaticamente, como se para dizer *Vamos ver,* e sorri grandão, exibindo a única covinha.

— Mas sério, ele gosta de filmes assustadores? Talvez ele possa se juntar a nós na maratona.

Estou prestes a desapontá-lo porque, sim, Sam é um cara legal e pode estar disposto a isso, mas não significa que o resto deles queira passar a noite de sábado com Miles. Mas antes que eu possa dizer alguma coisa, Lenore dá um pulo.

Onze passos para se apaixonar **239**

— Claro! O Miles é incrível. Na verdade, ele pode ser o meu namô hoje.

Isso não me faz revirar os olhos, mas eles ficam um pouquinho marejados.

Encontro com Nico e os outros do lado de fora do campo de golfe às dez da noite. Não há luzes acesas, e a princípio não os vejo. Começo a pensar se foi uma boa ideia aparecer aqui sozinha. Mas então quatro figuras surgem da neblina que sai da grama úmida verde-escura.

A primeira coisa que percebo é que nenhum deles está fantasiado.

— *O que* você está vestindo? — pergunta Rhys.

Estou usando um robe da Corvinal que não uso desde o sétimo ano, mas que de alguma forma sobreviveu à mudança. Corri para casa para pegá-lo depois de sair do restaurante. Não é minha melhor fantasia, mas achei que fosse servir. E seria uma pequena referência à conversa que Nico e eu tivemos na cama dele. Agora tudo isso é um lembrete brilhante de quão juvenil e pouco descolada eu sou.

— Você veio direto depois de pedir doces? — Grayson pergunta. — Você e o Weiner?

Que diabos?, quero perguntar a Poppy, mas quando vejo o sorrisinho satisfeito dela, sei exatamente o que está acontecendo. Mas, bem, será que posso culpá-la?

— Achei que nós fôssemos usar fantasias — digo baixinho, olhando Poppy bem nos olhos.

— Eu amei — diz Nico, sorrindo. Ele toca o gorro verde que está usando. — Verde para a Sonserina — adiciona com uma piscadela.

Pronto, é isso que você ganha por sua pegadinha, Poppy. E estou feliz de estar usando o robe, porque está frio esta noite. O calor seco que paira sobre Long Beach desde que nos mudamos para cá de repente diminuiu, como se instruído pelo feriado. Parece uma verdadeira noite de outono, com lufadas de ar quente escapando de nossas bocas quando falamos. Poppy se aconchega sob a jaqueta de lã de Nico, e eu desvio o olhar.

— Tudo bem, vamos encontrar a Cidade dos Munchkins! — anuncia Rhys, e percebo que ele está falando no celular, em sua persona vlogger.

Não é só ele estar gritando (o que provavelmente não é o melhor para esta suposta operação sigilosa), mas é a palavra que usou. De novo. E é verdade que não é tão ruim quanto a palavra com A que Poppy estava falando antes, mas ainda é ofensiva e insensível — assim como o xingamento com R que as pessoas usam para chamar alguém de burro, como se não fosse nada de mais. Me irrita como eles a dizem com tanta facilidade, seja uma lenda urbana ou não. Me pergunto que outras palavras eles dizem livremente… quando eu não estou por perto.

— Decidimos que vamos continuar chamando assim — diz Poppy. — Desculpe, Tessa.

As palavras saem da minha boca antes que eu possa pensar duas vezes:

— Bem, vocês vão soar como babacas então.

Grayson ri, e Rhys dá um pulo, dizendo:

— Ah!

(Provavelmente para o divertimento de seus seguidores.)

Talvez eu devesse ter ido para a casa de Sam.

— Ei, vamos só concordar em discordar? — sugere Nico, se colocando entre nós. Mesmo no escuro, vejo que o rosto de Poppy está totalmente vermelho. E não é por constrangimen-

Onze passos para se apaixonar **241**

to. Não, ela está irritada. — Não precisamos chamar de nada — continua Nico. — A missão é localizar, não rotular, certo?

— Tanto faz — cospe Poppy, passando por nós dois e caminhando à frente com Grayson. Ela empurra o celular de Rhys quando ele tenta filmá-la.

Me pergunto se o status deles mudou desde a última vez que nos falamos, porque Nico não vai atrás dela nem tenta amenizar as coisas. Em vez disso, diz para mim:

— Deixa ela pra lá. — Ele se inclina para perto, para que apenas eu ouça. — E, só para constar, concordo com você.

Ele me dá uma piscadela. De novo. As piscadelas são como migalhas de pão, me conduzindo por um caminho do qual eu deveria me afastar. Mas as piscadelas... e *todo o resto*... não estão apenas na minha cabeça. Com ou sem namorada.

A tensão surpreendentemente se dissipa depois disso, Grayson e Poppy andando na minha frente, Rhys e Nico seguindo atrás de mim. Percebo que Rhys tem dois celulares — um para seus stories do Instagram e outro para seu vlog — e alterna entre eles facilmente, às vezes usando os dois ao mesmo tempo.

Depois de caminhar ao redor do campo de golfe por um tempo, enfim chegamos a um portão de ferro forjado e tijolos cercando uma vizinhança de casas enormes, e Rhys se agacha para explicar aos seguidores que enfim encontramos.

Mas Nico interrompe a dança de vitória dele.

— Não, cara, é só um condomínio fechado normal. O amigo de golfe do meu pai mora aí. — Ele olha para mim inocentemente e então adiciona, apressado: — Um condomínio para pessoas de estatura mediana.

— Bem, então para onde vamos agora? — pergunta Poppy, irritada, enquanto Rhys digita uma explicação rapidamente nos stories. — Quantas comunidades muradas pode haver por aqui?

Não posso evitar concordar com ela, por mais que me doa.

— Alguém checou um mapa? — pergunto.

— Não estaria no mapa — diz Grayson, balançando a cabeça. — Se eles estão tentando ficar escondidos, marcariam o lugar no mapa?

— Deve haver mais alguma coisa por aqui — diz Nico, olhando ao redor.

O campo de golfe está de um lado, e o portão está do outro, com apenas a estrada asfaltada e escura à frente. Não há mais calçadas ou postes, e é difícil dizer por quantos metros se estende... ou o que pode haver adiante.

— Precisamos continuar andando — insiste Grayson. — E não ligue sua lanterna, Rhys, porque vai nos denunciar. Não tô nem aí para a qualidade do seu vídeo.

Tenho certeza de que é assim que começa um filme de terror. E todo mundo sabe quem é o primeiro a morrer neles.

De repente, um par de faróis surge na escuridão, como se estivesse virando uma esquina. E não trocamos uma palavra — só nos espalhamos pela estrada. Poppy, Nico e eu acabamos mal nos escondendo atrás de um arbusto perto do portão, e Rhys e Grayson ficam de pé perto dos limites do campo. Com nossos esconderijos ineficientes, não é surpresa que o carro desacelere e pare. É uma BMW preta com vidros fumê. Mas a janela do passageiro desce, e um homem de trinta e poucos anos com trança nagô e camiseta cor de abóbora se inclina para fora, o cotovelo segurando a porta.

Ele olha bem para mim, Nico e Poppy e pergunta, a voz profunda e grave:

— Vocês aí, estão procurando pela Cidade dos Munchkins?

Onze passos para se apaixonar 243

— Ah, merda! — grita Rhys, e corre até a porta, ambos os celulares nas mãos e gravando.

— Sim, senhor, estamos — responde Nico, de olhos arregalados.

— Bem, vocês estão indo na direção certa, mas ainda há um longo caminho para percorrer. Continuem descendo esta estrada. — Ele aponta para onde acabamos de vir. — E por fim vocês verão uma estrada sem sinalização levando para outra cerca. Terão que pulá-la porque de jeito nenhum o cara da segurança vai deixar vocês entrarem. Assim que verem, vão para a lateral... hum... para o lado direito, e devem ficar fora da vista. É assim que vão entrar na Cidades dos Munchkins.

Ele coça o rosto e assente, seu trabalho feito.

— Se importa se eu perguntar como é que sabe disso? — pergunto, e ele me olha de cima a baixo, os olhos estreitando para o meu robe.

— Porque eu vi! É assim que sei — explica, com uma risadinha. — Meu amigo e eu fizemos isso no ensino médio, pulamos a cerca e saímos apertando todas as campainhas. E aquelas pessoinhas vinham correndo com seus filhinhos, ou sacudiam os braços com irritação, ou não davam bola, ou sei lá o quê. Nunca nos descobriram.

Isso faz Rhys e Grayson rirem o que, honestamente, só me deixa brava... e envergonhada. O que estou fazendo aqui com essas pessoas procurando por essa lenda ofensiva e estúpida?

Acho que não foi a reação que o homem esperava de sua plateia, porque agora ele também parece bravo.

— Vão lá ver com os próprios olhos ou não. Tô nem aí.

Ele levanta o vidro e cai fora. Uma das luzes da varanda no condomínio fechado ao nosso lado se acende e todos corremos para mais perto do campo de golfe e da escuridão.

— Isso é incrível! — Rhys declara em um sussurro gritado, e Nico bate na mão dele.

Eu balanço a cabeça.

— Não sei... ele provavelmente é um morador sacaneando a gente ou algo assim. Aquela história pareceu... inventada.

— Aquele cara não mora aqui! — Grayson ri.

— E por que não? — pergunto, minha voz afiada.

Ele dá de ombros.

— Dá para notar.

Sei exatamente o que ele quer dizer, e estou pronta para dar a ele uma lição e chamar alguém de babaca de novo. Mas sei que gritar com o amigo de Nico não vai pegar bem. E me enoja deixar esse comentário ignorante passar, mas fecho as mãos em punho e me forço a ficar quieta de novo. Não estou gostando de quem estou começando a ser com este grupo, engolindo suas microagressões. E estar aqui usando esse robe da Corvinal torna tudo ainda pior. Me sinto coçar por inteiro de repente. Não quero pensar no que significa eu ter que ser uma versão podada de mim mesma quando estou perto deles.

Debatemos um pouco, mas é claro que são quatro contra um. E antes que eu perceba, estamos seguindo as instruções do cara por uma estrada quase em breu. Alcançamos a estrada que ele descreveu mais ou menos dez minutos depois e, assim como ele disse, há um segundo portão, feito de pedras empilhadas.

— Quem vai primeiro? — Grayson sussurra enquanto caminhamos na ponta dos pés para a lateral, que é cercada por carvalhos altos. Mas Rhys já está escalando a parede, um

Onze passos para se apaixonar 245

braço perigosamente esticado com um celular para que ele consiga gravar.

— Ah, beleza então — diz Grayson, seguindo.

Este é um daqueles momentos em que estou muito consciente de estar cercada de pessoas brancas. Tipo quando passamos o Dia de Ação de Graças na casa da família da minha mãe e tem molho de suco de laranja nas batatas-doces e biscoito cream cracker esfarelado por cima do macarrão com queijo. Ou quando "Sweet Caroline" toca.

Porque eles não veem nada de errado em pular uma cerca no meio da noite, eles ignoram completamente a placa que proíbe a entrada e as que indicam sistemas de segurança ativos. Eles não se preocupam com o que pode acontecer se formos pegos, se alguém vir uma silhueta e ficar nervoso no escuro, ou se esse alguém tiver uma arma.

— Gente… eu não tenho certeza…

— Me deixa adivinhar: você acha que devemos ir para casa e conversar sobre alguma lacração ativista — Poppy me interrompe, zombando. — Bem, vai lá. Ninguém está implorando para que você fique, Senhorita Boazinha.

— Poppy… — diz Nico, erguendo a mão.

— Poppy nada — retruca ela. — É melhor você acordar, Nico, e se lembrar de quem é a sua namorada de verdade.

Minha boca fica escancarada e aquelas palavras me atingem como um soco no estômago, fazendo o rosto de Poppy se contorcer em um sorriso, satisfeita. Depois disso, ela começa a escalar as pedras atrás dos outros com uma velocidade impressionante.

Nico se vira para mim, de olhos arregalados e lábios tremendo como se fosse dizer alguma coisa, mas então só olha para o chão e balança a cabeça.

— Acho que vou pra casa — digo.

Ele ergue a cabeça.

— Não. Por favor, não faça isso — pede, se aproximando de mim. — Eu quero que você...

Não ouço o restante da linda frase, porque é interrompida por um alarme alto que perfura o silêncio da noite.

— Porra! — grita Nico, e posso ouvir o som das folhas farfalhando enquanto ele se afasta correndo, mas minhas pernas estão cimentadas ao chão. Não consigo correr. Não consigo fazer nada. Porque era exatamente com isso que eu estava preocupada, e meu coração faz meu corpo todo tremer enquanto passo pelas possibilidades do que pode acontecer.

— Tessa, por aqui — sussurra Nico, me fazendo pular.

Ele me puxa pela cintura para trás de uma cerca viva escura, e eu me viro rápido, assustada. E então ficamos frente a frente, tão apertados que nossos quadris pressionam um contra o outro. O dele é definitivamente mais ossudo do que o meu, mas eu nem me importo — tipo, me esqueço de ficar envergonhada. Porque estou perto o suficiente para contar todos os seus cílios e o braço de Nico está encostado no meu e me sinto sobrecarregada de sensações. Meu coração continua batendo forte, mas é diferente agora — não é mais por medo. Sinto que fogos de artifício estão disparando no meu estômago e explodindo por todo o meu corpo. Ele olha diretamente nos meus olhos e seus lábios se abrem em um pequeno sorriso.

E então começa a chover. Sério! Chover! Água de verdade caindo do céu, e deve ser um milagre ou algo assim, porque nunca chove aqui. Isto é só para nós dois. Isto é o universo lendo minha lista e me concedendo um desejo. Número seis.

— Tessa... — Nico murmura, preenchendo o pequeno espaço entre nós. Nunca ouvi meu nome soar tão perfeito.

Onze passos para se apaixonar **247**

Quero gravar o som, para que possa tocá-lo para outras pessoas e dizer: "Aqui, este é o meu nome". — Seu cabelo... parece que tem, hum, pequenos diamantes nele. Por causa das gotas de chuva. É... *você é* tão linda.

Se havia fogos de artifício antes, agora há foguetes sendo lançados.

Mas não consigo evitar a pergunta:

— E a Poppy?

Nico balança a cabeça, mantendo os olhos castanho-escuros nos meus.

— Poppy e eu... não temos estado bem ultimamente. Como eu disse, nós não somos, hum, exclusivos... sabe?

O que isso significa?, minha mente grita. Porque sim — eu formulei esse plano inteiro sem pensar em Poppy. Garotas como ela já têm suas próprias histórias de amor. É mesmo o fim do mundo se eu conseguir, só desta vez? Sinto que isto é bom. Mas... sei lá. Era mesmo muito mais fácil pensar sobre isto quando não estava acontecendo.

E então a mão de Nico toca a minha bochecha e a cabeça dele começa a descer para encontrar a minha. E todos aqueles pensamentos se dissolvem, porque minha cabeça está cheia de gritos de: *Está acontecendo! Está acontecendo mesmo!*

Mas antes que nossos lábios se toquem, fortes luzes vermelhas brilham no nosso rosto, seguidas do *Uuu-Uuu* de uma sirene. Nós nos separamos num pulo quando um homem corpulento em um uniforme preto e branco aparece ao lado nos arbustos.

— Vocês dois vão ter que vir comigo.

Capítulo 28

Era um segurança, não um policial. E da mesma empresa que patrulha a vizinhança de Nico, então, após o pai dele fazer uma rápida ligação, a conversa séria cheia de ameaças por infrações legais de repente se transforma em *adolescentes são assim mesmo, mas não façam isso de novo.*

Sem prisões, sem fichas permanentes, sem qualquer consequência real. Só imprudência juvenil boba. Do tipo que garotos brancos e ricos podem ter.

Mas sei que meus pais não encaram assim quando os vejo na porta.

Todas as luzes da casa estão acesas, mas o olhar sério de meu pai suga todas as luzes da cozinha, aonde vamos para conversar. Minha mãe já está andando de um lado a outro.

— Escuta, eu não cheguei a pular a cerca — digo, tentando guiar a conversa.

Mas quando o rosto do meu pai endurece ainda mais, vejo que foi a abordagem errada.

— Você consegue imaginar como foi para nós ver uma viatura chegando aqui? Consegue imaginar o que estava passando pelas nossas cabeças? — A voz dele falha na última palavra, e me dá um frio na barriga. Me faz sentir a pessoa mais vil que já existiu. Quero fazer qualquer coisa, dizer qualquer coisa, para fazer esses sentimentos, meus e dele, passarem.

— Eles não são policiais de verdade... — começo, mas de novo está errado, porque meu pai balança a cabeça e olha para mim como se não me reconhecesse.

— Estou tão desapontado — diz ele, a voz baixa, mas penetrante, e eu afundo ainda mais.

— Não entendo — começa a minha mãe, a voz aumentando. — Quem são essas pessoas? Por que você estava com elas?

— São meus amigos da escola...

— Amigos da escola? — Ela para de andar, e o rosto está vermelho agora, combinando com a camisola que veste. — Pelo que sei, seus amigos da escola estavam tendo uma noite legal do outro lado da rua, e eles foram gentis o bastante para convidar seu irmão. Na minha opinião, era com esses amigos que você deveria estar.

Encaro minhas sapatilhas de balé, enlameadas por causa da chuva, porque ela está certa e não sei o que dizer. Como posso explicar que fiz aquilo por amor — do tipo romântico, mas, mais importante, do tipo completo e seguro que eu tenho, *tinha*, pela minha escrita. Que estou tentando me fazer voltar, e que, para isso, não ajo mais como antes.

Mas não posso dizer isso, porque só os preocuparia ainda mais.

— Você está fazendo isso por atenção? — pergunta minha mãe, a voz aumentando para um volume estridente. —

Acho que precisamos te levar para ver um terapeuta. Sabe que já falamos sobre isso antes…

— Não! — grito, fazendo-a dar um pulo para trás e as sobrancelhas do meu pai descerem. De repente, minha vergonha desaparece e estou com raiva, algo amargo e quente subindo do meu peito para a minha garganta. Porque é claro que ela vai tentar me diagnosticar e transformar isso em algo maior do que precisa ser. E eu estava me sentindo tão bem uma hora atrás, as coisas com Nico enfim caminhando como deveriam. Alcancei um ponto alto depois de tantos baixos. E quero aproveitar. Quero relaxar. Mas agora as memórias desta noite estão sendo sobrescritas, manchadas.

Por que eles têm que tirar isso de mim? Por que eles não entendem que esta noite foi tudo o que eu queria?

— Só estou fazendo o que adolescentes normais fazem. — As palavras soam feias saindo da minha boca, e imediatamente me arrependo delas. Estou agradecida por Miles estar dormindo no quarto e não ouvir que pessoa péssima a irmã dele é.

Olho para o rosto frio da minha mãe e a cabeça abaixada do meu pai, e sei que o dano está feito.

— Desculpe. Eu não…

— Você está de castigo! — grita minha mãe, e as paredes parecem tremer.

— Vá para o seu quarto. Não consigo nem olhar para você — sussurra meu pai, e de alguma forma isso me deixa mais abalada.

Disparo pelo corredor e em silêncio tranco a porta. Quero chorar — eu *deveria* chorar —, mas nada sai. Em vez disso, minha garganta queima e meu peito parece oco, como se alguém o tivesse raspado com uma concha de sorvete. Posso

Onze passos para se apaixonar 251

ouvir as vozes fracas na cozinha, enquanto eles continuam falando sobre mim, sobre o quanto eu ferrei tudo. Queria que houvesse uma maneira de voltar no tempo, voltar e fazer aquela conversa de novo e ser honesta com eles em vez de me tornar odiosa e defensiva. Em vez de gritar e dizer algo horrível que na verdade não era minha intenção, eu poderia contar como não consigo escrever, e como é a coisa mais assustadora possível porque sempre foi uma parte enorme da minha identidade e o que tenho agora? Eu poderia contar a eles como é bom ter um garoto que parece saído das minhas histórias me dando atenção desta vez — como é bom ser alvo de interesse, ser desejada.

Mas de alguma forma sei que eles não entenderiam.

Meu celular recebe uma notificação, cortando os meus pensamentos. Isso mostra quão inexperientes meus pais são em me colocar de castigo: esta não é uma habilidade que dei a eles a chance de desenvolver. Eles sequer pegaram meu celular.

É uma mensagem de Sam.

Você está bem? Eu vi uma viatura do lado de fora da sua casa??

Não era uma viatura, penso, me sentindo irritada de novo. Mas é fofo da parte dele se importar. Tudo o que Sam faz é doce... atencioso. Estou com um forte desejo de ligar para ele agora e descobrir tudo o que aconteceu esta noite com Miles. Tenho certeza de que meu irmão vai falar sobre tudo a manhã inteira e por um longo tempo.

Antes que eu possa responder, chega outra mensagem. Uma foto. De Nico.

Clico nela imediatamente, e o rosto dele enche a tela. Ele está deitado na cama, o cabelo ainda molhado e despenteado por causa da chuva, fazendo uma careta e com um dedo perto do olho para imitar uma lágrima caindo.

Desculpa por ter dado tudo errado esta noite!

Normalmente eu agonizaria sobre o que responder, pedindo ideias para Caroline em vários rascunhos. Mas ainda posso sentir o quadril dele contra o meu, o calor de seu dedo mindinho acariciando o meu no banco de trás do carro do segurança. Isso me torna corajosa.

Está tudo bem, respondo. *Nem tudo foi ruim.*

Você pode sair amanhã? Para que a gente possa falar sobre... tudo. Pessoalmente.

Deus, é tudo o que eu quero, mas...

Não posso. Tô de castigo.

Ele envia 🤙 🤙 🤙 🤙 🤙

Podemos conversar na escola na segunda-feira?, pergunto.

Os três pontos aparecem, me mostrando que ele está digitando uma resposta, mas então desaparecem. Espero cinco minutos, vinte, uma hora... e nada. Enfim adormeço.

Capítulo 29

— **Tessa!** — **Caroline grita,** correndo pelos portões do pequeno aeroporto de Long Beach.

Eu estava preocupada de ter que cancelar a reunião que planejamos para o feriado em novembro, mas fui liberada por bom comportamento: ir direto para casa depois da escola, ajudar com Miles, ficar quieta no meu quarto. O que eu já fazia de todo jeito. Mas tanto faz.

Meus pais e eu conversamos sobre quase tudo o que aconteceu… bem, mais ou menos. Do jeito que sempre fazemos, contornando qualquer assunto sério. Me desculpei pelo que falei, e os dois disseram que me perdoam. Mas meus pais continuam me olhando como se eu fosse uma adolescente problemática saída de um episódio de *Dr. Phil*. Espero que isso passe logo.

— Venha aqui, seu perfeito e lindo raio de sol! — Caroline larga a mala e pula em mim, e nós giramos como um casal reunido depois de uma longa guerra.

Eu meio que esperava que ela aparecesse com Brandon. Porque, tipo, todas as fotos que vi recentemente têm ele pressionado nela, bochecha contra bochecha, os sorrisos praticamente interligados.

Mas é a mesma Caroline. *A minha* Caroline. Com cabelo preto sedoso que passa das axilas e tem sempre cheiro de coco. Pulsos fininhos tilintando com braceletes dourados, incluindo um que ela tem desde o batismo e tem o nome completo dela inscrito — Caroline Frances Fermin Tibayan. E aquela cicatriz de meia-lua no joelho de quando ela estava perseguindo Jonathan Solomon depois da escola no quarto ano e caiu no asfalto. Eu me lembro que Lola nos fez turon quando chegamos em casa naquele dia e nos deixou assistir ao canal de TV filipino com ela a tarde toda.

— Seu cabelo está imenso! — diz Caroline, passando as mãos pelos meus cachos. Ela é a única pessoa que deixo fazer isso.

— Está bonito? — pergunto, tocando-o. Tentei fazer um twist-out de novo depois de assistir a um vídeo do YouTube ontem à noite.

— Você está igualzinha a Yara Shahidi.

Coro, porque meu cabelo está bonito, mas não tão bonito assim.

— Tudo bem, vamos ser realistas com os elogios.

— Estou sendo, sua doida! — Ela me aperta de novo. — Senti tanta saudade. Não percebi o quanto até agora.

— Eu também.

E é verdade. Falamos no telefone constantemente desde que mudei, mas não compensa isso, estar aqui no mesmo lugar ao mesmo tempo. Sinto que meus ombros relaxam um pouco, como se eu os estivesse retesando sem querer, tensa, todo esse tempo. E agora que estamos juntas enfim posso relaxar.

Onze passos para se apaixonar 255

Saímos, caminhando até onde o Honda Civic de Sam está estacionado. Assim que nos vê, ele abre o porta-malas e sai do carro, agarrando a mala de Caroline.

— Oi, Caroline — cumprimenta ele, soando nervoso. — Prazer em te conhecer.

— Sam! Meu camarada! — diz ela, dando um tapinha nas costas dele. — Sinto que já te conheço!

— Tem cheesecakes no banco de trás para você. Eu fiz pela manhã, então com sorte já esfriaram o bastante agora.

Ela me olha tipo *Esse cara é de verdade?*, e eu rio.

— Ele é assim mesmo — digo.

— Bem, obrigada, Sam. Pelos cheesecakes e pela carona — diz Caroline, entrando no carro. — Mas talvez eu deva te aconselhar em maneirar com tanta gentileza, ou Tessa vai ter que trocar de melhor amigo. Não vou mentir, nunca cozinhei para ela.

— Tenho certeza de que sua posição está garantida.

Entro no banco de trás com Caroline, onde ela inspeciona um dos pequeninos e circulares cheesecakes. Eles são roxos e brilhantes com uma farofinha amanteigada por cima, e seu cheiro doce preenche todo o carro.

— Isto é o que acho que é? — pergunta ela.

— Cheesecakes de ube — responde Sam, parecendo orgulhoso pelo retrovisor. — Eu estava estando uma receita nova. Espero que estejam bons. Me conte se a textura ficou boa, porque eles são meio complicados de fazer.

Caroline tem uma expressão desconfiada, mas o tom de sua voz é gélido:

— Ah, você fez isso porque sou filipina. Você acha que todos os filipinos gostam de ube?

— Não… eu… é só… — Sam esfrega a lateral do rosto, que está ficando cada vez mais rosada. — Tessa, hum…

— *Rá!* — diz ela, com um aceno. — Só estou brincando. Te zoando. Ube é literalmente a minha coisa favorita no mundo.

— É — murmura Sam, se recuperando. — Tessa me contou.

— Se comporta, menina — digo, dando um tapinha na mão dela.

Caroline dá de ombros para mim, quase enfiando um cheesecake inteiro na boca, e posso ver o momento exato em que o gosto atinge a língua dela e envia um sinal para o cérebro. Pura alegria.

— Ai, meu Deus. AI, MEU DEUS! — exclama ela, se recostando no assento. — Sam, estou vendo por que ela gosta de você.

— Não é o *único* motivo. — Sorrio para ele, fazendo contato visual pelo retrovisor. — Mas é uma qualidade e tanto.

Acabamos indo para a casa de Sam primeiro, porque vejo os carros de ambos os meus pais na garagem. E embora eu saiba que também ficarão animados em ver Caroline, não estou exatamente pronta para lidar com eles agora. Consegui minha libertação, então vou usá-la.

— Uau, então você praticamente vive em um estúdio de TV — diz Caroline quando entramos na cozinha enorme e perfeitamente decorada de Sam.

Me preocupo que ele vá se incomodar, mas Sam só ri.

— Na verdade, o estúdio do programa da minha mãe foi modelado a partir desta cozinha. Ela insistiu.

Caroline parece impressionada, e posso ver as mãos dela coçando para pegar o celular e tirar uma foto para o Instagram. Ainda bem que ela não faz isso. Sam fala da mãe dele

Onze passos para se apaixonar **257**

com… tanta normalidade que às vezes esqueço que ela é famosa. Porque ele é só o Sam, e ela é só a mãe do Sam.

— Espero que vocês não se importem se eu trabalhar um pouco — diz ele. — Tem uma coisa que quero testar hoje. Tive uma ideia ontem à noite…

Ele já está se virando para os armários, pronto para separar os ingredientes, como se atraído por um imã.

— Não se preocupe. Temos uns assuntos do Nico para resolver — diz Caroline. — Fiquei sabendo que você sabe do Plano Felizes para Sempre.

— Sim — diz Sam, sem se virar.

— Você já mandou mensagem para ele, Tessa? Veja o que o Nico está fazendo hoje à noite!

— Não sei…

— Como assim você não sabe? — grita Caroline, me atingindo com o cotovelo. — Estou aqui, e sou praticamente sua fada madrinha. Você tem que me dar a chance de ver vocês dois juntos e deixar minha magia trabalhar!

— Eu só me sinto como se… sei lá. Talvez seja hora de desistir.

Na segunda-feira depois do Dia das Bruxas, voltei para a escola certa de que Nico e Poppy teriam terminado, e nós pularíamos para uma vida nova juntos como um casal. Ou que *pelo menos* fôssemos conversar sobre o que aconteceu, ou quase aconteceu, naquela noite na chuva. Mas no almoço, Poppy me deu um gelo ainda mais agressivo do que antes. E Nico agiu como se nada tivesse acontecido. Faz quase duas semanas, sem sinal de que algo vá mudar.

— Não vamos desistir de nada! — insiste Caroline, batendo as mãos na bancada. Ela é dramática assim, e senti falta disso. — Você tentou falar com ele?

— Não.

— E por que não?

— Porque não preciso que ele me diga que se arrepende do que aconteceu. Talvez ele não estivesse pensando...

— Espera. Do que você está falando? — As mãos inquietas de Sam param enquanto ele nos encara.

— Não é nada. Podemos só... o que você está preparando, Sam?

— NICO E ELA PEGARAM CHUVA JUNTOS E ELE DISSE A ELA QUE PARECIA QUE HAVIA DIAMANTES NO CABELO DELA E ENTÃO TENTOU BEIJÁ-LA!

— Caroline! — repreendo, batendo na mão dela.

— Ei, ele é seu amigo e, portanto, apoiador do Felizes Para Sempre da Tessa. Ele merece saber.

Sam é meu amigo, mas ele com certeza não apoia a segunda parte. O que é o motivo de, fora uma breve explicação sobre o carro do segurança, eu não ter contado a ele nada do que aconteceu no Dia das Bruxas. Principalmente porque eu sabia que ele me olharia como está olhando agora. Frio e cheio de julgamento.

— Poppy e Nico ainda estão juntos — diz Sam.

— Eu sei.

— Ele disse a Tessa que eles não são exclusivos — informa Caroline.

— E ele disse que parece que tem diamantes no seu cabelo? — Sam zomba, torcendo o nariz. — Pra mim, é uma cantada boba.

— É, bem, quem se importa? Talvez eu queira ser cantada por rapazes. Tem algo de errado com isso? — Sai mais duro do que eu planejava.

Onze passos para se apaixonar 259

Sam pressiona os lábios em uma linha fina e não diz mais nada, embora eu possa ver que ele está se coçando para rebater.

— Tuuudo bem — diz Caroline, fazendo uma expressão sem graça igual à da Chrissy Teigen naquele meme. Então diz, baixinho para mim: — Só mande uma mensagem para ele. Não estamos jogando a toalha ainda, amiga.

Pego meu celular e digito:

Ei, tá a fim de fazer algo este fim de semana?

Envio sem pensar muito sobre o assunto, e Caroline assente, aprovando.

— Então, Sam, o que você está preparando? Algo bom assim? — Ela dá uma mordida no cheesecake e continua, de boca cheia: — Parece que você está preparando um experimento científico.

— Bem, cozinhar é ciência — diz Sam, abrindo a manteiga. — Estou experimentando uma receita nova de *patê à choux*, e preciso acertar. Se tiver até uma única gota a mais de água ou menos manteiga que o necessário ou os ovos estiverem na temperatura errada, então a coisa toda vira uma gororoba. Eu teria que jogar fora e recomeçar.

Os olhos dele ficam arregalados e sérios, como se falasse de jogar um bebê fora.

— Essa receita é séria por algum motivo? — pergunto.

— Para a festa de gala — diz ele, se virando para preaquecer o fogo. — Estou fazendo bombas para o júri final, para, hum... decidirem se farei os doces para festa. Ou algo assim.

— Sam, isso é incrível! — digo. Ele só dá de ombros como se não fosse nada de mais, mas há um sorrisinho no rosto dele, a covinha aparecendo. — Eu não fazia ideia que você estava concorrendo. Isso é muito importante, especialmente para um aluno do primeiro ano.

— Não é nada de mais.

— Ah, mas é sim!

Graças às reclamações de Theodore, estou bem ciente de que a festa de gala de inverno é *o* maior evento da Academia Crisálida, onde a escola tem a chance de exibir seus talentosos estudantes e arrecadar muito dinheiro dos pais e alunos ricos. Quer dizer, é uma festa formal e o valor do ingresso é no mínimo cem dólares — importante assim. Os professores de escrita criativa têm falado da festa e da seleção final dos estudantes que vão ler, mas eu praticamente os ignorei. Não vou ser um deles mesmo.

— O que é gala? — pergunta Caroline. — Essa é uma daquelas palavras chiques que conheço, mas não *conheço* de verdade.

— É uma grande festa que a nossa escola tem, basicamente é para arrecadar fundos — explica Sam, pegando um rolo de papel pergaminho da gaveta. — Vou todo ano com a minha mãe. Ela era, hum, uma doadora antes de se juntar ao conselho. Mas esta será a primeira vez que... bem, que estarei lá por mim, sabe?

Estou com a maior vontade de me levantar e abraçá-lo.

— Vai ter dança? — pergunta Caroline, as sobrancelhas balançando. — Isso está na lista — ela finge sussurrar para mim, mas é tudo menos discreta.

Sam olha para nós duas, confuso, mas então vejo o rosto dele mudar quando entende. Por que ela tem que falar desse assunto na frente dele? E por que é que o incomoda?

— Eu não danço — digo rapidamente, esperando tirar essa ideia da cabeça dela.

Onze passos para se apaixonar **261**

— Garota, isso é o que você acha agora, mas quando Nico te pegar nos braços nessa festa, você...

— Você dança sim, Tessa — Sam a interrompe.

—Ah, é? — quer saber Caroline. — Você viu nossa garota dançar, Sam? Me dê detalhes!

— Ele não viu nada...

— Sabe, só um pouquinho de...

Ele se move e dá três pulinhos para a direita e então empurra. Caroline se acaba de rir.

— Você. Mostrou. A. Ele. TOGETHER! TONIGHT! — Caroline diz entre as risadas.

— Vamos, Tessa — diz Sam, adicionando um giro e então pulando para a frente, com um sorrisinho no rosto. — Você tem que, tipo, se juntar a mim nessa. Essas danças não são feitas para dançar sozinho.

— De jeito nenhum! — E estou falando sério.

Mas então Sam dá a volta no balcão, pulando um pouco mais e começando a fazer um balançar com o braço que eu com certeza não ensinei. Caroline coloca a música para tocar no celular, balançando as mãos como se estivesse no show. E de alguma forma, pela segunda vez, me vejo dançando a música do Dream Zone com Sam, que, a propósito, está dançando melhor do que eu. Quase como se tivesse praticado.

Quando terminamos, estou praticamente hiperventilando de tanto rir, e Sam cruza os braços, parecendo satisfeito consigo. Caroline tem um sorrisão no rosto enquanto observa nós dois, e parece cheio de significado — só não tenho certeza de qual exatamente.

— Beleza, vocês têm que fazer isso de novo, mas desta vez vou filmar.

— De jeito nenhum! — diz Sam, voltando para seu lugar na cozinha.

Ele começa a esquentar uma panela como se nada tivesse acontecido.

Meu celular faz um barulho e eu o pego. É Nico.

Desculpe, é aniversário da Poppy e ela planejou o fim de semana todo. Te vejo na escola?

Posso sentir Caroline me olhando por sobre o ombro, mas nem confiro se o rosto dela está tão decepcionado quanto o meu. Ou pior, se há pena nele.

Tudo bem. Então é assim.

Preencho o resto do fim de semana mostrando a Caroline as coisas que se tornaram as minhas favoritas de Long Beach: tacos de batata do Hole Mole e torradas francesas recheadas com mascarpone do Starling Diner, cheias de frutas vermelhas. Pessoas observando e explorando as boutiques fofas do Atlantic. E porque está fazendo vinte e três graus, embora seja novembro, passamos a maior parte do domingo na praia, lendo (Christina Lauren para ela, *Sobre a Escrita* para mim… até eu desistir e pegar o Christina Lauren reserva dela). O sol quente bronzeia ainda mais nossas peles escuras.

Estou surpresa com como isto se parece com os velhos tempos, quão rápido voltamos ao nosso antigo ritmo: o staccato chiado de nossas conversas, nossos passos sempre no mesmo ritmo.

Mas embora sejamos o que costumávamos ser, há também sinais de como mudamos. Tipo quando Caroline estava tentando me contar a respeito de algo engraçado que aconteceu em uma festa, e eu me confundi com todos os nomes que não conheço. E quando estou respondendo algumas mensagens de Lenore, Caroline faz uma piada sobre guardar meu celular que não soa como uma piada de verdade.

Mas na noite de ·sábado, quando estamos deitadas no meu quarto, prontas para dormir, é quase como se fosse uma fusão do velho e do novo. Deitadas na escuridão, apertadas na minha cama de solteiro embora minha mãe tenha trazido o colchão inflável, me lembro das inúmeras festas do pijama que tivemos enquanto crescíamos — comendo doces até que nossas barrigas doessem e fingindo não ficar com medo dos estalos que ouvíamos no corredor. Mas nossas vozes soando no meu quarto escuro como o breu também me lembra das conversas que tivemos tarde da noite em nossos celulares, desde que me mudei e tudo ficou diferente.

— Certo, Tess, posso te dizer uma coisa e promete que não ficará brava? — pergunta Caroline, a voz grave como sempre fica quando ela está cansada.

— Claro.

— Na verdade, acho que é mais uma pergunta.

— Fala logo.

— E se… — Começa devagar, e me sinto um pouco nervosa. Geralmente ela é direto ao ponto. — Você já pensou… — ela tenta de novo. — Você já pensou que talvez esteja indo atrás do galã errado?

— O quê?

— Para o seu "felizes para sempre", sua história de amor… e se seu interesse amoroso estiver todo errado? E for por isso que não está funcionando? Tipo naquele filme que você me disse para assistir, *A Garota de Rosa-Shocking?* O tempo todo a gente torce pro Duckie e sabemos que eles seriam perfeitos juntos, mas então a Andie termina com aquele sem graça do

Blaine. E, tipo, é fofo e tal, mas não tem o impacto emocional pretendido, porque sabemos que nunca vai funcionar com os dois, não como *obviamente* funcionaria com o Duckie. — Ela suspira como se tivesse tirado um peso enorme do peito.

— Não entendi.

— O Nico é o Blaine.

— Ok.

— E o Sam... é o Duckie.

— *Ah*.

— Entendeu o que estou tentando dizer?

Sei exatamente o que ela está tentando dizer. Está com pena de mim. É tão óbvio. Porque este fim de semana mostrou a ela que tenho zero chances com Nico, e agora ela está tentando me conduzir para uma direção mais razoável. Para que eu não fique presa em algo que nunca vai acontecer.

— Mas eu... eu gosto do Nico. — Soa tão fraco e bobo saindo da minha boca.

— Eu sei, eu *sei*, Tess. E você poderia ter qualquer cara que quisesse. — Me pergunto se ela acha que isso soa convincente. — Mas você e Sam... vi algo nele. Algo real, e não quero que você ignore isso porque está focada em outra pessoa. Sam é um cara muito legal.

— Eu sei.

— E não é tão sem graça quanto pensei! Você não deu crédito a ele! Você viu aquelas maçãs do rosto? E ele nem estava usando uma camisa havaiana.

— Eu te falei que ele não usa todos os dias!

— Tudo bem, tudo bem, mas o principal aqui é: acho que Sam pode ser a pessoa certa. A pessoa certa para *você*. Acho mesmo que pode haver algo especial entre vocês dois, e nós devíamos só... mudar o foco do plano.

Onze passos para se apaixonar **265**

Caroline soa animada e ávida, tão convincente quanto estava quando inventou a lista. E seria tão fácil entrar na dela, exceto que:

— Sam e eu... nós não somos assim.

— É, sei que pensa isso agora, mas talvez você só precise abrir os olhos um pouquinho. Vejo rolando mais com ele do que com Nico, e...

— Mas você não conhece nenhum deles de verdade. Você está aqui há, o quê, dois dias, e esta é a minha vida. Acho que sei o que é melhor para mim.

As palavras saem afiadas e frias, e não consigo ver o rosto de Caroline no escuro, mas eu a sinto se encolher. Não queria ficar brava, mas só porque ela tem um namorado não significa que seja expert nessas coisas. Ela não sabe como as coisas são entre mim e Nico — a faísca que estava lá desde o primeiro dia. E ela não conhece Sam. Ele é um amigo incrível, mas não é *aquilo*.

— Tudo bem — diz Caroline, soando cansada. — Eu só pensei que... Me desculpe se...

— Você não precisa se desculpar. Eu estou... Podemos só não falar mais disso? Agradeço o que você está fazendo por mim, mesmo. E como já afirmamos várias vezes, você é uma gênia. — Alcanço a mão dela e a aperto. — Mas isso só... não é o que eu quero.

— Ok. Claro.

O silêncio que preenche o quarto é grande e opressivo. Posso senti-lo caindo pesadamente no meu peito, e sei, ouvindo sua respiração lenta e focada, que ela o sente também. Quero dizer algo para acabar com a distância crescendo entre nós, qualquer coisa para impedir que esta conversa se espalhe como uma mancha e impregne todo o nosso final de semana feliz. Mas eu não sei o que dizer. E é inquietante porque sempre sei o que dizer a Caroline.

Mas enfim ela quebra o silêncio:

— Então... eu tenho outra coisa para te dizer. Estive esperando esta viagem para contar porque parecia que seria demais pelo telefone. É sobre mim. Se estiver tudo bem.

— Do que você está falando? Eu sempre quero saber notícias suas!

— Bem, é que às vezes... Bem... Deixa pra lá. — Caroline inspira fundo. — Então, Brandon e eu estamos juntos há alguns meses agora.

— Certo...

— E eu gosto muito dele. Na verdade, eu o amo. Nós falamos isso um para o outro semana passada.

— Caroline, isso é enorme! Por que você não me contou?

— Eu estava planejando te contar. Estou te contando agora.

— Quem disse primeiro?

— Ele. Mas não é isso o que eu ia te contar.

— Ah.

— Com, hum, com tudo... com tudo indo tão bem entre nós... Estamos falando sobre dar o próximo passo. Sabe... Avançar um pouco no nosso relacionamento.

— Tipo, você quer que ele conheça os seus pais?

Mas sei que não é isso. Se fosse, ela não estaria nervosamente mexendo no cabelo — posso senti-la ao meu lado. Se fosse, ela não estaria evitando o assunto em vez de dizer de uma vez.

— Não, Tess, nós... Brandon e eu estamos pensando sobre, hum, fazer aquilo. Sexo.

— Ah.

Onze passos para se apaixonar   **267**

Alguns segundos passam enquanto ela espera que eu termine a frase.

— É só isso que você tem a dizer? — pergunta Caroline.

— Não, é só que... eu... — Tudo o que quero dizer foge da minha cabeça.

Acho que talvez eu não te conheça mais.

Achei que estivéssemos bem, mas agora isso está me fazendo perceber o quanto estou perdendo.

Temo que você esteja mudando tanto que em breve serei deixada para trás.

— Não sei o que dizer.

— Bem, o que acha que devo fazer?

Ainda estava me recuperando do que ela disse, sobre como Sam é meu Duckie e Nico é Blaine, e agora ela solta isso. Essa bomba. Essa bomba *enorme* que eu não sabia que era possível, mas é claro que é. É claro que ela está pensando nisso quando tem um namorado perfeito que a ama. Tudo o que tenho é uma paixão tão irrealista que até a minha melhor amiga não me encoraja mais. Que conselho eu poderia dar a ela?

— Você deve fazer o que quiser. O que te fizer feliz.

Sinto o fio que existe entre nós, inconsciente mas constantemente nos unindo até agora, se partir.

— Só isso?

Bocejo. Espero que ela não ouça quão falso é.

— Desculpe. Só estou... cansada.

Há uma longa pausa, e quero acender a luz para ver o rosto dela. Mas também gosto que esteja escuro. Assim posso me esconder.

— É, sim, sim... tivemos um longo dia. Podemos conversar sobre isso depois — diz Caroline. Me sinto aliviada, embora possa ouvir a tensão na voz dela. — É melhor a gente dormir. Meu voo é cedo.

— Tudo bem.

Desacelero minha respiração, fingindo dormir até enfim dormir de verdade.

Capítulo 30

Na manhã seguinte, acordamos e fingimos que tudo está normal, e quase me convenço de que está. Mas quando nos abraçamos para dizer adeus, parece algo mais.

Tiro isso da cabeça e me convenço de que Caroline e eu só precisamos de mais tempo. Quando ela chegar em casa, as coisas voltarão a ser como eram.

Acabo não vendo Nico a semana toda. Mas nem procuro por ele ou algo assim. Na verdade, faço questão de não me sentar com ele e seus amigos durante o almoço, para não precisar me torturar vendo ele e Poppy juntos.

E talvez seja porque meu cérebro não está tomado por análises obsessivas de cada interação com Nico, mas o que Caroline disse sobre Sam fica voltando à minha mente. Sei que foi uma sugestão por pena, mas não consigo evitar vê-lo dessa forma. Como um interesse amoroso. Quer dizer, não o *meu* interesse amoroso, é claro, mas de outra garota. Com seu maxilar bem-marcado que parece ter sido trabalho de um escultor. E seus braços, cobertos por uma camada fina de cabelo loiro-claro, que sempre parecem tão fortes e capazes enquanto ele carrega uma torre de Tupperwares ou quando está trocando o batedor da batedeira. E ele sempre tem cheiro de manteiga e açúcar, o que provavelmente é o motivo de, quando estou perto dele, sentir como se estivesse aconchegada debaixo de uma pilha enorme de cobertores em uma noite fria. E os lábios dele… bem, sim. Consigo ver como poderia ser.

Para outra garota.

Não para mim.

Estamos plantados firmemente no terreno da amizade, não importa o que Caroline diga.

Geralmente odeio ir para a aula de Arte do Romance, já que me lembra do meu grande insucesso. Mas quando a sexta-feira chega, me vejo animada para ela. Principalmente porque sei que verei Nico sem Poppy, e há sempre uma pequena chance de que conseguirei respostas, seja lá quais forem. Mas também porque espero me livrar desses pensamentos estranhos sobre Sam, que provavelmente estão aparecendo por causa da dúvida que Caroline colocou na minha cabeça.

Chego um pouco cedo e me sento no pufe do canto. Tiro meu notebook da mochila e finjo encarar meu texto pensativamente, mas na verdade é só o Plano Felizes para Sempre. Talvez se eu o estudar o bastante, meus próximos passos ficarão claros.

A srta. McKinney assente para mim silenciosamente da frente da sala enquanto o resto dos alunos começa a chegar, e eu desvio o olhar rapidamente, preocupada de ela querer conversar comigo de novo. Estive enviando para ela um trabalho "novo", já que foi o nosso acordo durante a conversa estranha que tivemos em setembro. E com "novo" estou falando de um trabalho antigo: capítulos da história de Colette agora, em vez da de Tallulah. Com sorte, está funcionando.

Onze passos para se apaixonar 271

Mas não tenho certeza, porque ainda não reuni coragem para ler os comentários dela. Ainda estou paralisada pelos últimos.

Mas ela não me pediu para compartilhar meu trabalho com a turma outra vez. Até pulou o meu nome quando chegou nele novamente, talvez concluindo que vou preencher o requisito no final do semestre. Não sei se devo me sentir grata ou envergonhada. Acho que um pouco dos dois.

— No que você está trabalhando? — pergunta Nico, tocando o pé no meu.

Luto contra a vontade de fechar meu notebook.

— Não tenho certeza ainda.

— Eu, hum, senti sua falta esta semana — diz ele, se sentando ao meu lado. *Eu*, não nós. — Você não vai mais almoçar com a gente?

Dou de ombros.

— Não sei. É só estranho, sabe?

Não preciso falar mais do que isso, certo? Quer dizer, com certeza ele sabe que é estranho.

Nico me dá aquele olhar que faz minha pele arrepiar, os olhos suavizando sob seus cílios escuros e os lábios cheios comprimidos em uma linha fina. Esse não é o tipo de olhar que você direciona a alguém que pretende deixar escapar facilmente. É o oposto. É um olhar de *eu te quero*. Então todo o meu corpo fica tenso em antecipação quando ele começa a falar.

— Tessa, eu...

A srta. McKinney bate palmas.

— Muito bem, sei que vocês estão começando. Só quero lembrá-los de que vamos pular a oficina hoje. Desculpe, Lizbeth, fica pra semana que vem, está bem? Porque tenho um anúncio especial para vocês no final.

Nico franze o nariz e sorri para mim, dizendo "A gente se fala mais tarde" sem emitir som. Ele pega o caderno Moleskine e uma caneta, e eu fecho a boca rápido, percebendo que estava aberta. Já estou fantasiando sobre as milhões de possibilidades do que pode vir depois do "Tessa, eu…".

… enfim terminei com a Poppy no almoço porque percebi que é você. Sempre foi você.

… preciso que você pare de me olhar estranho assim. Também vi o que está na tela do seu notebook. Vou alertar as autoridades.

… quero que você me siga lá para cima agora, para que a gente termine o que começamos no Dia das Bruxas.

Começo a digitar todas essas coisas no meu notebook, com a esperança de que me impulsione a escrever. A essa altura, aceito qualquer coisa. Pelo menos parece que estou ocupada.

Sinto algo suave e morno encostar na minha coxa e vejo que é o mindinho dele, hesitante no começo, e então seguido pela mão inteira. Não penso sobre Poppy ou Sam ou a srta. McKinney ou até mesmo o Fedora, que definitivamente está espiando de seu banquinho a alguns metros de nós — eu só enfio minha mão sob a dele e a aperto. Isso não é invenção minha. É real e com certeza está acontecendo agora. É toda a resposta de que preciso por enquanto.

Quando a aula está quase terminando, a srta. McKinney nos chama de volta para o círculo, e está radiante com seja lá qual for a notícia especial que tem para compartilhar. Outras pessoas parecem estar antecipando algo também. A garota que sempre está usando vestidos com estampa de gatinhos — Angelica, acho — está roendo as unhas, e o Fedora bate o pé no chão tão rápido ao meu lado que balança a minha cadeira.

Onze passos para se apaixonar **273**

— Então, como vocês sabem, a festa de gala de inverno está chegando, e é hora de selecionar quem será nosso honroso escritor desta turma.

Ah, então é isso.

Eu deveria sentir vergonha do quão desatualizada estou. Quer dizer, se eu fosse uma escritora de verdade, estaria tão nervosa quanto eles. Poderia haver uma chance real de chamarem o meu nome. Mas em vez disso estou pensando no que vou dizer a Nico quando a aula terminar… e o que faremos.

— Como sabem, esta é uma decisão muito difícil porque esta classe é cheia de gente imensamente talentosa. É mesmo uma honra ser a professora de vocês. Só porque você não foi selecionado para ler na festa não significa que deve duvidar de sua habilidade. — *Exceto você, Tessa. Nada do que estou dizendo se aplica a você.* — Enfim, suponho que vou começar de uma vez. O honrado estudante que lerá na festa será… — Todos na sala prendem a respiração. — Nico Lucchese!

Toda a confiança que ele geralmente tem desaparece, e Nico parece chocado, se inclinando para trás na cadeira com a boca se mexendo, mas nenhum som sai. Queria que fosse socialmente aceitável eu pular no colo dele e dar um beijo gigante agora, porque é exatamente o que quero fazer, de tão orgulhosa que estou dele. Em vez disso, só dou um sorrisão. E quando todos o enchem de parabéns e apertos de mãos e batidinhas nas costas, eu só junto minhas coisas e vou embora — porque isso é o que ele precisa ou espera de mim, certo? Me sinto estranha em ficar, especialmente quando já estou evitando os olhares significativos da srta. McKinney porque, bem, o que é que eu estou esperando? Não importa a gente ter dado as mãos, ainda somos amigos e só.

Mas quando estou chegando no topo da escada do porão, ouço Nico chamar meu nome, e quando me viro, lá está ele.

— Tessa! Eu não queria que você fosse embora — diz ele, as bochechas corando adoravelmente. — Ainda precisamos conversar. E eu, hum... é, não tenho certeza do que dizer... é só que...

Ele está tentando me dispensar com suavidade. Sei disso. É a única coisa que me aguarda. Ele é um escritor talentoso e celebrado que já tem uma namorada gostosa, e eu sou só eu. Decido facilitar para ele.

— Não se preocupe — digo como se não fosse nada de mais. — E parabéns, Nico. Embora eu não esteja surpresa por te escolherem. Seus pais ficarão orgulhosos.

Me viro para ir embora, mas Nico agarra a minha mão e me puxa para um abraço. Um braço está ao redor dos meus ombros e o outro envolve minha cintura e o hálito dele é morno contra a minha orelha e sinto como se fosse desmaiar. Sei que estou soando como alguém saído de um filme original do Disney Channel falando sobre algo tão infantil quanto um abraço, mas parece especial. Importante. E eu poderia ficar assim para sempre, mas somos interrompidos (*De novo! Qual é, alivia aí, universo!*) por alguém pigarreando.

Nos separamos para ver Poppy ali, de braços cruzados e parecendo irritada.

Não espero para ver o que pode significar.

— Bem, parabéns de novo. É muito, muito incrível!

E passo rápido por ela sem fazer contato visual, para encontrar Sam e ir para casa.

* * *

Enquanto estamos a caminho de casa, escrevo mensagens a Caroline sobre o abraço, mas apago todas. Não parece certo mandar mensagem para ela. O que ela vai pensar sobre um abraço bobo quando está considerando uma coisa muito mais importante?

Enfim, escrever mensagens que nunca serão enviadas é uma boa distração de Sam e todos os sentimentos confusos sobre seu maxilar, braços, lábios e seu perfume de incenso perpetuamente doce. Que fica ainda mais evidente quando ele estica o braço sobre mim para pegar o carregador do celular no porta-luvas em um sinal vermelho, o corpo inteiro dele se inclinando sobre as minhas coxas. Sinto um friozinho feroz na barriga. Quando o carro estaciona, eu saio antes mesmo que ele desligue o motor e corro para a minha casa.

— Ei, tchau? — Sam grita atrás de mim, e eu aceno rapidamente, ansiosa para escapar para o silêncio da minha casa e ter tempo para entender o que está acontecendo com a minha cabeça.

Mas quando chego lá, minha mãe espera por mim na cozinha. E ela não está andando de um lado a outro ou limpando com aquele movimento frenético de sempre. Em vez disso, está sinistramente silenciosa e parada, de frente à porta enquanto espera por mim.

— Tem alguma coisa que queira me contar sobre a escola, Tessa? — pergunta ela, a voz baixa e comedida.

Sobre o quê? Por acaso Poppy ligou para a minha mãe ou algo assim?

— Não sei… acho que não?

Posso ver pela forma como estreita os olhos e cruza os braços que foi a resposta errada.

— Eu estava vendo suas notas on-line — começa ela.

Ah, não.

— E vi que você está reprovando na aula de Arte do Romance. De acordo com as anotações da srta. McKinney, você não entregou várias avaliações e só tem metade da nota no resto.

Não digo nada. Não sei o que dizer.

É claro que eu não estava enganando a srta. McKinney. Meu coração despenca.

— Tessa, o que está acontecendo?

Encaro o rosto dela, seu maxilar trancado e os olhos azuis marejados. Há raiva lá, mas mais que isso... decepção. É assim que ela e meu pai têm olhado para mim há semanas.

Vê-la desse jeito me desmonta, e antes que eu perceba, estou chorando. E não só algumas gotas — o choro real, com meleca pingando e tudo.

— Eu não conseguia... eu não conseguia... escrever! — digo entre o choro. — Eu tentei! Estou tentando! Mas as palavras... não vêm! Estou presa! E a srta. McKinney sabe... e não sei se eu deveria estar na Crisá... acho que foi tudo um erro!

Não tenho certeza se estou fazendo sentido, mas é bom tirar isso do peito. É catártico. Como se agora talvez as coisas sejam administráveis porque contei para a minha mãe, e será como quando eu era pequena e ela consertava tudo — quando ouvia minhas preocupações enquanto trançava o meu cabelo e me dizia que as coisas ficariam bem. Mas quando enfim olho para a minha mãe, o rosto inchado de lágrimas, fico surpresa ao ver que a expressão dela não mudou. Parece até mais alarmada agora.

— Por que você não me contou nada disso? Há quanto tempo isso está acontecendo? — Ela balança a cabeça. — Às vezes... eu só... eu... eu sinto como se não te conhecesse mais.

Onze passos para se apaixonar **277**

Nem eu me conheço, quero dizer, mas não posso falar isso. Talvez eu não devesse ter dito nada.

Em vez disso, me pego dizendo a única coisa que pode mudar a expressão dela, fazê-la olhar para mim com orgulho em vez de constante decepção e preocupação.

Não é verdade, mas talvez isso não seja tão importante no momento.

— Mas as coisas estão melhores agora. Desculpe, eu esqueci de dizer isso. — Dou um tapinha falso na minha cabeça. Que bobinha. Limpo as lágrimas com a manga do suéter. — A srta. McKinney provavelmente só não atualizou o quadro de notas. Às vezes ela se atrasa com isso.

Minha mãe corre as mãos pelo cabelo loiro.

— Por quê… estou confusa. Como é que você sabe disso? O que aconteceu?

— Enviei um monte de trabalho para ela para compensar. Tipo, dez capítulos! E ela amou tanto que me escolheu para a festa de gala de inverno.

— O quê?

— Sim, desculpe, eu deveria ter começado dizendo isso. — Eu rio e soa muito falso, mas ela não parece perceber. — Vou ler na festa. Em dezembro. É meio que superimportante na nossa escola.

— Sim, eu ouvi falar disso. No boletim informativo dos pais. — O rosto dela começa a aliviar, e o peso sobre o meu peito também. — Tessa, isso é incrível. Ai, meu Deus. Você me assustou por um momento!

— Desculpe — murmuro, e começo a ir em direção do meu quarto para escapar do que acabei de criar.

Mas minha mãe me agarra em um abraço saltitante.

— U-huuuu! Nossa escritora!

Preciso me afastar antes que vomite.

— Sim, tenho dever de casa para fazer — digo, saindo de perto.

— Sim, sim, vá fazer seu dever! Vou ligar para o seu pai! Ah, nós precisamos comprar os ingressos!

Tento não pensar em como são caros.

Capítulo 31

O resto do fim de semana é uma tortura, com minha mãe ligando para todos os parentes para se gabar e falando sem parar disso no jantar em família. Meu pai fica me beijando no topo da cabeça e me chamando de sua estrelinha. Não reconheço a garota que eles descrevem, mas, pra ser sincera, tem muita coisa que não reconheço nos últimos tempos. Se antes me pedissem para me descrever, eu me chamaria de escritora ou pelo menos "alguém que escreve". Eu teria dito ser uma boa pessoa. Mas olhe para mim agora: nem uma palavra escrita há meses e constantemente agindo com uma moral questionável. Talvez não me reconhecer seja parte de crescer, a tempestade antes da bonança. Mas sei lá. Não parece certo.

Sinto como se eu tivesse engolido uma bola de golfe, que fica presa na minha garganta durante todo o fim de semana. Eu quase confesso para fazer tudo parar, mas sei que será ainda pior ver os rostos deles: de coração partido se eu tiver sorte, ardendo de raiva se não. A festa só acontece na última semana antes do recesso de inverno, e vou descobrir como contar para eles em breve. Quer dizer, vou ter que contar. Mas é mais fácil deixar que a Tessa do futuro lide com isso.

O sentimento ruim continua quando vejo Nico de novo na aula de Arte do Romance na segunda-feira. Ele não mandou nenhuma mensagem, e assim consegui pensar. Mas na aula... não consigo deixar pra lá. Ele não me ignora nem algo assim. Só fica sentado ao meu lado enquanto escreve e eu "escrevo". Ele é perfeitamente cordial e amigável, como se fôssemos só isso: amigos. E está *tudo bem*. Só que, pensei que na sexta nós estivéssemos caminhando para algo maior. Eu não dou as mãos aos meus amigos ou os abraço daquele jeito. Talvez Poppy o tenha feito mudar de ideia, de novo.

Isso me faz ficar triste e ansiosa, mas também há um novo sentimento se formando: raiva. Há uma pequena parte de mim irritada por ele continuar me tratando assim. Como se eu também não fizesse parte desta equação.

Meu rosto deve estar tempestuoso, porque Sam me cutuca com o cotovelo a caminho de casa.

— O que está acontecendo?

— Nada. Estou bem.

Observo o ponto de ônibus ao lado da janela como se o sentido da vida estivesse lá.

— Certo... — E acho que ele deixou pra lá. Mas um minuto depois: — É só que... sei lá. Você não parece muito bem. Você não é lá muito boa em esconder seus sentimentos, sabia? Está sempre estampado na sua cara. É, hum... algo que queira contar?

Seria legal conversar com alguém, mas esse alguém com certeza não é Sam. O tópico Nico não deve ser discutido com ele. Posso sentir.

— Não.

Onze passos para se apaixonar 281

— Tudo bem.

O carro volta a avançar, e eu continuo olhando concentrada pela janela para esconder seja lá o que meu rosto está mostrando... e talvez também evitar olhar para Sam com sua jaqueta azul-marinho da Members Only. Não sei quem o fez trocar o blazer de veludo cotelê que geralmente usa por isso, mas está funcionando. E, novamente, fico confusa.

Mas enquanto olho pela janela, percebo que não é a paisagem que noto no caminho de casa todo dia: a loja de donuts com a rosquinha gigante fixada no topo, o mural de crianças da cor do pôr do sol brincando, ou a loja de roupas vintage rosa vibrante com uma bandeira de arco-íris do lado de fora.

— Hum, para onde estamos indo?

Ele me olha como se eu tivesse perguntado por que o oceano é azul.

— Para a loja de especiarias... eu te perguntei se podíamos parar lá rapidinho quando entramos no carro. Você concordou.

— Concordei?

Acho que eu estava mais presente nos meus pensamentos.

— Desculpe — diz Sam, de repente parecendo alarmado e esfregando a lateral do rosto. — Eu pensei que... Podemos ir para casa.

Ele dá seta e imediatamente tenta ir para a direita.

— Não, não, calma aí. — Rio, erguendo as mãos. — Está tudo bem. Desculpe. Só estou distraída.

— Ok, obrigado. Vai ser rápido. Prometo. Só preciso pegar algumas coisas para uma receita que quero começar hoje, e preciso de um tipo específico de canela em pau.

— Trabalhando em algo especial?

— Não exatamente. Bem, acho que meio que é. Descobri na sexta que fui escolhido para a festa de gala e...

— O quê? Sam! Isso é incrível! — Bato no ombro dele. — Como é que você não disse nada?

Agora é ele quem evita os meus olhos, mas posso ver suas bochechas corarem.

— Sei lá. Não é tão importante assim.

—Aham. É claro que é. E muito! Estou orgulhosa de você.

Quase digo a ele que vou ler na festa, mas então preciso me lembrar que não, isso é mentira. É fácil esquecer quando passei o fim de semana inteiro mergulhada nela.

Paramos em uma pequena loja espremida entre uma loja de suprimentos a granel para festas e uma lavanderia no bairro de Zaferia. Sam esfrega as mãos enquanto saímos do carro, seu rosto tão animado quanto o de uma criança na manhã de Natal.

— Minha mãe e eu frequentamos esse lugar desde que me entendo por gente. O sr. e a sra. Chen... os donos... têm a melhor seleção de Long Beach. Tudo, desde açafrão até, tipo... borragem. É muito especial mesmo!

É... fofo como ele fica todo animado com especiarias. Me faz lembrar de quando ele deixou escapar que o nome de seu liquidificador é Ethel.

— Eu poderia ficar aqui por horas. Mas é claro que não ficarei por muito tempo! Vai ser rapidinho, prometo.

Meu celular recebe uma notificação, e fico surpresa em ver o nome de Nico.

— Por que você não vai na frente? — digo, acenando para que ele vá. — Já te acompanho.

Não o vejo se afastar porque estou muito fixada nas mensagens aparecendo na minha tela.

Desculpe se foi esquisito hoje

Não "se", sei que foi
Eu só não faço ideia do que fazer

Posso sentir meu coração batendo rápido, e envio uma mensagem antes que possa pensar no assunto.

Não posso tomar essa decisão por você, Nico. Mas estarei aqui quando se decidir.

Antes que meus pensamentos possam acelerar demais, enfio o celular no bolso do meu casaco marrom peludo e sigo Sam para a loja. Eu não preciso usar um casaco: é mais para ficar fofa do que para me proteger do frio praticamente inexistente. E preciso ainda menos dele quando entro no calor da loja, um sino soando sobre a porta quando passo. É maior do que parece do lado de fora, com corredores e mais corredores de pós, sementes e plantas secas em grandes sacolas e jarros. Na parte da frente, uma mulher magrinha do leste asiático com alguns fios brancos em seu cabelo preto curto está diante da caixa registradora.

— Posso te ajudar? — pergunta ela.

— Não, estou bem — digo, tentando encontrar Sam. — Mas obrigada.

Meu celular soa outra vez no bolso, e luto contra a vontade de pegá-lo. Em vez disso, me forço a olhar para os diferentes produtos na prateleira. Há lavanda seca em saquinhos de plástico. Algo especialmente fragrante chamado *ras el hanout* em jarros de vidro. Ao lado, há tubos de algo que parece uma mistura de uma linda flor e um inseto assustador da cor da meia-noite. Eu meio que me sinto como se estivesse andando por uma loja mágica em um romance de fantasia, e entendo por que Sam gosta tanto deste lugar. Quero tocar tudo, segurar os frascos contra o meu nariz, mas ajo como sempre quando estou em uma loja: mãos onde podem ser vistas, ficando pelo menos meio metro longe das prateleiras.

Sei que é um pouquinho bobo, porque não é como se eu já tivesse roubado alguma coisa, mas sempre me sinto ansiosa em lojas (bem, mais ansiosa que o normal). Não ignoro o jeito como os vendedores olham para mim, e já tive muitos pesadelos aterrorizantes sobre algo acidentalmente caindo na minha bolsa e dando razão a eles.

E parece que não estou errada por me preocupar como sempre, porque sinto aquela sensação familiar de ser observada. Levanto a cabeça e vejo que a mulher saiu de seu lugar de trás do balcão e está casualmente arrumando algo no mesmo corredor que eu.

Ela sorri para mim, mas vejo seus olhos observando minhas mãos. Meu pescoço começa a queimar, embora eu não tenha motivo para me envergonhar. Devolvo um sorriso educado e vou para o outro corredor.

Cadê o Sam? Se eu estiver com ele, talvez essa mulher aceite que tenho o direito de estar aqui e pare de me lançar olhares desconfiados. Passo por mais corredores procurando, mas ele não está em lugar nenhum. Não quero gritar por ele e me fazer parecer ainda mais suspeita, então pego meu celular e mando uma mensagem: *Cadê você?* (Não posso evitar de notar que há apenas uma mensagem da minha mãe perguntando quando chegarei em casa. Nada de Nico).

Cruzo os braços e fico no meio do corredor, esperando a resposta. Talvez eu deva esperar lá fora?

— Este corredor tem nossas especiarias mais raras — diz a mulher, se materializando no ar a alguns metros de mim outra vez.

Onze passos para se apaixonar **285**

— Ah, uau — digo, dando o sorriso forçado novamente. Quero gritar: *Eu não sou ladra! Nem sei que porcaria é esta pra querer roubar!* Em vez disso, digo: — Hum, você viu outra pessoa nesta loja? Um rapaz?

Os olhos escuros dela piscam ao redor nervosamente, e então ela se aproxima, como se fosse me contar um segredo. O hálito dela tem cheiro de chiclete de hortelã velho.

— Tudo aqui é caro. Você tem certeza de que está no lugar certo? — diz.

A raiva sobe pelo meu corpo como se fosse Coca-Cola explodindo de uma garrafa após ser agitada, mas ranjo os dentes, inspiro fundo e passo por ela, saindo da loja. O sino soa tão violentamente que acho que vai cair. Tomara que caia.

Quando Sam sai cinco minutos depois, ainda estou fervendo.

— Você decidiu não entrar? — ele pergunta com um sorriso com covinha, mas então o rosto dele muda. — Ei, tudo bem aí?

— Uhum. Bem.

Só quero ir pra casa.

— Não, você não está — retruca ele. — Não precisamos continuar fazendo isso. Eu percebo.

— Ah, é? Como?

— Já te falei, seu rosto denuncia tudo. Tipo agora… Você sempre faz um negócio quando está chateada… Não sei dizer, você se retrai, acho? E aperta as mãos — diz ele, me imitando.

Se eu não estivesse tão mal-humorada, eu riria.

— É só que… a moça lá… — digo devagar. Quero acabar logo com isso, porque talvez fosse coisa da minha cabeça. Talvez eu estivesse sendo muito sensível. Mas não… Sei que não

286 ELISE BRYANT

foi isso. — Ela, hum, ficou me seguindo. Como se eu fosse roubar alguma coisa. E ela veio me dizer como tudo lá é caro.

— O quê? — Sam pergunta, parecendo apropriadamente indignado. De alguma forma, me faz sentir melhor. — Que palhaçada, te tratando como se fosse criminosa. Quer dizer, você tem o direito de estar lá assim como qualquer um!

— Obrigada, sim… — Dou de ombros. — Acontece.

— Vou falar com ela! — Sam joga a mochila perto do carro e sai pisando duro em direção da loja.

Agarro o braço dele.

— Por favor, Sam, não! Não vale a pena!

Uma cena é a última coisa que eu quero.

— É claro que vale a pena! — grita ele, se livrando de mim, mas então coloca a mão no meu ombro mais gentilmente. — Você vale a pena — diz, os olhos nos meus.

O ponto no meu ombro onde sua mão repousa se aquece, e a sensação se espalha até minha barriga e dedos dos pés.

Antes que eu me dê conta, estamos ambos de volta à loja, diante da mulher. Ela sorri a princípio, mas então começa a piscar muito rápido, tentando entender.

— Sra. Chen, minha amiga Tessa me disse que a senhora a tratou de maneira desrespeitosa e a fez se sentir desconfortável — diz Sam. Ele soa todo educado e perfeito, como um escoteiro. Mas meu coração ainda bate muito forte e eu preciso lutar contra a vontade de sair correndo.

— Desculpe, sr. Weiner — diz ela, a voz diferente do que foi comigo, toda docinha agora. — Eu não sabia que ela estava com você.

A voz de Sam desce uma oitava.

— Não deveria importar se ela estava comigo.

Onze passos para se apaixonar   **287**

— Nós temos que ser cuidadosos, entende? Temos nossos clientes regulares, e ela não é o cliente típico...

— O que é um cliente típico, hein? O que a senhora quer dizer com isso? Seja direta.

Ele não grita, mas suas palavras têm o mesmo efeito.

— Sr. Weiner, eu não quis dizer nada — diz ela, abalada. — Sabe, somos um comércio pequeno e nos afeta quando perdemos produtos... no passado, bem, tivemos ladrões que se pareciam com... Temos nossa política, sabe...

— Bem, foda-se a sua política — diz Sam.

Eu arfo. Quem é esse Sam?

Ele continua, a voz forte e fria:

— Nunca mais comprarei nessa loja com essas suas políticas racistas. E vou dizer à minha mãe e aos associados dela para fazerem o mesmo.

Ele se vira para ir embora, mas então para e diz:

— E foda-se você também!

Com isso, Sam sai pela porta, e não sei o que toma conta de mim. Talvez seja a raiva acumulada por todos os vendedores e donos de loja que me fizeram sentir como se eu não pertencesse, como se eu tivesse que me desculpar só por existir.

— É, vai se foder! — grito. Me sinto bem.

Trotamos até o carro e batemos a porta, e quando me viro para Sam, me pego pestanejando algumas vezes. E mais algumas, tipo quando acordamos e o mundo ainda está entrando em foco. Porque algo parece diferente. Ele está diferente. Ou talvez ele seja quem sempre foi, e quem está diferente sou eu.

— Isso foi... — começo. — Você não precisava ter feito isso.

Sam bate no volante uma vez e então meio ri, meio grita, balançando a cabeça.

— Ei, às vezes a gente tem que mandar alguém se foder. — Ele apoia o braço nas costas do meu assento. — Só
sinto muito que você teve que lidar com isso, para começo
de conversa.

A mão dele cai no meu ombro, um dedo acariciando —
devagar, tentador. Nossos olhares se encontram, e vejo uma
pergunta lá. Uma pergunta que me anima e aterroriza ao
mesmo tempo.

Ouço meu celular receber uma notificação e, sem pensar, eu o tiro do bolso. Sam rapidamente afasta o braço e gira
a chave na ignição. A resposta de Nico consiste em apenas
uma palavra:

Ok.

E olhando para Sam de novo, estou começando a perceber que ficarei bem, não importa o que Nico decida.

Capítulo 32

Passo a semana inteira tentando entender exatamente o que são esses novos sentimentos por Sam.

Na terça, acordo pensando sobre a firmeza da voz dele quando me defendia e como isso fez cada molécula do meu corpo vibrar.

Na quarta, ele tem uma consulta no dentista, e percebo quão estranha me sinto sem nossas conversas matutinas e Tupperwares cheias de suas últimas criações doces feitas só para mim. Será que já as valorizei como mereciam?

E, na quinta, quase perco o anúncio de Theodore dizendo que foi escolhido pelo departamento de artes visuais para a festa de gala porque estou muito distraída por esse novo desejo que tenho de correr meus dedos pelo cabelo dourado de Sam, brilhando na luz da hora do almoço.

Mas mantenho tudo isso para mim. Meu normal seria ligar para Caroline e analisar a situação, e talvez, *só talvez*, se isto for o que eu acho que é, inventaríamos um plano novo e extenso para fazer as coisas acontecerem. Mas não parece certo. Não quero compartilhar isso, seja lá o que for, com ninguém ainda. Além disso, Caroline percebeu antes de mim, e em vez de ouvi-la, pensei o pior e estraguei as coisas entre nós. Estamos afastadas desde então. Minha ligação para ela sobre o assunto terá que ser acompanhada por um grande pedido de desculpas.

— O que sua família vai fazer para o Dia de Ação de Graças? — Sam pergunta quando chegamos na Crisálida. É a sexta-feira antes do recesso de outono, e estou ansiosa para ter uma folga do fingimento que faço na aula de escrita. Embora eu ache que vá precisar fazer o mesmo fingimento em casa, para os meus pais.

— Ficar em casa, só nós quatro este ano. Miles ama assistir à parada com balões. Meu pai vai tentar recriar o macarrão com queijo e a torta de batata-doce da minha avó. Minha mãe já sabe que é melhor nem tentar. — Me sinto um pouquinho constrangida. Outro novo e estranho desenvolvimento com Sam. Nunca me senti assim perto dele antes. — Provavelmente não é nada chique como o que você planejou...

—Ah, nosso jantar padrão com Rachael Ray, Ina Garten e Gordon Ramsay? — Ele ri. — O Dia de Ação de Graças é bem tranquilo para nós. Geralmente sou eu e minha mãe, e às vezes minha avó. Mas o novo namorado dela tem ingressos para algum show grande na Broadway, então ela recusou nosso convite educadamente.

— Ah, a vovó não dá uma bola fora! — Sorrio.

Sam dá de ombros.

— Ela e minha mãe geralmente trocam comentários passivo-agressivos durante a refeição, então assim é melhor. Minha mãe prepara os pratos principais e os acompanhamentos,

Onze passos para se apaixonar 291

e eu fico encarregado das sobremesas. Geralmente fazemos o suficiente para sobrar até o Hanucá, ou até o Natal.

— Vocês celebram as duas datas?

— Sim. É meio esquisito, eu sei — diz ele enquanto nós dois saímos do carro e começamos a caminhar pelo estacionamento.

Eu me lembro que mal podia esperar para sair de perto dele no primeiro dia, e agora gostaria que esta caminhada durasse para sempre.

— De jeito nenhum.

— Então são só vocês quatro… Vão ficar na cidade? Não vão voltar para Roseville?

— Não, grande parte da família do meu pai está no sul, e a da minha mãe… bem, não os vemos muito.

— Por que não?

— Bem, eles não apoiaram muito quando meus pais se casaram. Meu pai não era o que eles queriam para a minha mãe, se entende o que quero dizer. Eles nem foram ao casamento. As coisas estão melhores agora, mas melhor tipo não-passar-o-feriado-juntos.

— Uau. — Sam balança a cabeça, — Pensei que esse tipo de coisa estava no passado. Mas deve ser… uma maneira privilegiada de se pensar.

Soco o ombro dele de brincadeira.

— Qual é, você está concorrendo a aliado branco do ano? Ele me cutuca de volta.

— Pode falar bem de mim para os juízes?

— Veremos. — Eu rio e balanço a cabeça. — Enfim, é, vou estar aqui a semana toda.

— Que bom, então… não sei, talvez a gente possa passar um tempo juntos? Porque nós não vamos, sabe, ter nossa viagem diária... Se você não estiver ocupada. — Sam está olhando direto para a frente em vez de para mim, mas ouço algo na voz dele. — Eu faço uma torta muito boa. Posso guardar um pedaço para você.

— Eu ia adorar. — Minhas bochechas doem de tanto que estou sorrindo. — E você não precisa me comprar com guloseimas. Eu passaria tempo com você de qualquer jeito.

—Ah, caramba — diz ele, me empurrando com o ombro. Meu corpo inteiro vibra.

É, eu não preciso me consultar com a Caroline. Com certeza tem alguma coisa rolando aqui.

Enquanto passamos pelos carros no estacionamento e entramos na sombra do prédio alto que constitui metade da Crisálida, vejo Nico sozinho, a cabeça virando como se procurasse por alguém. E me percebo chocada com como mal pensei nele a semana toda porque minha mente estava ocupada por Sam. É uma mudança tão drástica, principalmente porque eu estava tão certa recentemente de que queria Nico. Que se eu encontrasse meu "felizes para sempre" com ele, então tudo se encaixaria. Mas e se meu "felizes para sempre" não for com ele?

Sam não é só o interesse amoroso de outra garota. Ele poderia ser o interesse amoroso *desta* garota. Eu.

Nico para de olhar ao redor, e seus olhos encontram os meus. Ele caminha na nossa direção, me dirigindo um olhar estranho. Eu meio que não quero que ele fale comigo, uma coisa na qual eu não teria acreditado se alguém tivesse me dito há uma semana. Mas não quero fazer Sam ficar desconfortável. Na verdade, estou tentando pensar em um jeito de indicar o que estou sentindo... para ver se ele também se sente da mesma maneira. Nico só vai estragar tudo.

Onze passos para se apaixonar 293

Mas então Lenore aparece diante de mim, antes que Nico consiga nos alcançar. Ela está usando todos os tons de rosa: calças rosa-dourado brilhantes, uma blusinha rosada, um cardigã magenta largo, combinado com um chapéu preto de abas largas da Era Lemonade da Beyoncé. Quero dizer o quanto amo a roupa dela, mas sou interrompida pelo seu olhar sério, muito incomum a ela.

Lenore agarra o meu ombro.

— Alguém já te contou?

Só então percebo a pilha de papéis amassados na outra mão dela.

— Contou o quê?

— Aqui. Dá uma olhada.

Ela me entrega a pilha, e a primeira coisa que vejo é o meu nome no topo de cada página. Por que o meu nome está no topo de cada página? Não consigo montar as peças na minha cabeça. Mas então reconheço alguns poemas que escrevi no nono ano com o tipo constrangedor de rimas e símiles demais. E então vejo — *não* — fanfics do Dream Zone. Quer dizer, fanfics só com Thad, que se passam antes que ele se juntasse à banda. Mas mesmo assim... Porém, a maioria da pilha são páginas e páginas do romance não terminado de Thomas e Tallulah. Tallulah, que se parece muito comigo, e Thomas, que se parece muito com...

Nico está ao nosso lado agora.

— Hum, Tessa, a gente pode conversar?

As mãos dele também estão cheias de papéis.

Não penso. Só corro. Alguém — talvez Nico, talvez Sam — me chama, mas continuo até estar dentro do prédio, passando por pessoas falando sobre mim. Posso sentir os olhares e sussurros delas arrepiando a minha pele. Eu esperava encontrar alívio lá dentro, mas o corredor do primeiro andar está praticamente tomado pelo meu trabalho. Paro, chocada. Estou com medo de continuar andando, com medo de descobrir que todos os cinco andares estão do mesmo jeito.

Isso está acontecendo mesmo? *Como* pode estar acontecendo? Isso é como uma daquelas coisas que acontecem em filmes adolescentes, não na vida real. Arranco uma das páginas da parede ao lado da minha sala de aula de História Americana e vejo que é ainda pior do que eu pensava, como se isso fosse possível. É uma página de um dos meus capítulos de Tallulah e Thomas, aquele em que ela o vê pela primeira vez, e está toda marcada, como se alguém a estivesse estudando para um teste. Destacados em amarelo ofuscante estão "cabelos escuros", "olhos melancólicos", "cílios longos", "silhueta magra", "jeans pretos justos", "artista misterioso" e todas as outras coisas que fazem Thomas igualzinho a Nico. Escrito na parte inferior em letras maiúsculas está: ELA ESTÁ OBCECADA. Na página ao lado: COMPLETAMENTE STALKER.

Não! Não é isso! Quero gritar para as duas dançarinas de balé atrás de mim, sorrindo e murmurando alguma para a outra. Eu queria ir até a diretoria e explicar que escrevi essas histórias antes de Nico. Que não é minha culpa ele parecer saído de uma das minhas histórias. Mas, ao mesmo tempo, só quero desaparecer, por que como alguém vai acreditar que não sou a stalker doida que isso está me fazendo parecer?

Posso sentir meu pescoço começando a queimar, e minha respiração ficando rápida demais, cada uma me dando ao mesmo tempo ar demais e de menos até que começo a ficar tonta. Acho que vejo Sam abrindo caminho pela multidão — quando é que a multidão se formou? Mas não, não quero vê-lo agora. Eu o quero longe daqui, em um tanque de

Onze passos para se apaixonar 295

privação sensorial em algum lugar. O que ele vai pensar de mim com isso?

E a grande pergunta é: quem faria isso?

Mas recebo minha resposta quando Poppy aparece ao meu lado, seus braços cheios de cópia. Ela parece perfeita em um vestido moletom largo e batom vermelho vibrante.

— Tenho cópias extras, se você quiser — diz ela. Seus lábios franzem de nojo, como se estive limpando algo nojento de uma de suas botas Chelsea. — Deus, quão desesperada você estava?

Alguém ri. Não sei quem é porque não consigo mais ver o rosto de ninguém; todos são um borrão só. E meu pescoço, além de queimar, está formigando agora, e eu estendo a mão para sentir os calombos começando a se formar ali, cobrindo meu pescoço e se espalhando pelo meu peito. Odeio quando isso acontece. É o meu corpo desistindo de tudo. A mensagem final de desligamento me informando que isso é demais. Que eu não posso aguentar mais.

Estou no meio do meu pior pesadelo e completamente travada. Eu provavelmente ficaria aqui para sempre, até parar de respirar por completo ou até meu corpo se tornar uma colmeia gigante ou eu simplesmente afundar no chão implorando para o universo fazer parar, mas alguém agarra meu braço e gentilmente me puxa para longe. Só sei que é Sam pelo cheiro familiar de manteiga e açúcar, mas não consigo olhar para o rosto dele. Eu não consigo olhar para ninguém.

Ele me leva até o seu carro, abrindo a porta do passageiro e me empurrando para dentro. Nos sentamos juntos lá dentro, e o único som é o da minha respiração acelerada. Quero explicar tudo para ele. Quero gritar. Quero sair do carro e jogar Poppy no chão. Quero correr pelos corredores arrancando todas as páginas. Mas, em vez disso, apenas fico sentada, ouvindo minha respiração, piscando para afastar as lágrimas, enquanto o estacionamento se esvazia lentamente e somos os únicos que ainda estão aqui. A distância, ouço o sinal.

Depois de sabe-se lá quanto tempo, Sam estende o braço e toca meu ombro. A mão dele parece sólida, me ancorando ao banco enquanto minha mente vagueia por tantos lugares.

— Respire — diz ele, e então imita um inspirar longo e profundo.

Eu deveria estar irritada, mas o lembrete é tudo de que preciso. Respiramos juntos algumas vezes, inspirando devagar em uníssono até que eu sinta as batidas do meu coração desacelerando e que eu volte a tomar ar em um ritmo normal em vez de em golfadas nervosas.

Sam usa a outra mão para apertar a minha. É inesperado, mas não indesejado. A sensação é boa.

— Quer saber? — pergunta ele.

— O quê?

— A gente deveria… Vamos dar o fora daqui.

— Tá bom.

Onze passos para se apaixonar 297

Capítulo 33

Dirigimos pela Second Street até chegar na rodovia estadual, e tento não pensar no que meus pais fariam se soubessem que estou matando aula. Provavelmente apenas agravaria a narrativa que eles estão construindo em suas cabeças sobre a adolescente problemática que estou me tornando. Mas hoje foi traumático, e não consigo me imaginar voltando para aquela escola e lidando com os sussurros e olhares pelo resto do dia. Estou feliz que Sam estava lá para me salvar. E segurar minha mão. Eu gostaria de poder estender a mão e pegar a dele novamente.

— Hum... É só... Eu... *ugh!* — engasgo, tentando entender a bagunça na minha cabeça. Minha voz está rouca e fraca como se eu estivesse gritando há horas.

Sam não me pressiona. Ele dirige pela longa rua com lojas e cafeterias bonitas e então para em um estacionamento de frente para uma praia na qual não fui ainda. Seal Beach. Quando ele enfim desliga o carro, olha para mim, um sorriso simpático no rosto.

— É só o quê?

Inspiro fundo mais uma vez.

— É só que acho que posso superar o que ela está dizendo sobre Nico e eu… estar obcecada ou sei lá o quê.

Sam está com uma expressão que não consigo decifrar.

— É?

— É, escrevi aquela história antes de conhecê-lo. Sei disso. E ele pode saber disso se um dia a gente se falar de novo… não ligo se não acontecer — digo, embora não saiba se é verdade. — E talvez eu mereça.

— Você não merecia aquilo.

Espanto o pensamento.

— A parte que não consigo superar, que está me irritando tanto, é que era o pior da minha escrita. Que todo mundo vai ver e perceber que escritora horrível eu sou.

— Isso não vai acontecer — diz Sam sorrindo para mim. A mão dele torna a tocar o meu ombro. Parece cheia de eletricidade, energizando o meu corpo todo. — Como você acha que ela conseguiu?

— Provavelmente estava no meu portfólio. E quer dizer, quem sabe como foi que ela conseguiu? Acho que os pais dela estão no conselho, e ela tem acesso… e é claro que ela escolheu as piores coisas. Mas quem é que estou tentando enganar… provavelmente era tudo uma porcaria. Foi fácil para ela…

— Tessa — Sam me interrompe. A voz dele está muito séria, tão diferente que me faz erguer o olhar, e vejo que o rosto dele combina com a voz. — Preciso mesmo que você pare de falar merda sobre a minha amiga.

— Desde quando a Poppy é sua amiga?

— Ela não, você! — Ele ri, a expressão mudando. Sam se inclina para mais perto de mim. — Você é sempre tão negati-

Onze passos para se apaixonar **299**

va sobre si mesma e sua escrita. Mas vamos encarar os fatos. Aquelas eram as amostras de escrita que foram enviadas. E o departamento de escrita criativa as leu e te aceitou na escola, então acho que podemos concluir que sua escrita era, e *é*, boa.

— Sim, mas…

— Não quero ouvir seus "mas"! — Ele cora e continua: — Você sabe do que estou falando. É só… você precisa deixar de lado esse pensamento de que não merece estudar lá. Você está na Crisálida por um motivo. Como uma escritora, uma artista, você *pertence* àquele lugar. E nada, nem uma garota malvada nem sua autocrítica, pode tirar isso de você.

As palavras dele me abraçam, aquecendo todo o meu corpo. Como ele pode se sentir assim quando…

— Você nem sequer leu o que eu escrevi.

— Não li. Mas quero ler, e espero que você deixe um dia. — Não sei como isso aconteceu, mas estamos a centímetros um do outro. Posso ver as sardas abaixo dos olhos dele. — E sei que você é incrível, então sua escrita deve ser também. Se acreditar em si tanto quanto eu acredito em você.

Algo é libertado entre nós com essas palavras, e de novo Sam reduz o espaço restante, tocando o nariz no meu. A pergunta está nos olhos dele de novo, e eu assinto. Quero isso. Ele toca as laterais do meu rosto, me segurando delicadamente como se eu fosse algo precioso e importante, e meus olhos se fecham quando nossos lábios se tocam.

E percebo que tenho descrito os beijos de maneira totalmente errada. Em todos os meus anos de escrita — beijos com Harry, Edward, Thad e Thomas —, nunca acertei. Aquilo era mecânica, logística… e isto, isto é completamente diferente. Isto é intuitivo, é urgente. Isto envolve tudo, todo o meu corpo, embora as únicas partes de nós se tocando sejam nossos lábios e as mãos dele na minha nuca, dedos entrelaçados em meus cachos. Meu coração deixou meu peito e está batendo em meus ouvidos, as borboletas na minha barriga estão enlouquecidas. Acho que alcancei meu limite. Que eu não posso sentir mais. Mas então a mão dele trilha para baixo ao lado do meu corpo, seus lábios se movem para minha bochecha, meu pescoço, o lado da minha boca, e tudo chega a outro nível.

Isso é beijar.

E sinto vontade de pegar meu notebook e anotar todos os detalhes. Eu poderia escrever romances inteiros apenas sobre beijar Sam.

Ele se afasta e me encara com os olhos arregalados.

Não consigo encontrar nenhuma palavra, exceto:

— Uau.

A vermelhidão sobe por seu pescoço e bochechas.

— Eu não sei o que… Sei que você gosta do Nico…

Agarro o rosto dele e o beijo novamente.

E continuamos nos beijando.

Por fim, depois que nossos lábios estão inchados e as janelas do carro começam a ficar embaçadas, Sam sugere, inocentemente, que talvez a gente deva sair do carro antes que alguém chame um segurança ou algo assim. Eu rio muito da ideia de isso acontecer, pensando na ligação que meus pais receberiam agora que estou matando aula *e* me agarrando com um garoto em um carro. É hilária a reviravolta que a minha vida sem graça deu.

Caminhamos pela Main Street até uma pequena padaria, pedimos pãezinhos de canela do tamanho de nossas cabeças e os levamos até a praia. Enquanto caminhamos descalços na

Onze passos para se apaixonar 301

areia fria até a água azul-escura, minha mão roça a dele e Sam a pega com confiança, como se sempre tivéssemos sido assim.

A praia está bem vazia, a maioria das pessoas se assustou com o céu nublado, então ainda parece que estamos em nossa própria pequena bolha. Só eu e ele, e todas as outras preocupações — como minhas palavras preenchendo os corredores, ou se a diretoria ligará ou não para minha mãe, ou o que todos na escola vão pensar sobre mim e Sam — simplesmente desaparecem.

Sentamos e observamos as ondas, dando mordidas pegajosas e doces nos pãezinhos, com as pernas estendidas sobre um cobertor que Sam tinha no porta-malas do carro. E continuo observando-o de esguelha, olhando para mim em vez de para a água à nossa frente, como se eu merecesse mais sua atenção do que o oceano Pacífico. Isso me faz sentir como o maior tesouro do mundo.

— O que foi? — pergunto por fim, sorrindo e empurrando ele com o ombro.

— Eu só não consigo acreditar que estamos aqui. Assim. Você e eu.

Ele entrelaça os dedos nos meus.

— Eu sei — respondo. — Provavelmente parece que isso saiu do nada…

— Não para mim — diz Sam solenemente. — Achei você a garota mais bonita do mundo na primeira vez que te vi.

— Ah, é? Mesmo quando você estava pagando pela pizza do meu irmão?

— Aquela não foi a primeira vez — diz ele, e eu o olho, confusa. — Te vi quando sua família estava se mudando: você estava carregando uma caixa grande com livros, e seu pai estava tentando te ajudar, mas você só o afastou, embora tenha levado o dobro do tempo... Desculpe, isso provavelmente soa meio coisa de stalker, né? Eu te observando sem que você soubesse?

— Sei tuuuuudo sobre ser stalker.

Sam revira os olhos.

— Enfim, quando seu irmão mandou a pizza para a casa errada, eu na verdade fiquei bastante agradecido, porque me deu a chance de te conhecer. Desde então estive esperando... bem, desesperadamente esperando que você entrasse no ritmo.

Penso nos últimos meses: as guloseimas que ele levou para mim todas as manhãs e a babaca que fui com ele no início, preocupada com o que as pessoas pensariam quando aquilo não deveria ter sido meu foco de jeito nenhum.

Traço o centro da mão áspera de Sam com meu dedão.

— Não sei — digo. — Para mim parece só uma cantada.

Sam se inclina para trás por um momento, mas sorri quando vê meu rosto e percebe que eu estou o imitando naquele dia com Caroline na cozinha.

— Tenho todas as cantadas para você, tantas quanto você pode imaginar, porque você merece cantadas daqui até a eternidade.

Ele beija minha testa.

— Você é um GPS quebrado? Porque me deixa totalmente sem rumo. — Sam beija uma bochecha minha, e então a outra. — Doeu? Quando você caiu do céu? — Ele puxa a minha camisa e me beija no nariz. — Me chama de roupa nova e diz que quer sair comigo.

— Não acho que é assim que...

Ele beija o meu queixo.

Onze passos para se apaixonar 303

— Deve ter algo de errado com os meus olhos, porque não consigo tirá-los de você.

— Tudo bem, chega — digo, interrompendo-o com um beijo nos lábios.

Me inclino para mais perto, derrubando-o na areia, e Sam envolve os braços ao meu redor, me puxando para mais perto. Os beijos começam vagarosos e tímidos, mas então o braço direito dele vai até a parte inferior das minhas costas e eu corro a mão por seus cabelos, e nós dois abrimos a boca, tomados por essa energia febril, e então o beijo se torna mais urgente, rápido e...

Alguém pigarreia e nós dois nos sobressaltamos, dando de cara com uma mãezona de maiô, segurando com um dos braços uma cadeira de praia e uma bolsa de fraldas e, com o outro, uma criança de cabelos escuros. Ela nos lança um olhar mortal.

— Hum, desculpe, senhora! — diz Sam, acenando para ela. A mulher não parece satisfeita.

Depois que ela sai pisando duro na areia, Sam e eu só nos encaramos, e é como se nenhum de nós pudesse parar de sorrir.

— Você quer, hum, apagar um pouco o fogo? — pergunta ele, gesticulando para a água.

Assinto, meu coração batendo rápido demais.

Ficamos de pé, e percebo que Sam está usando as calças cargo com zíperes no joelho. Eu costumava pensar que elas eram tão constrangedoramente bobas, mas não me importo mais.

Agora vejo apenas ele. Este garoto gentil, divertido e fofo que eu quero beijar mais vezes, de preferência em um lugar privado. Ele se abaixa — eu penso que é para enrolar as pernas da calça, mas em vez disso ele abre o zíper nos joelhos, convertendo a peça em uma bermuda. Então as pessoas *fazem* isso.

Caio na gargalhada, chegando até a roncar um pouquinho, e quando ele olha para mim, meio constrangido, eu o beijo. Nós damos as mãos e corremos para as ondas.

Capítulo 34

Passamos o final de semana juntos, comendo todas as receitas de teste para a festa, roubando beijos quando as famílias não estão olhando e assistindo ao *Enter the Dream Zone* com Miles. Minha mãe enfim ganhou um leilão do DVD no eBay, então o mostramos para Sam em sua glória total, e ele fica apropriadamente impressionado.

Lenore, e até Theodore, me enviam mensagens algumas vezes, para garantir que estou bem. Acalmo suas preocupações e pergunto sobre os planos de Dia de Ação de Graças, mas não conto sobre Sam. Quero manter isto, seja lá o que for, entre nós por enquanto.

Na noite de segunda-feira, Sam pergunta se estou livre, porque tem algo especial planejado.

— Tipo um encontro? — digo.

— Hum… não sei, sim? Se é o que você quer que seja. Sei que estamos passando muito tempo juntos, e está tudo bem se você quiser um tempo longe…

— Quero que seja um encontro.

306 ELISE BRYANT

— Ok. — Ele assente e então me puxa para mais perto, sussurrando na minha orelha: — Então é um encontro.

Sam me pega às sete da noite e, ignorando com sucesso os olhares questionadores de minha mãe (meu pai, graças a Deus, está trabalhando até mais tarde), dirigimos até Signal Hill. Signal Hill é uma cidade dentro da cidade, uma ilhota no centro de Long Beach, pontilhada por fileiras de casinhas novas idênticas, bombas de poço de petróleo que não combinam muito e — é claro — uma colina gigante. Sam dirige por uma estrada em zigue-zague até o topo da colina e estaciona em um parque deserto.

Meu celular recebe uma notificação, e quando o pego vejo o nome de Nico. Rapidamente, o enfio de volta na bolsa antes de conseguir ler a mensagem. Eu não preciso saber.

— O que é isso? — pergunto a Sam alegremente, esperando que ele não tenha percebido. — Você me trouxe aqui para uns amassos no carro? Não me diga que esse é o point da pegação de Long Beach!

As bochechas dele coram imediatamente.

— Não! De jeito nenhum! Não tenho segundas intenções.

— Relaxa! — Pego a mão dele e a aperto. — Estou brincando.

— Desculpa. — Sam balança a cabeça. — É só que… estou com medo de estragar as coisas. Agora que você está aqui comigo e sei que se sente da mesma forma… — O olhar dele encontra o meu e entrelaçamos nossos dedos. — Bem, não sei se eu daria conta se as coisas voltassem a ser como eram. Gosto muito de você, Tessa.

— Gosto muito de você também. — Me inclino para a frente e o beijo, me demorando ali, nossos narizes se tocando. — E para deixar claro, eu não me importaria de dar uns

Onze passos para se apaixonar 307

amassos com você. Sabe, se isso *fosse* o que você tinha em mente. Mas... pra começo de conversa, o que exatamente é um amasso?

— Talvez seja assim. — Sam se inclina para beijar o meu pescoço gentilmente, começando logo abaixo da minha orelha e descendo mais, hesitante e então ousado. Meu corpo inteiro queima.

— Ah, eu gosto.

Encontro os lábios dele e nos exploramos um pouco mais, até que as janelas do carro ficam embaçadas com nossas respirações.

— Ok, odeio interromper isso — diz ele, se afastando, as mãos ainda no meu cabelo. — Mas estou com medo do que eu trouxe derreter.

— Então você planejou mesmo mais coisas?

— É claro! — Sam finge se ofender. — Isto é um encontro.

— Tudo bem, tudo bem. — Ergo as mãos. — Me impressione.

Ele me dá um beijo rápido e então pega uma bolsa térmica do banco de trás. Lá dentro, sorvete e duas colheres.

— O que é isso?

— Eu... hum, fiz seu próprio sorvete.

— O quê?

Ele olha para baixo, inocentemente.

— É chamado de O Felizes Para Sempre da Tessa. A base tem gosto de rosas porque... bem, seu cabelo sempre cheira assim. Isso é esquisito? Espero que não. — Eu rio e balanço a cabeça negativamente. Ele prossegue: — E há biscoitos amanteigados de manteiga dourada misturados e framboesas com cobertura de chocolate. É tudo para representar...

— A primeira carona que você me deu. — Eu me lembro daqueles bolinhos de framboesa com manteiga dourada e como ele me ajudou com o creme na parte de trás do meu cabelo. Também me lembro, envergonhada, de como fui uma babaca com ele naquele dia.

— É... então você entende. — A covinha dele aparece.

— Claro que sim! Você ganhou. Estou impressionada.

— E não tem lactose... para, hum, seus problemas estomacais.

— Completa e totalmente impressionada.

Eu o beijo e provo o sorvete, meu sorvete, ambas as coisas igualmente deliciosas.

— Gostou? — ele pergunta.

— Amei!

A palavra faz nós dois desviarmos o olhar rapidamente. Mudo de assunto.

— Então isto é *ísbíltúr*? — pergunto, esperando pronunciar corretamente. — Como o restaurante que você quer ter um dia: encontros com sorvete no carro?

Sam ergue as sobrancelhas.

— Você se lembra disso?

— Claro! Por que eu não me lembraria?

— Não sei. Acho que eu só... só estou feliz. — Sam ergue a mão e limpa algo no cantinho da minha boca: uma mancha de chocolate. Ele a lambe do dedo.

— Também estou feliz.

Depois que devoramos o restante do sorvete juntos, saímos do carro embaçado e caminhamos até a extremidade do parque, nossos tornozelos ficando molhados pela grama orvalhada.

— Esse é o motivo de eu ter te trazido para este parque em específico — diz Sam, me oferecendo uma de suas mãos

Onze passos para se apaixonar **309**

e gesticulando para a vista com a outra. — Eu vinha aqui o tempo todo quando era criança, e assim que tirei carteira de motorista, comecei a vir aqui muito, para pensar. Inventei algumas das minhas melhores receitas aqui.

Do topo da alta colina, podemos ver Long Beach toda, iluminada com o brilho laranja dos postes e o vermelho e branco dos faróis dos carros. E mais além, o oceano, o porto de San Pedro e até mesmo as luzes cintilantes de Los Angeles ao longe. A vista me faz sentir pequena e enorme ao mesmo tempo.

— Isto é… lindo.

— Você é linda.

Eu me viro e ele está olhando para mim com os olhos brilhando, como se eu fosse uma vista incrível. Antes de Sam, eu nunca tinha sido olhada dessa forma, apenas descrevia isso em minhas histórias. E assim como nosso primeiro beijo, é melhor do que qualquer palavra que já coloquei em uma página.

Ele engancha o dedo no topo da minha saia de cintura alta e me puxa na direção dele, quadril com quadril, as mãos pousando na minha cintura. É tão sexy que sinto um latejar no estômago, uma sensação que se espalha até os dedos dos pés.

Estar com o corpo contra o de Sam é diferente. A barriga macia dele não se parece em nada com os ossos pontudos do quadril de Nico. Eu sei que não deveria comparar os dois, mas não posso evitar depois de imaginar isso com Nico por tanto tempo.

Mas gosto de como é com Sam. Tão bom. Ele é algo que eu nem sabia que queria, mas agora não consigo me imaginar sem. Como meu próprio sorvete.

Como esse Sam esteve aqui o tempo todo? E como demorei tanto para vê-lo?

Sam e eu convencemos nossas famílias a combinar nossos dois pequenos jantares de Dia de Ação de Graças em um, o que simultaneamente anima e aterroriza minha mãe. Na terça-feira à noite, eu a flagro no viva-voz com seu clube do livro, pedindo por dicas de etiqueta como se fôssemos receber o presidente em vez de apenas Sam e a mãe dele. Felizmente ela está nervosa demais para questionar por que Sam e eu estamos de repente tão próximos.

Passo a noite anterior na cozinha de Sam, observando-o pressionar metodicamente a massa da torta nas formas e fazer decorações complicadas. Vê-lo trabalhar deixa claro quem ele é e por que gosto dele, como uma câmera focando. Ele é preciso nas coisas que importam para ele e aleatório nas coisas que pensei que importavam, mas agora percebo que talvez não. Ele é assumidamente gentil, mas forte quando precisa ser — quando eu preciso que ele seja. Não sei como passei tanto tempo sem perceber.

O jantar de Ação de Graças é melhor do que o esperado. Audrey é muito modesta para mencionar a seleção de Sam para a festa de gala, e minha mãe está impressionada demais para mencionar a minha, ou melhor, "minha"... o que me forcei a tirar da cabeça por enquanto, porque me deixa ansiosa demais. A conversa durante o jantar, em vez disso, se concentra em assuntos seguros, como política (que é um assunto seguro na liberal Long Beach) e se é *pa vê* ou *pa cumê* (discussão que ficou um pouco mais acalorada).

Sam traz quatro tortas e um bolo, mas passa a noite elogiando a torta de batata-doce do meu pai, o que o faz ficar igual um pavão orgulhoso na cozinha. E quando Miles canta alto sua música favorita do Dream Zone antes que todos terminem de encher seus pratos, ninguém se incomoda. Em

Onze passos para se apaixonar 311

vez disso, Sam se junta aos vocais de fundo perfeitamente, fazendo meus pais aplaudirem de alegria. E Audrey, inspirada pela performance, nos dá a versão de uma música de uma antiga boy band de sucesso dos anos 1990, usando a colher de servir chique da minha mãe como um microfone improvisado. É tudo tão fácil e divertido que não posso deixar de imaginar como será o próximo Dia de Ação de Graças.

Na noite de sábado, a mãe de Sam tem um evento em uma loja de equipamentos de cozinha no Grove, então temos a casa dele toda para nós. Posso pensar em muitas coisas que quero fazer com esse tempo sozinhos, mas de alguma forma acabamos deitados de conchinha no sofá assistindo à maratona de *Crepúsculo* no Freeform. E temos tempo.

— Mas, tipo, ele é um pouquinho possessivo com ela, não é? De um jeito esquisito.

— É assim que ele mostra que a ama — digo, me inclinando para ele.

— Ah, é? — Sam ri. — Ele está praticamente usando o cheiro dela para segui-la, tenho certeza de que pessoas vão presas por isso.

— Mas ele a salvou! Sim, é um pouco problemático, mas existem literalmente milhares de fanfics dedicadas a esse atributo dele. É romântico... mais ou menos.

Sam me olha de esguelha, brincando.

— Nem quero saber como é que você sabe disso.

— Pelo menos era romântico quando eu estava no ensino fundamental.

O filme entra em mais um intervalo comercial, e Sam coloca minhas pernas sobre o colo dele. Sempre achei que seria insegura com o meu corpo ao ter alguém me tocando assim, mas tudo que quero é mais desse toque.

— As suas histórias de amor são assim? — pergunta ele. — Os caras têm todo o controle?

— Não! Tento dar às garotas mais poder, acho... elas tomam suas próprias decisões e tomam a iniciativa tanto quanto os garotos. Esse é o ponto do gênero romance, eu acho: garotas, *mulheres*, pedindo pelo que querem, sem se desculparem.

A resposta sai de mim facilmente, e me faz pensar por que nunca falei de histórias românticas desta forma antes. Estou sempre preocupada que minhas histórias não sejam importantes como aquelas que meus colegas escrevem. Mas uma boa história de amor é inteligente. Empoderadora. É o motivo de eu ser atraída pelo gênero desde que me entendo por gente.

Também não posso deixar de pensar: eu vivo minha vida como as mulheres das minhas histórias favoritas? Provavelmente não, mas talvez eu esteja indo na direção certa.

— Então, você já está escrevendo? Não estou tentando te pressionar nem nada. Mas esse era o objetivo do plano da Caroline, não era? Fazer sua própria história de amor para voltar a escrever? — O rosto de Sam de repente fica de um tom alarmante de vermelho. — Não que isso seja uma história de amor!

Olho direto para ele.

— Não escrevi ainda, mas estou acumulando um monte de inspiração.

Seguro o rosto dele entre as mãos, beijando-o profundamente e logo estamos um pouco mais na horizontal no sofá — mais parecido com o que imaginei para esta noite, em vez de uma maratona de *Crepúsculo*. As mãos dele viajam até as costas da minha blusa, primeiro hesitantes, para garantir que está tudo

Onze passos para se apaixonar **313**

bem, e me pressiono mais contra ele, fazendo o mesmo para mostrar meu entusiasmo. A pele dele é macia, e os pelinhos nas costas dele se arrepiam, respondendo ao meu toque.

Meu celular recebe uma notificação. Planejo ignorá-la, mas então soa mais três vezes.

— É melhor eu ver o que é isso... caso sejam meus pais — murmuro.

A última coisa de que preciso é que eles venham até aqui conferir se estou bem.

Relutantemente, me afasto de Sam e pego meu celular antes de voltar para os braços dele. E é um alarme falso, são mensagens de Lenore — não de meus pais.

Por que você está tão quietinha? Preciso mandar uma equipe de busca para Bixby Knolls?

Minha única companhia esta semana tem sido os livros DA ESCOLA e meus irmãos irritantes, NÃO QUE VOCÊ LIGUE 😒😂

Já falou com o Nico????? Porque estou ouvindo umas coisas Seu "felizes para sempre" pode acontecer no ano-novo.

Há um GIF da Beyoncé balançando seu rabo de cavalo no palco.

Penso em me afastar de Sam para que ele não veja as mensagens. Mas sei pela expressão dele que já as leu.

— Você não contou a ela sobre a gente? — pergunta Sam.

Só posso ser sincera.

— Não. Mas eu ia! Quando a gente voltasse.

Posso sentir o corpo dele ficando tenso.

— Não conversei com ninguém além de você durante este recesso — me apresso em explicar. — Eu estava só aproveitando isto... nós.

Eu o beijo de novo, e ele fica satisfeito em continuar de onde paramos. Por sorte, essa explicação é suficiente por enquanto. Porque a verdade é que nem sequer pensei na semana que vem. Queria que a gente ficasse nesta semana para sempre, onde há somente eu e Sam e tudo parece tão fácil e certo entre nós, sem a complicação do que as pessoas na escola podem pensar.

Capítulo 35

Mas é claro que a segunda-feira chega. Antes que eu possa pensar em um plano ou sequer sentir a necessidade de um, estamos atravessando o estacionamento de novo. De mãos dadas — porque por mais que só faça uma semana, isso se tornou natural. Sam está falando sobre uma loja de tortas nova no centro e de repente para, o corpo ficando tenso. Quando ergo o olhar, percebo o motivo. É Nico, sozinho diante de nós, olhando para nossos rostos e então para nossas mãos dadas e de volta para nossos rostos, tentando entender.

Não penso muito. Só solto a mão de Sam.

Ele olha para mim, e a mágoa que vejo em seus olhos faz meu peito apertar.

O que estou fazendo?

Nico se aproxima e nos dá seu melhor sorriso de comercial de pasta de dentes, parecendo tranquilo. E por que não estaria? Ele tem Poppy. Estou feliz que ela não está aqui agora.

— E aí, Weiner — diz ele, assentindo para Sam. Então se vira para mim. — Tessa, podemos conversar?

— Meu nome é Sam. — O maxilar dele está trancado, e a voz mais grave que o habitual.

Nico só acena.

— Sim, claro. Desculpe, Sam. — Ele se aproxima mais de mim, como se Sam não estivesse aqui. — Tessa, podemos fazer isso? Você, hum… não respondeu às minhas mensagens. Chegou a recebê-las?

Espio Sam, e os olhos dele estão sombrios.

— Sim, recebi. Desculpe, eu estava ocupada — respondo. *Só quero sair daqui.* — Olha, este não é mesmo um bom momento. Preciso ir para a aula.

— Tudo bem. Talvez no almoço?

Por que ele não está deixando essa história pra lá? O que Poppy — *a namorada dele*, que obviamente, provavelmente, justificavelmente, me odeia muito — pensaria disso?

— Vou me sentar com o Sam hoje — digo. — E, sabe, Lenore e Theodore.

Por que eu os acrescentei? Sam e eu estamos juntos, algo que me fez tão feliz — *faz* tão feliz. Então por que não estou tornando isso claro para Nico?

— Claro, tudo bem. Amanhã então — diz Nico com outro sorriso perfeito.

Ele vai embora antes que eu possa dizer qualquer outra coisa.

— Tudo bem, não estou tentando agir como um vampiro controlador, Tessa, mas ele te mandou mensagem durante o recesso? Por que você não me contou?

Sam está tentando manter o tom leve, mas sei pelo rosto dele que está chateado. E não posso culpá-lo.

— Só algumas mensagens. Não foram nada de mais. Só estava me pedindo para conversar. Eu não queria que as

Onze passos para se apaixonar 317

coisas ficassem estranhas, então *nunca* respondi. — Coloco minha mão na dele de novo, e Sam olha para elas, mas não diz nada. — Escuta, sinto muito. Eu deveria ter contado. Mas não respondi as mensagens.

— Sim, mas... Sei lá. Por que você não disse a ele que estamos juntos agora?

— Eu deveria fazer um anúncio formal? — Cutuco o ombro dele, brincando.

Eu desesperadamente quero que esta névoa sobre nós se dissipe, que volte a ser a tranquilidade de alguns minutos atrás. Cutuco Sam de novo e ele sorri, mas parece preocupado.

— Eu só... acho que ele deveria saber.

Eu o beijo.

— Vou contar na próxima vez que o encontrar — digo.

— *Ooooh!* — Ouço Lenore antes que possa vê-la. Mas quando o gritinho dela soa na multidão, ela aparece com um vestido dourado plissado, com Theodore logo atrás. — Isso daqui! — diz ela, gesticulando para nós dois. —Adoro isso daqui!

Sam cora, mas parece mais feliz agora. Ergo nossas mãos unidas.

— O segredo foi revelado!

— *AAAAAAAAAAAA!*— Lenore dá um grito apenas uma nota mais grave que uma frequência que só cachorros conseguiriam ouvir. — Eu sabia! Eu sabia! Não é, Theo, eu falei, não falei?

— Bem, não é como se fosse difícil de notar. — Theodore ri, o que a agita ainda mais.

Aperto a mão de Sam.

— Viu, a escola inteira vai saber antes da primeira aula acabar.

* * *

Nico está esperando por mim do lado de fora da aula de Literatura Americana.

Eu o vejo, inspiro fundo e então vou para a outra direção.

— Tessa?

— Nico, a história não era sobre você.

— Bem, mesmo assim precisamos conversar.

— Eu realmente não posso...

— Você pode me escutar por um segundo? Preciso te dizer uma coisa. — Ele está me seguindo, e por mais que eu esteja horrorizada que isso esteja acontecendo, também não posso deixar de me sentir um pouco animada por Nico parecer estar tão interessado em mim de repente. Continuo andando.

— Não há nada para a gente conversar.

— Quero que você saiba que eu terminei com a Poppy! — grita ele. Isso me faz parar, e Nico agarra a oportunidade. — Tipo, de vez. As coisas não estavam funcionando entre nós. Fazia um tempo que não funcionavam. Quase terminamos depois do Dia das Bruxas porque ela ficou toda desconfiada ou sei lá quando nós dois fomos pegos juntos. E quando ela invadiu o escritório de escrita criativa e vazou suas histórias... bem, eu não quero estar com alguém assim.

— Aquela história não era sobre você — repito. Preciso que ele saiba disso. — Eu a escrevi antes de entrar na Crisálida. É só uma coincidência que ele... o personagem... se pareça com você.

— Tudo bem, sim, claro. — Nico sorri, como se estivesse concordando apenas para me agradar. É irritante, mas acho que será ainda menos convincente se eu continuar insistindo. — Mas você não pode negar que há algo entre nós. Senti

Onze passos para se apaixonar **319**

desde a festa, talvez até antes disso. E acho que você sentiu também. Sinto muito que fui tão burro e não terminei as coisas com a Poppy antes. Quero ficar com você, Tessa.

Os corredores estão vazios agora, todo mundo saindo para o almoço. As palavras dele soam alto, como se ecoassem pelos corredores. E estou balançada. Isso é tudo o que eu queria há apenas algumas semanas, e não consigo acreditar que esteja acontecendo, porque não sei se *um dia* pensei que fosse acontecer.

Mas agora que está, me sinto paralisada. Porque encontrei alguém que quero, alguém que eu não sabia que queria até que estivesse bem na minha cara. E a semana com Sam foi tão perfeita — as conversas, as sobremesas, os beijos. Ele se dá tão bem com Miles, tratando-o como eu queria que as pessoas sempre tratassem. E, tipo, ele fez meu próprio sorvete, quem é que faz algo assim? Em apenas uma semana, Sam extrapolou todas as expectativas do que um namorado poderia ser. Não falamos sobre isso ainda, mas acho que é o que ele está se tornando, meu namorado.

Então por que estou aqui, muda diante de Nico?

— Tessa, você me ouviu? Quero ficar com você, e só com você.

É a declaração de amor, como Caroline previu no Plano Felizes para Sempre. Nico só precisa segurar uma plaquinha para ficar mais óbvio.

— Diga alguma coisa, por favor? Estou começando a me sentir um pouco… Quer dizer, não me deixa no vácuo aqui.

Nico toca meus braços delicadamente. O toque aciona um interruptor, me fazendo acordar em um sobressalto.

— Estou com o Sam — enfim consigo dizer.

— Weiner? — A cabeça dele dá um solavanco para trás como se eu tivesse dito algo impossível. — Pensei que vocês fossem só amigos.

— Nós éramos… mas não mais. Agora somos mais que isso.

Nico pisca algumas vezes, absorvendo a informação, e então balança a cabeça.

— Tuuu-do bem… mas há algo especial entre nós. Não podemos só… ignorar isso.

Nico dá um passo na minha direção, e as mãos se movem para a lateral do meu rosto. O toque dele é diferente do de Sam, que pode ser hesitante às vezes; o toque de Nico é seguro.

Seria tão fácil continuar com isso. Faria sentido escolher Nico. Eu o queria desde o início. Mas agora que ele está diante de mim, é *mesmo* quem eu quero?

É como se eu estivesse assistindo a uma cena das minhas histórias. Sinto que minhas pernas estão grudadas no chão… até que o rosto dele começa a se aproximar do meu e percebo o que ele vai fazer. Viro minha cabeça a tempo.

— Não posso… eu só…

Nico parece chocado. É óbvio que isso não acontece com ele com frequência.

— Você vai pensar a respeito? — A voz dele está suave. — Talvez a gente possa sair este fim de semana?

Balanço a cabeça.

— Nico…

— Não responda agora. Não precisamos tomar essa decisão ainda. Mas eu vou te esperar. Você sabe que é certo.

Antes que eu possa pará-lo, ele beija minha testa rapidinho e passa por mim.

Só então percebo Sam parado ali, de coração partido.

Onze passos para se apaixonar   321

Capítulo 36

— **Sam.**

— Eu estava... queria falar com você no almoço. — Ele balança a cabeça. Está com a expressão de quem levou um soco no estômago. — Não sei por que estou surpreso. Eu não deveria estar surpreso.

Corro até ele.

— Não tem nada acontecendo com o Nico. Ele só... Ele só quer que aconteça, mas eu disse a ele que estou com você.

— É por isso que você não queria segurar a minha mão de manhã? Você ainda tem esperança de ficar com ele?

— Não foi por isso.

Mas então foi por quê?

— Então você não soltou minha mão e saiu correndo pra longe de mim assim que o viu chegando? Isso foi coisa da minha cabeça?

O rosto dele está tomado pelo tom de desafio, e quando não respondo — porque não posso negar, posso? — os olhos dele ficam ainda mais sombrios.

— Acho que só posso ficar bravo comigo mesmo por ter sido tão burro, por acreditar que a semana passada... o que tivemos... foi real. Eu não passei de uma distraçãozinha para você, né? Antes de você voltar para a realidade com a pessoa que realmente quer, certo?

— É claro que não! — Agarro a mão dele, e posso senti-lo tentando puxá-la, mas não o faz. Toco a lateral do rosto dele. — Semana passada foi a vida real, e foi mais do que eu poderia um dia ter imaginado. Você é perfeito, Sam, e tem sido tão bom para mim, e estou te dizendo agora que nada aconteceu entre mim e Nico. Estou com você, não com ele, e nunca faria isso com você.

— Não quero ser a segunda opção de ninguém, Tessa — diz ele —, um tipo de prêmio de consolação. Você sempre foi minha primeira opção, e mereço que você também se sinta assim. Você pode me dizer que eu sou sua primeira opção?

Quero explicar para Sam que ele não era minha primeira opção, mas agora é. Ou pelo menos acho que sim. Ou pelo menos *será* quando eu tiver a chance de respirar. Mas este momento entre nós é tão tênue que tenho medo de dizer qualquer coisa, fazer qualquer coisa, que o afaste.

Mas parece que o meu silêncio é resposta suficiente, e o rosto dele fecha. O seu lado vulnerável e suave se esconde para se proteger. Para se proteger de mim.

— Esqueça que eu perguntei, Tessa.

Sam começa a avançar pelo corredor, se movendo rápido, e aperta o botão do elevador, que se abre imediatamente como se estivesse esperando por ele. Sam entra, mas antes que a porta feche, eu o sigo.

— Tem certeza de que quer ser vista comigo? — cospe ele. Eu me encolho com o tom de sua voz. Ele nunca falou assim comigo antes.

— Eu só... preciso que você me deixe pensar. Aconteceu muita coisa hoje.

— Pensar pra quê? Se você comparar Nico e eu, já sabemos quem vai ganhar. Não preciso esperar para saber o resultado.

— Eu não disse isso! Pare de agir como se soubesse o que estou pensando!

Estamos chegando perigosamente perto do primeiro andar, e já consigo sentir seja lá o que sobrou de nossa relação escapando. Quando o elevador parar, sei que vou ter perdido Sam. Então faço a única coisa em que consigo pensar: retiro o vidro de proteção e aperto o botão de emergência. O elevador geme até parar.

— Sam, por favor, podemos ir com calma? Você está concluindo que sabe o que eu quero, o que estou pensando, e nem eu tenho certeza ainda. Só sei que gosto de nós dois juntos e que não devemos terminar. Não assim.

— Por que adiar o inevitável? — diz Sam, sem me olhar nos olhos. — E espera aí... — O olhar dele vai ao brilhante botão vermelho de emergência e de volta ao meu rosto. — Você está mesmo tentando alguma besteira daquela sua lista de "felizes para sempre" agora? Você sabe que eu a vi, não é?

— Bem, aquilo não era... Isso *está* na lista, mas eu não estava pensando... Só quero que a gente converse.

— Isso não é uma brincadeira para mim, Tessa. — A voz dele soa baixinha, e não aguento ver a mágoa em seu rosto.

Sei que esta é a minha chance de convencê-lo e explicar toda a situação com Nico, de fazê-lo entender como eu realmente me sinto. Mas tudo o que consigo dizer é:

— Eu gosto de você, Sam.

Odeio como minha voz falha. Odeio que não parece ser suficiente.

Sam olha para mim, e seus olhos verdes estão brilhantes. Há dor neles, mas também determinação.

— Gosto de você também. Mas cansei.

Ele passa por mim para apertar o botão vermelho. A porta abre, e uma multidão de estudantes e funcionários está esperando por nós. Sam se afasta sem olhar para trás.

Onze passos para se apaixonar **325**

Capítulo 37

Convenço minha mãe de que estou doente e preciso que ela me busque, então posso evitar o resto do almoço e o laboratório. E estou mesmo doente — me sinto nauseada e tenho uma dor de cabeça insistente —, mas é tudo autoprovocado.

Quando chego em casa, mando mensagem para Lenore primeiro, mas ela logo declara:

Te amo, garota, mas tô neutra nessa. Eu sou como o John Legend quando o Kanye aparece no Twitter.

NÃO QUE VOCÊ SEJA O KANYE!!

Não fique com raiva, tá?

Claro que não, respondo. *Eu entendo.*

Então ligo para Caroline. Não estamos nos falando muito, não como costumávamos antes, desde que ela veio ficar aqui no começo do mês. Mas também sei que posso contar com ela quando preciso, e preciso muito dela agora.

Ela atende depois do primeiro toque, como sempre, e eu conto tudo a ela: todos os detalhes da minha semana dos sonhos com Sam, do engano das mãos dadas esta manhã, da declaração de Nico e a discussão no elevador.

— E foi assim que eu tive os ingredientes de um "felizes para sempre" não com um, mas com dois caras — termino.

— Mas como não consigo descobrir qual desses finais eu queria, fiquei sem nenhum.

Inspiro fundo. É bom colocar tudo para fora.

Mas Caroline fica estranhamente quieta.

— Tessa, eu... eu não posso mais fazer isso.

— Como assim?

— Não sei se sempre foi assim ou se só piorou depois que você se mudou, mas você... espera que eu seja para sempre esse porto seguro para você, com paciência e interesse infinitos na sua vida, mas não posso ser isso hoje.

— Caroline, eu...

— Sabe, sou humana também, com minha vida e problemas próprios acontecendo. Não sou apenas a melhor amiga ajudante que só existe quando você precisa. Isto não é um filme.

— Você acha que eu penso isso? Porque não é verdade.

— Bem, você tem uma maneira estranha de demonstrar — sussurra ela.

Pela segunda vez hoje, me sinto completamente mal-interpretada e horrivelmente vista, como se estivesse sendo examinada sob um microscópio ou holofote. Como é possível que essas duas pessoas nas quais confio tanto tenham opiniões tão ruins sobre mim? E o que isso diz a meu respeito?

Me apresso para entender de onde isso está vindo.

— Isso é sobre o que você disse quando estava aqui... sobre você e o Brandon?

— Sobre como nós íamos fazer sexo! Sobre como eu ia tomar uma das maiores decisões da minha vida! Eu nem sabia se você tinha me ouvido, de tão rápido que mudou de assunto. E eu estava esperando que minha melhor amiga fosse prestar atenção em mim ao menos uma vez, por algo tão grande! Mas não, você foi dormir e depois fingiu que nunca aconteceu... até precisar de mim de novo.

Há uma ferocidade, um tom áspero em sua voz que não reconheço. Ou reconheço, mas nunca quando ela está falando comigo, apenas quando estamos falando sobre outras pessoas. Pessoas de quem não gostamos.

— Sinto muito se não fui a melhor ouvinte. Quer dizer, eu *sei* que não fui a melhor ouvinte. Mas não sabia o que dizer.

— Mas aquela não foi a primeira vez, Tessa. Foi só a vez que me magoou mais. E escuta, eu aguento o quão egoísta você pode ser, porque te amo. Mas eu só... preciso de um tempo, acho. Porque quero continuar te amando.

Sinto as lágrimas no meu rosto, por mais que não me lembre de quando comecei a chorar. Me sinto tão derrotada. Por ter ferrado tudo tantas vezes sem fazer a mínima ideia. Por ter feito minha melhor amiga no mundo inteiro se sentir tão frustrada e ignorada só porque venho sendo tão autocentrada.

Eu faço a mesma coisa com Sam?

— Sinto muito, Caroline — repito. Mas soa vazio. Não é suficiente.

— Também sinto muito... pelo que te aconteceu hoje. E me desculpe por não poder te ajudar mais. Agora.

— Não, não. Você não precisa...

— Se valer de alguma coisa, você estava feliz quando te vi com Sam, e agora não está mais. Acho que se você for honesta consigo mesma, vai entender quais são os próximos passos.

— Obrigada. — É só o que consigo dizer.

Apesar de tudo, Caroline está me oferecendo mais do que mereço.

— Tudo bem, vou sair agora… mas não é para sempre. Só preciso de um tempo, Tessa.

Quando desligarmos, quero ligar para ela imediatamente, implorar seu perdão, fazer todas as perguntas sobre Brandon que eu deveria ter feito desde o começo e compensar todas as maneiras como fui uma amiga horrível. Mas sei que não será tão fácil. E mais do que a vontade de ligar para ela, quero me encolher na cama e me esconder debaixo das cobertas, fugindo da bagunça que causei.

Sinto como se estivesse quebrada em um milhão de pedaços.

Preciso de alguém para me levantar, para me ajudar a reunir os cacos. Mas não há ninguém, e só posso me culpar por isso.

Desta vez, terei que resolver sozinha.

Onze passos para se apaixonar 329

Capítulo 38

Minha mãe me deixa ficar em casa na terça-feira sem fazer perguntas, mas na quarta fica desconfiada.

— Você acha que está gripada? — pergunta ela, se sentando na beirada da minha cama. Toca minha testa pelo que parece a milionésima vez. — Você não está com febre. Como está se sentindo hoje?

— Não sei — grunho, puxando o cobertor para cobrir minha cabeça e me virando.

— Ar fresco pode ajudar. Você não sai há dias…

— Não vou sair do meu quarto. — Não consigo ver o rosto dela, mas isso parece funcionar, pois o peso do corpo dela deixa o colchão. Ouço a porta da frente abrir e fechar.

Mas algum tempo depois, soam passos no meu quarto, e antes que eu tenha a chance de me assustar, os cobertores são arrancados e minha mãe me olha, determinada.

— Acho que precisamos de um dia de saúde mental.

Nosso primeiro dia de saúde mental foi no sétimo ano, depois que tive de fazer uma apresentação oral sobre o Egito e espirrei enquanto falava, jogando meleca verde e pegajosa sobre minhas mãos e rosto. Fiquei devidamente mortificada, e minha mãe me deixou ficar em casa no dia seguinte, declarando-o como dia de saúde mental: um feriado de tire-o-tempo-que-precisar só das garotas Johnson.

Comemos pretzels gigantes na praça de alimentação da Westfield Galleria, e quando não consegui decidir entre três vestidos na Forever 21, ela comprou todos eles, terminando o dia com uma dança do carro animada ao som da música favorita dela, "As" do Stevie Wonder, no estacionamento. E quando digo dança do carro, quero dizer que ela fez o próprio carro dançar, apertando o freio e irritando todos os carros presos atrás de nós. Aquele dia de saúde mental foi seguido por muitos outros: ficar de pijama o dia todo comendo tigelas cheias de cereal e M&M's e assistindo a todos os filmes de *Crepúsculo* depois que Daniel me mandou mensagem para dizer que tinha uma namorada nova. Dois dias seguidos quando coloquei aparelho no ensino fundamental, dizendo que era pela dor quando na verdade nós duas sabíamos que eu estava tão ansiosa por conta das pessoas notando ou com a comida ficando presa nele que tive calombos no pescoço.

São tantas memórias boas, mas às vezes elas são ofuscadas pelas não tão boas assim. E diminuíram ao longo dos anos conforme minha mãe começou a trabalhar em período integral, quando um dia de folga, a não ser que fosse para uma das consultas importantes de Miles, se tornou impossível. Me pergunto como é que ela conseguiu tirar hoje de folga no trabalho novo.

— O que me diz? — pergunta ela, os olhos azuis enormes de esperança.

— Tá bom.

Onze passos para se apaixonar 331

Minha mãe separa roupas para mim, as coloca na cama como se eu fosse um bebê e, em seguida, me instrui a escovar os dentes, tirar minha touca de cetim e estar pronta em vinte minutos. É fácil fazer o que ela diz.

Caminhamos até uma pequena cafeteria na vizinhança, ela me conduz a uma mesa do lado de fora sob um guarda-sol preto e branco e sai para fazer o pedido. Poucos minutos depois, ela volta com duas canecas fumegantes de chá de rosas com leite, pétalas secas decorando a superfície espumosa e um pãozinho de canela gigante com dois garfos. A rosa e o doce parecem sinais do universo e fazem meu peito ficar pesado.

— Então, você está nervosa para ler na festa? — minha mãe pergunta, tomando o chá. Quando não respondo imediatamente, ela continua pressionando, delicadamente. — Será em breve. E seria totalmente compreensível. É muito para qualquer um. Só quero que você se lembre que eu, seu pai e Miles estamos muito orgulhosos de você.

Algo dentro de mim quebra ao ouvir isso. Talvez porque eu não mereça esse orgulho, talvez porque eu já tenha desapontado duas pessoas e estou prestes a desapontar mais uma. E antes que perceba, estou chorando — chorando com os olhos inchados e o rosto cheio de meleca — e minha mãe se aproxima para me dar um abraço apertado.

— Ah, Tessa querida, o que foi?

E então conto tudo. Digo como comecei a contar a verdade naquele dia, mas então fiquei com medo e menti sobre a festa de gala. Como eu com certeza não fui selecionada e não tenho chance de ser porque não escrevi uma palavra desde que entrei na Crisálida. Como me sento nas aulas e finjo escrever e desperdiço o tempo de todos porque as palavras pararam de vir e estou preocupada que nunca mais voltem. Como estive muito preocupada com desapontar ela e meu pai... e, acima de tudo, como desapontei a mim mesma.

Quando termino, eu a espio através de meus olhos embaçados, esperando ver o horror no rosto dela, ou nojo. Pelo menos a temível decepção. Mas, para a minha surpresa, não há nada disso.

O rosto dela está caloroso e receptivo. Ela me abraça com mais força.

— Você precisa pegar leve consigo mesma, porque está aprendendo — diz minha mãe, a voz calma e centrada. — E parte de aprender é cometer erros. Às vezes, erros enormes.

— Você não está brava? — pergunto.

As sobrancelhas dela se unem, e eu vejo uma sugestão da raiva que mereço.

— É claro que estou brava! Você tem noção de como os ingressos foram caros? — O rosto dela suaviza outra vez. — Mas eu também te amo. E entendo. Estou menos preocupada com a festa do que com você não estar escrevendo.

— Não sei como explicar, exceto que me senti... paralisada. Tive medo de escrever qualquer coisa porque não é o que eles querem. Não é bom o bastante. Me senti... *ainda me sinto*... como se eu não merecesse estar lá. Que cometeram um erro terrível ao me deixar entrar e que a qualquer momento eles iam perceber e me expulsar. Quer dizer, isso provavelmente já está pra acontecer, se depender da srta. McKinney.

É tão bom colocar tudo para fora, como se eu estivesse expurgando o meu corpo de algo tóxico. E acho que estou — de todos os sentimentos ruins e mentiras. Quase conto a ela a respeito do plano de Caroline, mas me interrompo porque

Onze passos para se apaixonar 333

sei quão bobo vai soar, e sequer funcionou. Eu tive Sam, perdi Sam (e talvez Caroline), e também não consegui escrever.

— Ah, filhinha, você esteve carregando um fardo tão pesado — diz ela, acariciando meu cabelo. — Sinto muito não estar prestando atenção suficiente para ajudar a aliviar uma parte disso.

— Mãe, esse não era o seu trabalho.

— É claro que é o meu trabalho! — grita ela, deixando escapar algo que é meio choro meio risada. — Sabe, você é assim desde que era pequena, sempre hesitando em se juntar a outras crianças, observando antes de agir. E sei que parte disso é porque sua aparência era diferente da das outras crianças... o que nem sequer posso começar a imaginar. Seu pai e eu nunca soubemos qual seria o melhor ambiente para vocês dois, mas sei que provavelmente não era Roseville. Sinto muito por isso.

Ela se afasta e me olha. O rosto está cheio de lágrimas, tão bagunçado quanto o meu. Somos tão diferentes, e mesmo assim tão parecidas.

— E entendo sua ansiedade. Entendo tanto. Você provavelmente a herdou de mim. — Minha mãe inspira fundo. — Eu comecei a ir à terapia, sabe, durante o almoço às sextas. E, bem... Sei que você esteve hesitante no passado, mas acho mesmo que pode te fazer bem. Quer dizer, estou falando da terapia. Me ajudou.

"Hesitante" é eufemismo. Recusa é mais exato. O assunto surgiu várias vezes com os anos, quando ela percebeu que eu estava "tendo um treco" ou deixando minhas preocupações tomarem controle. Mas recusei a sugestão da terapia todas as vezes.

Porque, como eu digo a ela agora:

334 ELISE BRYANT

— Não quero ser um problema para vocês. Não que Miles seja um problema. É só que... não quero ser responsável por mais uma consulta que você tem que monitorar quando posso dar conta sozinha. Mas... acho que não estou dando conta, né?

— Sinto muito — diz ela, novas lágrimas caindo. — Sinto muito mesmo. Por seja lá o que te fez sentir assim. Seu pai e eu fizemos o melhor, mas... sei que nunca foi perfeito.

Quase posso senti-la fisicamente tentando tirar o peso dos meus ombros e colocá-lo nos dela, como a vejo constantemente fazendo por Miles — por toda a nossa família, na verdade. E é bom largar esse fardo e colocá-lo sobre outra pessoa. Mas também sei que criei essa bagunça, e não é problema de ninguém além do meu.

— Você não tem que se desculpar por nada, mãe. Sério. Queria que parasse de fazer isso. Fui eu que menti para você.

Ela recusa isso, respondendo:

— O que quero dizer é que eu deveria ter percebido o que estava acontecendo. Você deveria poder contar comigo. Estou muito triste por isso não ter acontecido.

Nós nos abraçamos forte. Um casal hipster em calças combinando passa e nos lança um olhar estranho, mas não me importo. Só me sinto bem estando aqui com a minha mãe, não importa como parecemos.

— Mesmo assim — enfim digo, depois que recuperamos o fôlego e secamos o rosto. — Não consigo superar o fato de que talvez minha ansiedade estivesse certa desta vez. Talvez eu não mereça estar na Crisálida. Minha escrita... quando eu estava escrevendo, pelo menos... não é do tipo que vence premiações ou é lida em festas.

— Mas faz você feliz?

Onze passos para se apaixonar   335

— Bem, sim. Quando eu escrevia. Mas isso importa?

— Tessa, por que não importaria? É a única coisa que importa. Escuta, eu não sou especialista. Sou só sua mãe. Mas acho há valor na arte que serve apenas para te fazer feliz. Não para ganhar prêmios ou impressionar alguém ou receber a atenção de seus pais, que podem ser um pouco distraídos às vezes. Mas arte pela arte. Arte por você.

Me vejo assentindo. Criar algo para ninguém além de mim mesma. Era assim que costumava ser, quando comecei a escrever histórias apenas para os meus olhos. Quando foi que perdi isso?

— E me deixe te falar sobre uma coisa da qual sou especialista — continua minha mãe.

— O quê?

— Você. Sou sua maior fã. Sempre fui, desde que te tiraram de dentro de mim e te chamei de minha pela primeira vez. — Ela faz mímica disso, e não consigo evitar de revirar os olhos.

— Eca, mãe, que nojo!

Brincando, ela me dá um empurrãozinho.

— E sei que você é uma escritora. Sempre foi, desde que aprendeu a soletrar e juntar as palavras... talvez até antes disso! Você costumava encher cadernos com rabiscos e passar horas "lendo" para Miles. Você sempre foi uma contadora de histórias, e isto não é o fim. É só uma pausa na sua carreira.

Luto contra a vontade de revirar os olhos de novo.

— Minha carreira?

— Sim, este é apenas o começo. Porque você nasceu para fazer isso. Você merece estar lá tanto quanto qualquer outra pessoa. Você merece o seu lugar à mesa, Tessa.

Minha mãe acaricia meu cabelo e beija a minha boche-cha, algo que não faz desde que eu era bem pequena. Em qualquer outro dia, eu limparia o beijo e a afastaria, mas estou saboreando essa proximidade com ela. É um conforto que eu não sabia que desejava. Mas agora que está aqui, ele se encaixa no meu coração como uma peça perdida de um quebra-cabeça. Ela me conhece e me ama mesmo assim. Ou ela me ama *porque* me conhece. O que aconteceria se eu me visse do jeito que ela me vê?

Terminamos nosso chá com pãozinho de canela e pedimos três cookies e uma massa folheada Romeu e Julieta. Isso é outra coisa que minha mãe e eu temos em comum: nosso amor por carboidratos. Falamos sobre Sam e Caroline e como não estou conversando com nenhum deles agora. Eu até conto a ela sobre minhas histórias sendo espalhadas pela escola e como estou com vergonha de olhar alguém nos olhos agora.

— Mas você morreu? — pergunta ela, empilhando os pratos vazios.

Primeiro dou uma risadinha, mas então percebo que ela está falando sério.

— Não, né?

— Isso mesmo, você sobreviveu. E agora que encarou o pior, nada pode te tocar. Você é livre, minha filha! — Ela aponta para mim, destacando todas as sílabas. — E você pode pegar essa liberdade e fazer a merda que quiser com ela.

— Mãe! — Não consigo deixar de rir.

— Eu posso dizer o que eu quiser — completa ela. — Assim como você pode fazer o que quiser. E mal posso esperar para torcer por você, seja lá o que decidir.

Há paz em saber que ela acredita em mim. Que ela apoiará meus próximos passos e que me vê como uma es-

Onze passos para se apaixonar 337

critora, embora eu mesma tenha perdido minha visão dessa parte da minha identidade.

Há paz em perceber que ela está certa: meus piores pesadelos aconteceram, mas ainda estou aqui. Eu sobrevivi. E sei que se isso acontecesse de novo, eu ainda sobreviveria.

Mas mesmo com tudo isso, o que vou escolher?

Não há guia, nenhum plano de onze passos. Nenhuma melhor amiga ou namorado mostrando o caminho. Apenas liberdade para fazer as escolhas que eu quiser. Eu só preciso descobrir primeiro o que quero que essas escolhas sejam.

Capítulo 39

Tomei minha decisão. Ou acho que, no final, meio que foi tomada por mim, porque Sam evita minhas mensagens e ligações como se estivesse evitando um biscoito sem glúten e sem lactose, ao passo que Nico tem sido implacável com suas declarações de que quer ficar comigo.

Entramos na festa de gala de inverno juntos, de mãos dadas, e não consigo evitar procurar Sam até encontrá-lo.

Acontece que, a vida real não é um livro de romance. Nem sempre é lógica. Nem sempre é linear. Então, por mais que minha mãe tenha me ajudado a ver as coisas de maneira diferente, não é como se tudo tivesse encaixado perfeitamente. Às vezes a heroína (que, acho, sou eu) não corre ao pôr do sol com o homem de seus sonhos.

Estar com Nico parece mais com uma ausência de decisões. Apenas ir com a corrente, que é só o que quero depois de ter ferrado tudo tantas vezes. E as coisas aconteceram tão rápido, que suponho que é como acontecem quando você não tem uma melhor amiga para agonizar sobre uma lista de

Onze passos para se apaixonar **339**

prós e contras com você ou falar sobre o que vestir no primeiro encontro. Tento não pensar no que Caroline acharia de tudo isso, porque ela provavelmente não aprovaria, e isso não me faz me sentir ótima.

Mas *não*, não vou por esse caminho. Tomei minha própria decisão, e decidi me permitir a ter o que sempre quis. Mesmo que não tenha certeza do que quero mais, está tudo bem por enquanto.

— Venha aqui — murmura Nico, colocando os braços ao redor da minha cintura e me puxando para um canto do salão lotado.

Ele beija minha bochecha, claramente querendo algo mais, mas olho ao redor para garantir que minha família não está por perto, porque meu pai provavelmente mataria Nico, depois me mataria, e então mataria Nico de novo. Eles decidiram vir a festa de qualquer jeito, mesmo depois de descobrirem que eu não ia me apresentar... porque, como minha mãe disse: "Vamos saber como é para o ano que vem, quando você ler." Estou tentando acreditar nela.

Me volto para Nico, e ele está olhando para mim como sempre olha: de uma maneira que me faz querer olhar para trás e garantir que a Zoë Kravitz não está lá. Não parece real, mas é bom o suficiente.

A festa de gala da Crisálida acontece em um loft no centro de Long Beach. É lindo, com paredes de tijolos e teto industrial exposto. Há luzinhas por toda a parte, e elas refletem as enormes janelas que oferecem uma vista panorâmica da cidade: o Queen Mary, o aquário, e os prédios altos em estilo art déco. Perdi o fôlego quando vi isso tudo, mesmo quando a sra. Lucchese, a presidente da festa, inspecionou de nariz empinado, criticando cada pétala nos arranjos brancos de flores.

Nico foi o primeiro a ler (provavelmente também arranjado pela sra. Lucchese) e depois se sentou ao meu lado enquanto nossos colegas de classe exibiam seus talentos: um monólogo de *A importância de ser prudente*, um curta em preto e branco, três bailarinas dançando *en pointe* ao som de Tchaikovsky, e uma versão de "And I Am Telling You That I'm Not Going" que me arrepia inteira.

Depois disso, flutuamos juntos pela festa, a mão de Nico permanentemente na parte inferior das minhas costas enquanto me conduzia entre as galerias de esculturas, fotografias e pinturas dos alunos. Em certo momento, vi que uma garota da nossa aula de Arte do Romance, Angélica, nos observava como eu costumava olhar para ele e Poppy. E fui tomada por um sentimento que se tornou familiar nas últimas semanas: uma sensação de que sou eu quem ele escolheu, sou eu quem ele quer.

Estou fazendo a escolha certa? Não quero pensar muito nisso. E é fácil não pensar quando Nico está acariciando meus ombros, como agora, e dando beijos suaves no meu pescoço.

— Você será a estrela da festa ano que vem — ele sussurra na minha orelha, os braços apertados na minha cintura. O hálito dele parece quente demais, seu toque quase opressor. Mas descarto esses pensamentos, me recordando: *Isto é o que você queria.*

— Acha mesmo?

— Eu sei, Tessa.

Mas é claro que ele não sabe que não escrevi ainda. Suponho que tenho a inspiração agora... ou alguma coisa. Mas as palavras ainda estão presas atrás de portas grandes e pesadas, impossíveis de alcançar.

Onze passos para se apaixonar 341

Alguém chama o nome de Nico e ambos erguemos o olhar para ver a mãe dele do outro lado do salão, assentindo na direção de dois homens de terno que parecem importantes ao lado dela.

— *Aff*, desculpe. Aqueles são os diretores de admissão para o programa de escrita criativa da Universidade da Califórnia em Irvine. Ela acha que só porque o Michael Chabon a frequentou, deveria estar no topo da minha lista, mas não tenho certeza. — Nico revira os olhos como se fosse um incômodo. Tento imaginar ser ele, as possibilidades tão infinitas que posso me dar ao luxo de tratá-las como se não fossem nada. — Me dá um minuto? — pede, beijando minha bochecha.

— Sim, claro.

Em vez de esperar sozinha, decido dar uma olhada na galeria de Theodore novamente. Foi o primeiro lugar que fui quando cheguei aqui mais cedo, mas ele não estava lá. Mesmo assim, quase chorei ao ver a escala real de suas criações. Versões coloridas gigantes de todos os desenhos que eu o vi fazendo este ano. Uma garota em um vestido de flores, longos dreadlocks feitos de flores, e a estrela da galeria: Lavon em uma regata branca simples, com uma coroa de peônias na cabeça, cada uma de suas características tão perfeitamente reproduzida que precisei lutar contra o desejo de estender a mão e tocar a peça.

— Theodore.

E as lágrimas de fato brotam agora, quando o vejo parado no meio de sua arte com um terno floral azul-escuro e bochechas rosadas. Está entre duas pessoas que devem ser seus pais. O homem tem o mesmo corpo magro dele, e a mulher sorri orgulhosamente, como só uma mãe faria. Ele diz algo para eles em khmer e então vem na minha direção.

— Não se atreva — diz ele. — Sabe que eu não gosto de exibições excessivas de emoção.

Apesar das palavras, há um ar de incerteza sobre ele que quase parece estranho vindo do cara mais irritantemente confiante que conheço.

— É só que... — digo, tentando segurar as lágrimas. — Você conseguiu.

— É claro que consegui. Sempre fiz isso. Consistentemente. É só que agora as pessoas estão percebendo. — Ele dá de ombros. — Mas acho que a sensação é muito boa.

Olhamos em volta para todas as pessoas aglomeradas na galeria dele, e uma dessas pessoas me chama a atenção, em um vestido rosa intenso apertado e — meu coração para — cabelos cinza. É claro que Poppy escolheu esse momento para se virar e me olhar diretamente nos olhos. Ela caminha em nossa direção antes que meu cérebro reaja e eu tenha chance de fugir.

— Theodore — ela diz quando nos alcança. — Isto é impressionante. Sério. Parabéns.

— Obrigado — diz Theodore simplesmente. Muito mais direto ao ponto do que todas as reclamações que ouvi sobre Poppy este semestre.

— Não sei por que você não ganhou uma exibição antes — continua ela. — Você sempre foi o mais talentoso na nossa classe. Sempre tive inveja de você, desde o primeiro ano.

Ela se vira para mim antes que Theodore possa responder, a boca dele praticamente escancarada.

— Tessa, hum, podemos conversar?

Depois do que ela fez, eu deveria negar. Sei que deveria pegar a bebida que estivesse mais perto e jogar na cara dela, como uma das participantes do *Real Housewives*. Sei que ela

Onze passos para se apaixonar 343

provavelmente me odeia e este pode ser o começo de seu mais novo ato público de vingança. Mas também… estou curiosa.

— Claro — digo.

Ela me leva até um ponto silencioso do salão.

— Então… hum, você e Nico — diz por fim. — Era o que você queria o tempo todo, não era?

Dou de ombros. O que dizer? Não tenho forças para mentir.

Ela arqueia a sobrancelha.

— Aposto que você me vê como a vilã da sua história.

— Poppy…

— Tanto faz, eu entendo — diz ela, acenando a mão como se espantasse um inseto. — Sei que o que fiz não foi legal… por mais que você meio que merecesse. Mas também a culpa não foi toda sua. — Poppy olha ao redor do salão, para o chão… para todos os lugares, menos para mim. — Enfim, vamos só dizer que eu estive onde você está, então… tome cuidado, ok? A atenção dele não dura muito. Sei disso mais do que ninguém. — Ela para e olha para mim. — Talvez você… e eu… mereçamos mais do que isso.

Com isso, Poppy estende a mão e aperta meu ombro, e então desaparece na festa, me deixando lá sozinha. Como se invocado por seu nome, Nico aparece do meu lado.

— O que foi isso? O que ela te disse?

Penso em contar para ele, mas como seria a conversa? Ainda estou tentando entendê-la.

— Nada.

E isso parece suficiente para Nico, que deixa os dedos encontrarem um caminho de volta para a minha cintura e cola os lábios nos meus. Não preciso pensar. Não preciso me preocupar. Me deixo me perder novamente.

E eu provavelmente ficaria perdida por mais vinte minutos, mas alguém tosse perto de nós, me fazendo dar um pulo. Estou esperando ver o rosto sério do meu pai, mas por sorte é só Lenore.

Ela está vestindo um terninho lilás de calças pantalonas com um casaco de pele falsa até a altura dos joelhos e sapatos dourados brilhantes. Seus dreadlocks estão presos em um coque impressionante no topo de sua cabeça, alto e intrincado como uma gaiola. Ela não foi escolhida para se apresentar na festa, mas está servindo um visual fantástico de qualquer maneira.

— Meu Deus, garota, como pode você ser linda assim? — Finjo tirar uma foto dela com minhas mãos, e ela faz poses antes de me abraçar.

— Estou surpresa que você consegue me ver, considerando como esteve ocupada — diz ela, olhando para mim e Nico de esguelha.

— Quer dizer, dá pra me culpar? — diz Nico, estendendo as mãos para mim.

— Pois é, ela é uma garota e tanto, e é melhor você não se esquecer disso — diz Lenore, ficando séria por um segundo e cutucando o peito dele com o dedo. Mas então o rosto se ilumina com um sorriso e ela segura um prato cheio de doces. — Você já provou? Sam é um mago do açúcar!

No prato há bolinhos redondos e amanteigados de creme; minitortas (que se parecem muito com batata-doce); camadas de ganache de chocolate, bolo e creme em um canudo brilhante; um cupcake com uma cobertura alta de glacê; e macarons rosa-claros.

A visão de todas as criações de Sam faz minha garganta travar. É inesperada a sensação afiada de aperto, tão dife-

Onze passos para se apaixonar **345**

rente da maneira como normalmente me sinto quando vejo qualquer tipo de guloseima. Quando Lenore passa o prato debaixo do meu nariz novamente, fazendo uma dança boba e fingida de sedução, eu aceno para ela se afastar.

— Tem certeza? — pergunta, confusa.

— Sim, estou surpreso. — Ri Nico. — Você nunca dispensa a sobremesa!

Lenore arqueia a sobrancelha para ele, e Nico logo adiciona:

— Não que seja uma coisa ruim! — Ele passa o braço ao redor da minha cintura outra vez e beija minha bochecha. — Poppy tratava açúcar e carboidratos como se fossem o Voldemort ou algo assim. Sobremesas que Não Podem Ser Nomeadas. Gosto que você não liga.

Suspiro e tento sorrir. Percebo que ele faz muito isso, me compara com Poppy, quase como se tentasse se justificar. Mas ainda é cedo, digo a mim mesma, e ele vai superar isso em breve. Lenore olha para nós dois, a expressão tão óbvia que quase posso ler a mente dela. Mas afasto esses pensamentos.

— Tuuu-do bem, vou deixar os dois pombinhos em paz! — diz ela, me abraçando de novo. — E, garota, você precisa pelo menos experimentar. Tem gosto de flor, mas, tipo, sem fazer minha boca parecer estar cheia do perfume da vovó Lenore? Di-vi-no!

Ela enfia um macaron embrulhado em guardanapo na minha mão, aquela que Nico não está segurando, e vai embora. Foi assado da maneira certa, então tem pezinhos (Sam me ensinou), dourado pincelado sobre a superfície brilhante e rosa e creme de manteiga perfeitamente colocado no centro. É uma pequena obra de arte.

— Miles! Meu amigo! — Lenore exclama do outro lado do salão, e, quando ergo o olhar, ela está apertando meu irmão em um abraço. O olhar de minha mãe encontra o meu, acenando animadamente; quando termina de cumprimentar Lenore, minha família se aproxima de mim.

Lá vamos nós.

Meu pai se mantém rígido em seu terno cinza enquanto se aproxima, claramente se preparando para começar a perturbar Nico. É igualmente hilário e enervante. E minha mãe está linda em seu vestido azul-petróleo. Não é como o de lantejoulas azul meia-noite da sra. Lucchese — eu sei que minha mãe o comprou com cinquenta por cento de desconto na Kohl's. Mas o sorriso irradia dela como uma esfera brilhante e iluminada. Eu corro até ela e a abraço.

Não há como escapar.

— Gente, este é o Nico — digo, estendendo as minhas mãos. — E, Nico, esta é a minha família.

— Nico, é tão bom enfim te conhecer! — exclama a minha mãe, exagerando para compensar o breve aceno de cabeça do meu pai.

— Olá, sr. e sra. Johnson. — Nico aperta as mãos deles. Por sorte, meu pai dá até um sorrisinho, batendo nas costas dele. — E olá, Miles. — A voz de Nico muda dramaticamente, subindo e descendo enquanto acena para meu irmão. Odeio isso.

— Você é o namorado da Tessa! — diz Miles. — Vocês se B-E-I-J-A-M?

Rio, principalmente para diminuir o efeito do comentário sobre o meu pai, que ainda pode estar na zona de perigo de assassinar Nico. Mas quando olho para Nico, ele de repente parece diferente. O corpo parece tenso e seus olhos

Onze passos para se apaixonar 347

estão instáveis, indo e voltando entre Miles e os grupos de pessoas que nos cercam.

Sigo seu olhar para Miles e tento enxergar o que ele vê. Miles está animado com sua piada, então seus braços estão pulsando para trás, apertados no terno que minha mãe comprou no Men's Wearhouse. A cabeça gira, fazendo o aparelho auditivo apitar. E há um grande sorriso em seu rosto. Posso sentir meu rosto se alongando em um sorriso correspondente. Quando olho para Miles, vejo apenas sua alegria pura e contagiante, mas que claramente incomoda Nico. Ele não está tão perto de mim como estava antes.

— Nico, que trabalho maravilhoso você leu — diz minha mãe. — Você é um escritor muito talentoso. Você não acha, James? — Ela cutuca meu pai, que assente, concordando. Não sei se ela está sentindo o desconforto que sinto, mas mesmo assim está tentando tornar a conversa mais fácil.

— Obrigado, sra. Johnson — diz Nico, mas mal olha para ela. Os olhos ainda estão passando pelo salão, e ele dá um passo para trás como se procurasse por uma maneira de escapar.

— Faz muito tempo que você escreve? — ela pergunta, sorrindo para ele.

— Sim — responde ele. Só uma palavra. Fria e rápida. Onde está o charme que ele sempre exibe para todos? Nico não acha que minha família merece?

Me sinto enjoada.

— Bem, enfim, vamos deixar vocês dois sozinhos. Sei que não querem passar esse tempo com os pais! — Não há nada estranho na maneira como minha mãe fala, nenhuma culpa ou julgamento. Mas sinto a vergonha tomando conta de mim como uma brisa fria. Vergonha da maneira como Nico está agindo… e o fato de eu estar com ele. De ele ser quem escolhi.

O que estou fazendo?

— Bem, prazer em conhecer todos vocês — diz Nico, e eu abraço cada um deles para me despedir.

Minha mãe faz um comentário pouco empolgado sobre querer ver a exibição de bordados, como se esse fosse o motivo para eles estarem saindo apressados. É tão estranho que quero gritar. Porque sei, assim como eles, o que está acontecendo.

Nico está com vergonha. Ele não quer ser visto com a minha família. Com Miles, sendo normal e feliz, como sempre é. Com minha mãe, se esforçando para ser gentil. Com meu pai, sendo o meu pai. E eu não posso deixar de me perguntar... talvez esses sentimentos se apliquem a mim também? Nico não me convidou para falar com a mãe dele e as pessoas da universidade, embora eu também seja escritora.

Agora que minha família se foi, Nico parece visivelmente aliviado.

— A sua família é legal — diz ele, de uma maneira que não convence.

Isto está errado. A percepção chega, enfim clara, como um par de óculos colocados no meu rosto. *Eu entendi tudo totalmente errado.*

É incrível quão rápido as coisas podem mudar.

— Por que você agiu daquele jeito? — pergunto.

Nico finge não entender.

— De que jeito? Fui educado.

— Você não parava de olhar ao redor, tipo, prestando atenção se estava sendo observado. Não foi? — pergunto, mas já sei a resposta.

— Quer dizer... sim? — diz ele. Estou chocada, mas pelo menos ele não nega. — Mas é tão errado assim? Seu irmão estava todo...

Onze passos para se apaixonar **349**

Ele imita os movimentos de Miles, e uma raiva toma conta de mim, quente e ofuscante.

— Você cresceu com ele, então suponho que não ligue para isso — continua Nico. — Mas é só... demais. — Os lábios dele franzem quando diz a última palavra.

Aí está. Não posso ignorar como antes.

— Ah, me desculpe se a deficiência do meu irmão é *demais* para você. — Minha voz se eleva enquanto me afasto dele. — Eu deveria ter pensado sobre a inconveniência que a deficiência dele causaria a você!

— Tessa, você está entendendo isso errado — diz ele, falando mais baixo para tentar me fazer abaixar minha voz.

— Não estou mesmo. Estou vendo exatamente o que está acontecendo. E exatamente quem você é. — Balanço a cabeça enquanto todos os sinais de alerta que venho ignorando surgem. — Todas as merdas que seus amigos diziam e que você ignorava. Que tipo de coisas vocês deviam falar quando eu não estava por perto, hein? E a forma como você me enrolou, me mantendo como segunda opção caso as coisas com a Poppy ficassem... o quê? Chatas? E eu deixei! Eu deixei!

— Sinto tanta vergonha percebendo as coisas que ignorei só para ter a história perfeita que pensei que queria. — Além disso, você age como se soubesse que tipo de escritora eu sou, mas você sequer me perguntou sobre isso! Tipo, você ao menos sabe que tipo de histórias eu escrevo? E agora isso, com a minha família... Como fui burra!

As pessoas estão se virando, mas isso não me faz querer me encolher. Não sinto a vontade familiar de me calar. Me sinto poderosa. Gosto disso.

— Nico, não vai dar certo entre nós.

Ele parece chocado.

— Do que você está falando, Tessa? Você precisa se acalmar.

— Não preciso não. — Rio, cheia de convicção. — Você… Você *não* é com quem quero estar.

Nico olha ao redor de novo, preocupado, e por um momento é como se uma cortina fosse retirada, e posso ver que ele não é tão especial. Vejo como ele está preocupado e constrangido, se questionando como as pessoas o enxergam — exatamente como eu costumava fazer. Talvez até mais.

Era assim que eu agia com Sam? Eu parecia fútil e superficial assim?

Mas então, tão rápido quanto caiu, a cortina volta, e Nico retoma seu escudo de confiança, os meneios que o tornavam tão irresistível antes.

— É, tá bom, Tessa — zomba ele. — Se é isso o que você quer fazer.

— É, sim.

Eu dou meia-volta e me afasto.

Despreocupada com os olhares que estamos recebendo das pessoas em vestidos e ternos chiques ao nosso redor, sem me preocupar com a Angélica da nossa aula de Arte do Romance, que está boquiaberta e balançando a cabeça, como se eu fosse uma tola.

Sei que no passado me importei demais com o que as outras pessoas pensavam de mim e da minha escrita. E talvez todos nos importemos com essas coisas.

Mas o que sei é que estou cansada de ocupar menos espaço do que mereço. Cansei de ficar quieta só para ser alguém de quem os outros podem gostar. Quero gostar de mim — não, me *amar*.

Como amo Caroline, Lenore e Theodore. Como amo meus pais e Miles.

Onze passos para se apaixonar 351

E Sam.

Amo Sam também, percebo. AMO SAM TAMBÉM.

Sam, que me aceitou desde a primeira vez que nos vimos. Sam, que nunca me fez sentir como se eu não fosse boa o suficiente, como se eu precisasse mudar.

Então por que não fiz o mesmo por ele?

Capítulo 40

Quero deixar a festa pisando duro, em uma saída dramática, mas em vez disso preciso pensar na logística de como vou voltar para casa sem a carona de Nico. Preciso encontrar minha família.

Por sorte, não é difícil, a risada de Miles, que soa como um carro batendo e chaves tilintando ao mesmo tempo soa alta no salão, e eu a sigo até vê-lo perto da entrada da cozinha. Bem ao lado de Sam.

Sam está bonito em um casaco branco de chef sobre calças pretas justas. Seu rosto se ilumina enquanto ri de algo que meu irmão está contando, mas muda assim que me vê. Espero que minha recém-descoberta realização de amor esteja estampada em meu rosto, mas a expressão cautelosa dele me lembra que as coisas não são mais as mesmas entre nós.

— Tessie! — Miles chama quando me aproximo.

Não consigo deixar de puxá-lo para um abraço apertado. Ele é certo do jeito que é, não importa o que as pessoas pensem, e é meu.

— Eu te amo, Miles.

— Também te amo — diz ele, dando um sorriso travesso e sinalizando que está aprontando alguma coisa. — Você sabe que eu não sou seu namorado, né?

— Ah, cala a boca! — Eu dou risada, e ele sorri ainda mais, satisfeito.

Eu o agarro com força pelos ombros, dando um cascudo nele, e a risada de Miles enche o salão. Não ligo para quem está olhando.

— Você vai comer isso? — a voz de Sam interrompe a diversão.

Quando o olho, confusa, ele só gesticula para o macaron, que não percebi que ainda está na minha mão, agora amassado no guardanapo.

Aperto Miles uma última vez e então dou uma mordida grande no macaron, a casca crocante se dissolvendo na maciez do recheio. É tão perfeito quanto parece. E tem gosto de rosas. Minha mente começa a acelerar, se perguntando se significa alguma coisa.

— Você realmente... Isso é incrível, Sam. Tudo é.

— Você viu a mesa de sobremesa, Tessie? Ele disse que colocou os donuts de cookie e creme só para mim! — Miles está praticamente vibrando de tanta alegria (e deve ser culpa do açúcar também).

Sigo seu dedo apontado para uma mesa longa, coberta de bolos com camadas de várias alturas, uma fonte de chocolate e incontáveis bandejas de doces. É o ponto mais popular da festa, mais cheio do que qualquer galeria.

— Vou pegar um pouco agora! Tchau!

Miles chega lá em uma velocidade que nunca vi. Estou prestes a correr atrás dele, mas então vejo meus pais acenando da multidão. Minha mãe dá uma piscadela para mim.

Me viro para Sam, e ele já está se voltando para a cozinha. Preciso dizer algo para mantê-lo aqui. Preciso consertar o que estraguei.

— Então...

Não precisa ser genial.

— E aí, cadê o Nico? — pergunta Sam, a voz cheia de desprezo.

— Não está aqui.

— Vocês dois ficam bonitos juntos.

— Bem, não estamos mais juntos.

— Com certeza não foi o que pareceu.

Suspiro. Não vai ser fácil. E não deveria ser — não mereço que seja. Mas agora eu daria tudo para ter de volta a proximidade que tínhamos. Talvez comece com honestidade.

— Que tal eu te dar parabéns? — digo. — Podemos falar disso? Porque o que você criou aqui esta noite é impressionante de verdade, Sam. Quer dizer, não estou surpresa. Sempre soube que você era incrível. Mas estou feliz que todo mundo pode ver isso agora.

Ele esfrega a lateral do rosto.

— Não sei... Acho que é razoável.

— Ei, pare de falar merda do meu amigo! — exclamo, e isso o faz rir. — Olhe para todas essas pessoas. Veja como todos estão *felizes*. E é por causa das suas criações: é a sua arte que você está compartilhando com elas. — Aponto para Miles, que está pulando e fazendo joinha pelo salão, cheio de migalhas no terno. — Quer dizer, se aquilo não for uma avaliação sincera...

Onze passos para se apaixonar **355**

— Obrigado, Tessa. — A voz de Sam suavizou um pouco agora. — Tem sido… bem, tem sido uma semana difícil, me preparar para isto. Para o preparo da comida, e sei lá… Mentalmente.

— É?

— Eu não parava de ser tomado por um pânico, um medo, sabe? Estava sempre achando que tinha me esquecido de alguma coisa, então checava minha lista e tudo estava nos conformes. Mas a sensação não passava. No fim das contas, percebi que era só a pressão tomando conta de mim… O medo de que as pessoas estivessem certas por acharem que só fui escolhido por causa da minha mãe. O medo de *decepcionar* a minha mãe. De rirem de mim. Agora que a coisa já está rolando e quase acabando… enfim sinto que posso respirar.

Sam me olha assustado, tão surpreso quanto eu por ter compartilhado tanto.

— Pensei que você nunca ficasse nervoso — digo. — Pelo menos não em relação a sua comida.

Isso o faz rir.

— É claro que fico! Aterrorizado pra caramba. Seria uma loucura não ficar, fazendo tudo isto. — Sam gesticula para o salão. — Mas tenho que superar esse medo. Nunca saberei do que sou capaz a não ser que eu me exponha.

… e você também não.

Ele não coloca em palavras, mas seu olhar pesado diz tudo.

— Você fala como se fosse fácil.

— Não é — diz Sam. — Mas é necessário.

Sam é tão assumidamente ele mesmo. Alguém que reconhece o seu valor — até mesmo quando se trata de mim.

— Com licença, posso ter a atenção de vocês? — O dr. Hoffman, diretor da Crisálida, está de pé no palco na frente do salão. Reconheço o rosto dele do site e dos panfletos que estudei antes de entrar na escola. — Ei, este negócio está ligado?

Uma risada discreta de parte dos adultos, e então o silêncio toma conta do salão. Não sei o quê, mas algo importante está prestes a acontecer.

— Todo ano, na festa de gala de inverno, nós avaliamos as especiais e impressionantes conquistas de nossos artistas e escolhemos um estudante para receber nosso Prêmio Metamorfose. O Prêmio Metamorfose é dado para um estudante que demonstra talento, inovação e um comprometimento extraordinário à sua arte. Eles são como borboletas saindo da crisálida, por assim dizer. — Ele ri de novo de seu trocadilho antes de continuar: — E como vocês podem imaginar pelo que viram esta noite, é uma decisão extremamente difícil.

As pessoas aplaudem, mas, ao meu lado, Sam fica tenso. Posso sentir a energia do nervosismo emanando dele.

— Tudo bem, então, sem mais delongas — a voz do dr. Hoffman ruge do palco —, o ganhador do Prêmio Metamorfose deste ano foi um pioneiro no novo conservatório de artes culinárias da Academia Crisálida. Ele tem demonstrado, tanto através de seu trabalho duro quanto de sua arte linda e bastante deliciosa, que está a caminho de se tornar um líder em sua área. Senhoras e senhores, por favor, parabenizem comigo nosso ganhador do Prêmio Metamorfose, Sam Weiner!

A boca de Sam se escancara, e eu grito e o puxo para um abraço apertado. É bom, familiar, mas me dou conta do que estou fazendo e me afasto, constrangida.

Sam sorri para mim, um sorriso real com sua covinha aparecendo, e então começa a cruzar a multidão. As pessoas dão tapinhas nas costas dele e apertam suas mãos. Lenore

Onze passos para se apaixonar 357

agarra a mão dele e o faz girar, e então o passa para Theodore, que o leva até o palco.

Enquanto Sam sobe os degraus, eu penso: *ele merece isto*. Por colocar sua alegria e coração à vista de todos, por ser autêntico, por aceitar riscos que tantos de nós tememos — superando o mesmo medo que eu permiti que me paralisasse e me forçasse a desistir de algo que amo tanto.

E esse é o maior dos riscos, apresentar algo que você ama e pedir a outros que o amem também.

Mas consigo ver — olhando para o rosto radiante de Sam, a mãe se acabando em lágrimas na plateia — que o risco vale a recompensa. E talvez agora eu esteja enfim pronta para me arriscar também.

Capítulo 41

Quando chego em casa, pego meu notebook de debaixo da cama, abro o Google Docs e escrevo.

É como se meu corpo fosse tomado por uma força exterior. Nem percebo o que estou fazendo até que estou na sexta página e uma história está se formando como se fosse mágica. Nomes e lugares, frases e parágrafos, relacionamentos e conflitos se conectando em um fio de amor.

Escrevo como costumava fazer antes, sem me preocupar com o que as outras pessoas pensam. Sem me preocupar com o que tudo significa, exceto o que significa para mim.

Escrevo até que minhas mãos tenham cãibra e minhas costas doam. Continuo.

Escrevo enquanto minha mãe insiste para que eu tome café, coma o almoço e então o jantar. Escrevo até que enfim ela me traga uma bandeja de uvas, pretzels e cubinhos de queijo — coisas que posso comer com uma só mão, a outra consumida pelo ritmo das palavras. Ela sorri e beija minha cabeça, me deixando trabalhar.

A ansiedade vem em ondas, e eu não a ignoro. Eu a reconheço, examino e a deixo passar. Não permito que me pare.

Voltar a escrever é como me encontrar com um velho amigo. Exceto que não, não exatamente. Porque é parte de mim, sempre foi, mesmo nesses meses perdidos. É mais como recuperar um membro perdido. Ou meu cabelo crescendo de novo depois do *big chop*, diferente, mas inteiramente meu.

Quase esqueci qual era o propósito do Plano Felizes para Sempre. Não apenas encontrar o "felizes para sempre" no amor, mas encontrar minhas palavras. Buscando minha voz outra vez. E é fácil agora, porque ela está gritando. Não o sussurro baixinho de antes, mas alto, em letras maiúsculas, estrondosa e confiante.

Quando a noite de sábado chega e tenho páginas das quais tenho orgulho — talvez não sejam perfeitas, mas são perfeitas para mim —, enfim compartilho minhas palavras de novo, anexadas a um longo e-mail que termina com "Eu te amo e sinto sua falta. Me desculpe".

Capítulo 42

Eu estava preocupada que ela sequer fosse abrir o anexo, mas meu celular toca menos de uma hora depois, a foto sorridente dela aparecendo na tela.

— Isto é incrível! — diz Caroline, soando feliz, normal. Estou surpresa, mas grata. — Melhor do que qualquer coisa que você já escreveu. E eu nem achei que isso fosse possível!

Eu amo escrever, e é isso o que importa. Mas é bom ter a aprovação dela também.

— Eu estava tão triste por não estar completo! Você sabe que vou começar a te perturbar por novos capítulos de novo, certo?

—Ainda não sei como vai terminar.

Um silêncio pesado se instaura entre nós, cheio de todos os sentimentos dos quais não falamos ainda, os momentos que não compartilhamos nessas últimas semanas. Talvez fosse fácil voltar a ser como éramos, mas seria como esconder um problema maior. Tipo quando você tenta disfarçar um mau cheiro enorme com mais passadas de desodorante, mas

Onze passos para se apaixonar **361**

isso não resolve o problema: você precisa é de um banho. E essa pode não ser minha analogia mais bonita, mas é real.

— Falei sério em tudo o que escrevi. Sinto muito mesmo.

Ela não espera nem um minuto, como se estivesse aguardando a sua deixa.

— Eu também. Fui muito grossa com você no telefone.

— Mas eu mereci. Estava tão focada em mim mesma que fui uma amiga ruim para você... quando você tinha tanta coisa acontecendo.

— Você foi. E eu tenho.

Pensei que iria doer admitir que fiz coisa errada, mas é libertador. A tensão entre nós vai se dissolvendo.

— Fiquei com medo de que você estivesse passando na minha frente. Eu queria correr para te alcançar, para não me sentir deixada para trás. Mas nessa eu passei a olhar só para o meu próprio umbigo, o que acabou te afastando. Fui uma amiga horrível!

— Ah, Tessa! Nunca vou deixar você para trás. Mesmo que a gente passe por coisas diferentes na vida, sempre estaremos lado a lado. — A voz dela muda para seu tom brincalhão familiar. — E agora que você está escrevendo de novo, não vou mentir: vou precisar de uma nova história comigo nela... ou melhor, Colette. Você pode escrever um interesse amoroso que se pareça com o Brandon?

— É claro! — As ideias já estão fervendo e, embora minhas mãos estejam doloridas, estão se coçando para começar a digitar de novo. Mas preciso ser sincera com Caroline sobre mais uma coisa. — Sabe, essa é uma das coisas que mais me assustavam sobre não escrever. Que poderia me levar a te perder... Porque sei que isso é, tipo, o grande motivo de você ainda gostar de mim... quando não estou por perto.

362 ELISE BRYANT

— Você tá de brincadeira? — grita Caroline, tão alto que fico surpresa que os pais dela não apareçam para ver se está tudo bem. — Gosto de você por causa de muito mais coisas do que só suas histórias! Gosto de poder dizer o que eu quiser para você, porque você não vai me julgar ou pensar que é fútil. Gosto que você seja mais magra que eu, assim Lola pode se distrair engordando outra pessoa. — Caroline ri. — E sério mesmo, gosto do seu coração. Como você tem esse coraçãozinho delicado que registra cada mudança de humor e tom, como disseca cada comentário que alguém faz. Como você só... *sente* tudo com tanta intensidade e tão completamente. Gosto das suas histórias, claro! Mas isso é porque gosto de ver o mundo através dos seus olhos, onde é possível que todos tenham um final feliz.

Rio. Não consigo evitar.

— Você está rindo porque percebe quão boba foi, não é? Porque é óbvio que gosto de você. Te amo! Você é minha melhor amiga, Tessa, e uma distância idiota e um namorado não vão mudar isso.

As palavras fazem o meu corpo inteiro cantar. Balanço a cabeça, embora Caroline não possa me ver.

— Estou rindo porque soou como uma daquelas declarações de amor no final dos livros de romance. Sabe, o cara gostoso aparece, tipo, em uma igreja ou no aeroporto ou sei lá onde, e lista todos os motivos pelos quais está apaixonado pela mocinha?

— *Rá!* Bem, eu amo a forma como você sempre pede molho à parte, mas acaba usando tudo de qualquer jeito.

Entro na brincadeira.

— Amo como você sempre suspira no final de *Diário de uma paixão* e diz "Ai, isso não é incrível?", por mais que eles estejam morrendo! — digo.

— Amo como você começou a usar meias até o joelho depois de assistir a *Para todos os garotos que já amei*, mas se recusa a admitir que se inspirou na Lara Jean.

— Amo como em vez de assoar o nariz, você enrola o lenço de papel no dedo, como se fosse uma luva de meleca.

— Amo como você sempre peida depois de tomar sorvete, mas acha que ninguém consegue te ouvir.

— Amo que você disse ao seu pai que aquele exemplar de *Cinquenta tons de cinza* era da Lola quando na verdade era seu.

— Shh! Eles podem te ouvir!

Nós explodimos em risada, como sempre fazemos. E queria que estivéssemos juntas agora, para que eu pudesse abraçá-la. Como pude duvidar dela, minha melhor amiga? Eu deveria ter sabido tudo o que ela, tudo o que nós somos capazes de fazer. Deveria ter dado a chance de Caroline ser ela mesma completamente em vez de deixar minhas próprias inseguranças e ciúmes tomarem conta.

Passamos mais de uma hora nos atualizando sobre as semanas que passamos separadas, o tempo mais longo desde que ela atacou Jesse Fitzgerald por mim no primeiro ano.

— Sei que o plano da história de amor acabou e tudo o mais — diz ela por fim. — Mas pelo menos você teve sua grande cena de "felizes para sempre" durante os créditos. Da próxima vez que eu for visitar, vou levar cartazes para o aeroporto, fazer direito.

— O plano da história de amor não acabou.

Esteve na minha cabeça durante todo o fim de semana, mas dizer em voz alta é como torná-lo real para mim.

— O quê? — Caroline grita. — Mas você terminou com Nico. Você ainda não está a fim dele...

— Não, não. Definitivamente não. Mas espero que minha chance de um "felizes para sempre" não esteja perdida com aquele que deveria ter sido o centro da minha história de amor desde o começo.

Vejo seu cabelo dourado bagunçado. Vejo a covinha profunda na bochecha direita. Sua camisa havaiana vermelha desbotada.

— Bem, além de mim mesma — continuo. — Porque, acho... que me aceitar deveria ter vindo antes de encontrar o cara perfeito. Não é de se estranhar que não tenha funcionado. Eu precisava me amar primeiro. E amo. Amo mesmo.

— Isso aí, garota! Estou comemorando. Queria que você pudesse ver — grita Caroline, como se não tivesse me dado o conselho que me levou a fazer todo o tipo de loucura neste semestre. Mas eu aceitei. E, no final, talvez não haja nada de errado em correr atrás de um "felizes para sempre". Contanto que seja completo, com nuances e certo para mim.

— Mas... não entendo. O que você vai fazer?

— O número onze. Na verdade, esta conversa foi uma boa prática.

— É a roda-gigante?

— Não!

— Ah!

Na segunda-feira de manhã, pego meu vestido de arco-íris do fundo do armário e faço meu cabelo ficar o mais volumoso possível. Vou me destacar, e é isso que quero. Não me assusta mais.

Onze passos para se apaixonar 365

Chego cedo na escola. Minha mãe tem me levado desde que parei de ir com Sam, e ela reorganizou sua rotina para poder me deixar aqui uma hora antes do sinal hoje. Ainda assim, não há muito tempo para a quantidade de coisas que preciso fazer. Corro para a sala de xerox de escrita criativa e digitalizo minhas páginas, fazendo mais cópias do que posso contar. E quando acabo com todo o papel que encontro, começo a percorrer o campus, colando página após página nas portas das salas de aula, armários, ao longo da escada. É um trabalho exaustivo. Poppy deve ter *realmente* me odiado para fazer o que fez. Penso novamente sobre toda essa história do ponto de vista dela... talvez eu tente escrever isso a seguir.

Quando os olhares começam durantes as aulas, estou pronta. Eu os recebo. No almoço, vou até nosso lugar habitual na varanda do Bangalô para encontrar Theodore, Lavon e Lenore esperando por mim. Eles largam a comida e começam a aplaudir. Preciso de muita força de vontade para não chorar.

— Agora, isso sim é arte, garota! — grita Lenore, estalando os dedos e então me puxando para um abraço apertado.

E eu não diminuo seu elogio, nem rio, nem explico minha conquista. Só digo:

— Obrigada.

Chego na aula de Arte do Romance quinze minutos mais cedo, armada com outra pilha de cópias.

— Srta. McKinney? — chamo, e ela olha para mim e então ao redor, como se eu pudesse estar falando com outra pessoa.

— Sim?

Entrego para ela um dos pacotes que criei, capítulos selecionados de uma novela inacabada, grampeado e perfeitamente formatado, com uma exceção: meu nome está em negrito no topo.

— Estou pronta para ler hoje. Se estiver tudo bem... se couber no cronograma. Sei que já estamos no final do semestre e que não ajudará muito com a minha nota porque, bem, como você sabe... eu não estive entregando nada novo. Mas preciso fazer isso. Por mim.

— Recebi uma amostra mais cedo — diz ela, seu rosto difícil de ler. — Mal posso esperar para ouvir.

A classe começa a encher logo depois, e a srta. McKinney instrui todos a se sentarem. Vamos direto para a oficina. Achei que entrar de cabeça ajudaria com a ansiedade. Mas ainda tenho que reprimir o medo que queima no fundo da minha garganta, a sensação familiar de coceira formigando no meu peito e pescoço.

Eu consigo fazer isso. Vai ser difícil. Vai ser assustador. Mas eu consigo fazer isso.

Enquanto minhas páginas são passadas ao redor do círculo, aproveito a oportunidade para olhar ao redor, examinando os rostos das pessoas que me intimidaram durante todo o semestre, em busca daquele que espero ver. Nico está aqui, seu rosto uma máscara de indiferença, mas ele não é quem eu estou procurando.

Esta manhã, colei minhas páginas finais na porta do estúdio de artes culinárias, acompanhadas de um bilhete.

Querido Sam,
Isto é para mim, mas também é para você. Você pode me encontrar no porão do Bangalô para o laboratório?

Com amor, Tessa

Ele não está aqui, vejo, mas acho que já sabia disso. Eu teria sentido se ele tivesse entrado na sala, o toque de sua energia na minha. Seu cheiro de manteiga e açúcar. Estou desapontada. Quero que ele esteja aqui, mas também sei que vai ficar tudo bem se ele não estiver. Este é o grande final no qual duas histórias de amor se entrelaçaram, mas quando as separo, realmente as separo, aquela que é para mim vem primeiro. Posso me manter de cabeça erguida por conta própria.

Inspiro fundo, olhando para o meu papel, e começo a ler.

Meu corpo e minha voz parecem enormes, como se eu estivesse tomando todo o espaço da sala. Penso que, se pudesse me ver, eu pareceria com a Alice depois de comer os bolos do País das Maravilhas, os membros saindo das janelas e das chaminés. Mas não me aterroriza como sempre aterrorizou. Como compartilhei pouco este ano, mereço todo esse espaço. Mereço a sala inteira.

Leio minha história de amor, na qual trabalhei durante todo o final de semana. É a história de uma garota insegura e um garoto brincalhão, embora apenas um deles tenha algo para superar. De danças românticas ao som do Dream Zone, sorvetes sem lactose, calças cargo com zíper e camisas havaianas. De uma noite brilhante nas alturas, dedos mergulhados no oceano Pacífico e muitas conversas recheadas de sobremesas em um carro quente. De medo, erros e riscos. De açúcar, manteiga dourada e farinha.

É fofa e tem adjetivos demais e flerta com o excesso de extravagância, mas também faz Angelica se derreter ao meu lado. Consigo ouvi-la suspirar, sinto a energia dos dedos inquietos dela.

Estou embriagada com a magia dessa sensação, de ser capaz de compartilhar minhas palavras com outras pessoas.

E eu não seria capaz de experimentar essa alegria, essa agitação, sem primeiro me arriscar a compartilhar eu mesma. Sem dizer: *Aqui. Isto é algo que eu amo, por favor, ame também.*

Achei que precisava de uma história de amor minha na vida real para começar a escrever novamente. E encontrei o amor com Sam, sei disso agora. Mas o que eu realmente precisava, para encontrar minhas palavras e minha voz novamente, era amar a mim mesma. E amo.

Só tenho que confiar que, assim como encontrei meu caminho de volta para mim mesma, voltarei para Sam também. E se não acontecer, bom, eu também vou ficar bem.

Quando chego à última página, minha voz está rouca e meu rosto está molhado. Não tenho certeza de quando isso aconteceu. Eu deveria me sentir envergonhada, mas, em vez disso, sinto uma tremenda liberação, como se cada célula do meu corpo tivesse sido trocada por novas. Neste porão lotado, usando minha voz e minhas palavras como catalisadoras, fui transformada.

Enfim ergo a cabeça, pronta e — surpreendentemente — *animada* para receber as críticas do grupo. Mal posso esperar para ouvir o que eles acharam, bom ou ruim, porque sei que seja lá o que for, não vai acabar comigo. Tenho uma base sólida me segurando agora.

Escaneio os rostos na sala mais uma vez, mas meus olhos são atraídos como ímãs para as escadas do porão. Um tremor no meu peito, prendo a respiração. Eu o vejo parado lá.

Onze passos para se apaixonar 369

Agradecimentos

Para Danielle Parker: você foi responsável por colocar na minha cabeça a ideia ridícula de que eu poderia fazer isso. Obrigada pela faísca e por sua amizade.

Kristin Botello, sua mentoria me transformou como pessoa. Obrigada por sempre torcer por mim, puxar minha orelha e me incentivar a ser melhor. Me desculpe por ter ido embora, mas espero ter te deixado orgulhosa.

Para os meus ex-alunos: Kierra, Kayla, Kyla, Maaliyah, DJ, Jose, Terence, Jorge, Kevin, Edward, Misael, Israel, Miguel, Alexis, Melissa, Alex, Leslie, Andy, todos os Anthonys, Bryan, Omar, Shadia, Victor, Hannalene, Tywayne, Eddie e tantos outros. Obrigada por me mostrarem como é fazer coisas difíceis com graça, humor e tenacidade. Vocês trouxeram tanta alegria para a minha vida enquanto eu escrevia o primeiro rascunho deste livro (e o seguinte), e sou muito grata pela partezinha que tive nas histórias de vocês. Amo vocês todos.

Taylor Haggerty, obrigada por acreditar tanto em mim que não tive escolha a não ser acreditar também. Obrigada por compartilhar todas as minhas exclamações e carinhas felizes nos e-mails e por acalmar todas as minhas preocupações sem qualquer esforço. Você é minha super-heroína e sou muito grata por nossa parceria. Muitos agradecimentos também para todos na Root Literary, em especial para Melanie Castillo. Heather Baror-Shapiro e Debbie Deuble Hill, obrigada por me ajudarem a levar a história de Tessa para um público ainda maior.

Alessandra Balzer, agradeço por seu olho afiado, respostas gentis e paciência (tanta paciência!) enquanto eu aprendia pelo caminho. Você examinou todos os meus rascunhos sobrescritos e aprimorou meu livro até que ele fosse algo de que eu pudesse me orgulhar. Trabalhar com você é um sonho do qual espero nunca acordar.

Obrigada a todos na Balzer + Bray/HarperCollins, especialmente Caitlin Johnson, Valerie Wong, Ebony LaDelle, Jane Lee, Aubrey Churchward, Renée Cafiero, Alison Donalty, Andrea Pappenheimer, Kerry Moynagh, Kathy Faber, Patty Rosati, Mimi Rankin, Katie Dutton, e a todos que ajudaram este livro ao longo do caminho. Jessie Gang, agradeço pelo design de capa perfeito. Michelle D'Urbano, sua capa ainda me faz chorar semanalmente e provavelmente fará para sempre. Obrigada por acertar tanto.

Aos primeiros que leram esta história: Sarah Lavelle, obrigada por me encorajar quando eu precisava ser corajosa e continuar bem no começo. E Katherine Locke, obrigada pelo feedback certeiro, pela paciência e pelo apoio enquanto eu aprendia o que fazer com ele.

Obrigada a Ellen Rozek, Danielle Seybold, Kathrene Faith Binag e outros por lerem com tanto cuidado e consideração e por me desafiarem a fazer cada personagem o melhor que pudessem ser.

Susan Lee e Tracy Deonn, obrigada por serem minhas primeiras amigas escritoras, antes mesmo de eu ousar me chamar de escritora. Seu apoio e conselhos ao longo do caminho foram inestimáveis. Natalie Parker, Tessa Gratton, Zoraida Cordova e Justina Ireland, obrigada por construírem a comunidade maravilhosa que é o Madcap. Meu primeiro retiro foi o ambiente perfeito para começar a escrever esta história e espero ter a sorte de participar de muitos outros. Leah Koch, obrigada por ler meu livro e por escrever uma sinopse que teria feito a Elise adolescente desmaiar (a Elise de trinta e poucos anos chegou bem perto). E a dois dos meus heróis da escrita: Becky Albertalli e Brandy Colbert. O fato de vocês dois saberem quem eu sou ainda me surpreende, porque apreciei suas palavras por muitos anos. Obrigada por sua gentileza e por me fazerem sentir que pertenço.

Muito amor e gratidão às mulheres que possibilitaram que eu fizesse isto, preenchendo lacunas, apoiando a mim e minha família e/ou me ajudando a me sentir bem. Obrigada a: Sonia Ramirez, Dra. Mireya Hernandez, Shannon Kennedy, Dra. Noreen Hussaini, Alexa King e tantas outras.

Mãe e pai, vocês me criaram para acreditar que eu poderia fazer qualquer coisa se trabalhasse o bastante. Obrigada por me darem a base forte e segura que tornou isso possível e por serem exemplos tão consistentes de abnegação e persistência. (Mãe, você sempre disse que eu escreveria um livro, e, só porque sei que você adora ouvir isso, vou dizer agora: Você estava certa. Você sempre está certa.) (Pai, sinto muito por toda a beijação.)

Bryan, ser sua irmã é uma das minhas maiores alegrias. Você é minha bússola para o que é certo e o que é engraçado. Vamos visitar este livro na Barnes & Noble juntos e vou chorar e você vai tirar sarro de mim e depois irá até a seção da *National Geographic*. Mal posso esperar. E Rachal, minha irmãzinha, embora você tenha agido mais como minha irmã mais velha quando decidi tentar escrever novamente. Obrigada por acreditar em mim, por me encorajar e me convencer de que eu não estava perdendo meu tempo. Prometo que você estará em outro livro.

Joe, meu amor, obrigada por ler tudo, fazer o jantar todas as noites, me dizer para tirar uma soneca e encarar com entusiasmo os meus "e se" cada vez mais malucos. Sou muito grata por sermos parceiros de "felizes para sempre".

E para Tallulah e Coretta: espero que me ver realizar meu sonho impossível mostre que vocês podem reivindicar o espaço que merecem e perseguir o que quiserem, sem se desculparem. Eu estarei aqui torcendo por vocês, sempre. Amo vocês, minhas meninas lindas e brilhantes.

Este livro, composto na fonte Fairfield,
foi impresso em papel Pólen Natural 70 g/m² na gráfica Corprint.
São Paulo, Brasil, maio de 2023.